10 Tage Freiheit

von Friedrich Buchmann

präsentiert von Peter Boge

Bibliografische Information der Deutschen National-bibliothek: Die Deutsche Nationalbibliothek ver-zeichnet diese Publikation in der Deutschen Natio-nalbibliografie; detaillierte bibliografische Daten sind im Internet über dnb.de abrufbar.

© 2021 Friedrich Buchmann

Herstellung und Verlag: BoD – Books on Demand, Norderstedt

ISBN: 9783754330890

Siehst du den Vogel dort,

dort am Horizont,

er fliegt ganz einfach fort,

zu diesem ersehnten Ort.

Über die Grenze, wo ich nie war,

doch der Vogel war schon tausendmal da.

Inhaltsangabe:

Diese Buch erzählt eine wahrende Begebenheit über einen BRD-Besuch zur DDR-Zeit, 1988 zu einem Hochzeitfest im Ruhrgebiet. Es schildert, die genaue Beantragung der Reisedokumente, den Grenzüberfahrt mit dem Zug, die Hochzeitsfeier, den Aufenthalt im Ruhrgebiet, lustige Episoden über die gesamte Zeit des Besuches und die Rück-Fahrt mit Grenzkontrollen

Friedrich Buchmannn

wurde am 17.09. 1946 in Nachterstedt Sachsen-Anhalt geboren. Nach Abschluss der 10–klassigen polytechnischen Oberschule und der Lehre als Elektromonteur studierte er an der Ingenieurschule für Bergbau und Energie Senftenberg Elektroingenieur. 1971 nahm er eine Tätigkeit als Elektrotechnologe in der WEMA Aschersleben auf. Ab 1973 arbeitete er als Energetiker und Abteilungsleiter für Grundfondwirtschaft im VEB Kindermoden Ascherleben.Nach der Wende 1989 wechselte er in die Kreisverwaltung Aschersleben als Leiter der Abteilung Wirtschaftsförderung. Im November 1998 beendete ein Hirninfarkt sein berufliches Leben.

1999 erlernte er autodidaktisch mit dem PC zu arbeiten, um diesen therapeutisch zu nutzen. Er begann kleine Texte und Gedichte zu schreiben, um seine durch den Infarkt verlorene Sprache wieder zu erlernen und sein Gehirn zu trainieren.

In den weiteren Jahren schrieb er etliche Kinderge-
schichten und viele neue Märchen. Doch diese Geschichte ist kein Märchen, es ist die reinste Wahrheit.
Er ist bis heute seinem Geburtsort treu geblieben
und lebt dort immer noch mit seiner Frau Karin.

Ich sitze auf dem Stuhl in meinem Büro und es war Dienstagnachmittag kurz vor Feierabend.

Wir alle warteten auf das Klingelzeichen, das den Arbeitstag beendete. Ich arbeitete in einem Konfektionsbetrieb und war dort Abteilungsleiter für Grundfondsmittel. Mit Grundfondsmittel kann wohl keiner etwas anfangen. Grundfonds sind alle Maschinen und Ausrüstungen, sowie bauliche Einrichtungen, kurz gesagt, für deren Instandhaltung, Erneuerung, und Abschreibung war ich verantwortlich. Ich bewirtschaftete sie.

Dafür hatte ich einen russischen PC. Dieser war fast so größer, als ein Schreibtisch. Er wurde in Russland, ehemalige SU (Sowjetunion), hergestellt. Man kann es gar nicht glauben, dass die SU Raketen in den Weltraum schickten. Nun weiß ich auch warum die Raketen so schwer waren und damit prallten sie noch gegen die USA.

Gekauft hatte den PC von einem Betrieb aus einer Kleinstadt am Rande des Harzes, den sein Leiter mit einem selbstgebastelten Fluggefährt, nach der BRD fliegen wollte, um dort zu bleiben. Auch war ich für die Ersatzteilbeschaffung zuständig. In meinem Büro arbeitete meine Sekretärin, eine Disponentin, der Hauptmechaniker. Er war gleichzeitig Meister der Reparaturwerkstatt des Betriebes. Wir waren einer der größten Betriebe, der Oberbekleidung für Mädchen in der DDR herstellt. Bei uns im Stammwerk arbeiten ca. 400 Frauen und 40 Männer. Da kamen auf jeden Mann zehn Frauen. Wir hatten noch 6 Werke und 10 Außenstellen. In den Werken arbeiteten nochmals ca. 1500 Frauen. Unser Betrieb war also ein Großbetrieb in der DDR. Auch in den Außenwerken war ich für die Grundfonds zuständig, mir wurde also bei meiner Arbeit nicht langweilig und ich musste Öfter dort hinfahren. Wie gesagt, es war an einem Dienstag Ende April 1987. Es war kein schöner Tag, da es nach der Arbeit zum Gartengraben in diesen ging. Das Ende der Arbeit wird akustisch mit dem Klingeln angezeigt, wir verlassen dann die Arbeitsstelle.

Endlich Feierabend, denn es war ein aufregender Tag, eigentlich waren alle Tage aufregend und spannend. Ich fuhr mit dem Zug der Deutschen Reichsbahn nach Hause. Die Wagen des Zuges waren ziemlich herunter gekommen. Und sehr unrein. Meiner Meinung wird hier nur alle drei Tage sauber gemacht.

Auch ein guter Name, Deutsche Reichsbahn, in der DDR ein seltsamer Name. Eigentlich wollte die DDR nichts mehr mit der früheren Zeit zu tun haben. Und warum dann der Name Reichsbahn? Ich wusste es nicht, bis heute nicht. Unser Betrieb lag in einer Kreisstadt irgendwo in der DDR. Sie hatte circa Fünfunddreißigtausend Einwohner. Durch meine Kreisstadt verliefen drei Landstraßen Eine führte fast bis zu unserem Haus.

Dort wohnte ich in einem kleineren Ort, irgendwo in der DDR, der circa zwölf Kilometer von der Kreisstadt entfernt lag.

Mein Heimatdorf war eine Bergarbeitersiedlung. Kurz nach vier war ich zu Hause.

Mein Dorf wurde 961 in einer Urkunde Ottos II. erstmals erwähnt. Der Ort wurde dem Markgrafen Gero geschenkt. Es wird jedoch eine um etwa 500 Jahre frühere altsächsische Besiedelung des Gebietes vermutet. Wie auf dem Wappen angedeutet (Schwan und Fisch), lebten die früheren Bewohner vom Fischfang, nach der Trockenlegung Sees teilweise vom Torfstechen und in der Folgezeit von der Landwirtschaft wegen der guten Böden auf in diesem Gebiet.

Wir, meine Frau und meine zwei Söhne, wohnen noch heute dort in einem eigenen Haus. Für die Behörden und die Wohnungskommission zählte das Haus als Zweifamilienhaus.

Es hatte aber keine zwei abgeschlossenen Wohnungen. Die Oma meiner Frau wohnte auch noch im Haus mit. Wie jeden Tag leerte ich den Briefkasten. Nahm die Zeitung heraus und noch zwei Briefe.

Ein Brief war für meine Frau. Ihre Freundin aus Berlin hatte geschrieben. Der andere Brief war aus Essen, also aus dem Westen, Absender des Briefes war meine Cousine.

Es war ein ziemlich dicker Brief. Ich ging in die Küche, packte zuerst meine Tasche weg, zog Jacke und Schuhe aus, setzte mich an den Küchentisch und machte den Brief auf. Mir fielen sehr viele Schriftstücke entgegen. Urkunden von meinen Großeltern und von meiner Tante, ein Aufgebot von der Tochter meiner Cousine und eine Einladung zur Hochzeit. Ich war ganz verwirrt, denn die Tochter hatte meines Wissens nach vor einem Jahr in Italien geheiratet. Nun überlegte ich, warum heiratete sie noch einmal? War sie schon wieder geschieden?

Die Einladung zeigte eine kirchliche Trauung an. Daraus leitete ich ab, dass sie in Deutschland kirchlich heiraten wollten. Laut Aufgebot hieß der Bräutigams Franko Graschetti, eigentlich ein wohlklingender Name. Die Küchentür ging auf, meine Frau und unser kleiner Sohn standen in der Küche, wir begrüßten uns wie immer, mit einem Küsschen. Meine Frau wollte wissen, von wem wir Post hatten und was ich gerade las? Ich erklärte ihr, dass der Brief aus Essen von meiner Cousine kommt. Sie möchte mich zur Hochzeit ihrer Tochter einladen und hat mir dazu die nötigen Unterlagen geschickt. Meine Frau lachte und meinte: „Glaubst du wirklich, dass die ausgerechnet dich in den Westen fahren lassen? Der Verwandtschaftsgrad zu der Tochter deiner Cousine ist doch schon so weit entfernt. Das wird nichts! Glaube mir, den Antrag und die Wege kannst du dir sparen. Meines Wissens hat sie vor einem Jahr schon geheiratet."

Ich erwiderte: „Ja, vor einem Jahr haben sie standesamtlich in Italien geheiratet und in 8 Wochen wollen sie sich noch kirchlich in Deutschland trauen lassen. Du weißt doch, dass Italiener sehr religiös sind. Dort zählt eine Ehe erst, wenn sie vor Gott vollzogen wird."

„Ich glaube nicht an Gott, ich bin nicht so erzogen", meinte meine Frau. Ich bin nicht religiös und habe keine kirchliche Hochzeit gefeiert. Wir wollten, aber ich hätte gerne. Dafür musste ich meine Konfirmation nachholen. So religiös war ich nun auch nicht, darum haben wir es gelassen. Wäre aber bestimmt feierlicher gewesen. Dann nahm sie den anderen Brief und öffnete ihn. Zum Vorschein kamen Bilder vom letzten Besuch ihrer Freundin bei uns. Ich legte die Einladung mit den Unterlagen zusammen und packte sie in den Wohnzimmerschrank. Dann schaute ich mir die Bilder an.

„Fotogen bin ich nun wirklich nicht", sagte ich zur meiner Frau. „Du bist zu fett", meinte sie.

Sie hatte natürlich recht. Aber ich wollte es nur nicht so richtig wahrhaben. Irgendwie war ich innerlich sehr aufgeregt. Mir kam die Einladung nicht aus dem Kopf, deshalb ging ich wieder in das Wohnzimmer und suchte das Stammbuch meiner Eltern. Dort war auch der Verwandtschaftsgrad von meiner Mutter gegenüber meiner Tante und zu meiner Cousine nachweisbar, meine Mutter und meine Tante waren leibliche Geschwister. Wenn ich aber so nachdachte, war das Blut der Tochter meiner Cousine zu mir wirklich sehr, sehr dünn. Also hatte meine Frau vielleicht doch recht, wenn sie sagte, die lassen mich nicht in den Westen fahren. Aber im Hinterkopf hatte ich so ein Gefühl, Wilhelm versuche es doch mal. Und wer nicht wagt, der gewinnt auch nicht. Ich legte unser Stammbuch mit zu dem Brief mit den Unterlagen in den Wohnzimmerschrank. Dann ging ich in die Küche, dort waren meine Frau mit unserem jüngsten Sohn, sie machten zusammen Schulaufgaben Er musste Lesen üben. Als er die Seite fertig gelesen hatte, meinte ich zu meiner Frau: „Ich werde morgen auf das Polizeiamt fahren und mal nachfragen." Meine Frau antwortete: „Tu, was du nicht lassen kannst, du wirst doch kein Glück haben".

„Wir werden ja sehen". Ich ging dann in den Keller, um mal nach unserem Heizkessel zu schauen. Wir hatten zum Glück in unserem Haus eine Zentralheizung. Mein Schwiegervater installierte nach seiner eigentlichen Arbeit, Heizungen. Er hatte uns eine Heizung besorgt. Zwar waren in jedem Zimmer verschiedenartige Heizkörper, aber wir hatten eine Zentralheizung und dadurch war jeder Raum warm. Ich hatte beim Rat des Kreises einen Bilanzschein für eine Heizung beantragt. Diesen Schein nach fünf Jahren bekommen und die Heizung, 8 Heizkörper mit jeweils 10 Rippen und einen Kessel GK 25 gekauft. Die Heizung stand im Keller, um sie günstig verkaufen zu können, oder gegen etwas anderem dafür zu tauschen. Jahre später hatte ich sie dann meinen Schwager verkauft, für das gleiche Geld, was ich dafür ausgegeben hatte. Er hat sie aber auch für dasselbe Geld weiter verkauft, plus einer Trabi-Autoanmeldung. Wo gleich der Trabi zur Auslieferung kam. So bekam er nach vier Wochen seinen nagelneuen Trabi. Ohne diese Anmeldung hätte er sonst 8 bis 12 Jahre warten müssen. Seine eigene Anmeldung war damals erst 2 Jahre alt. Jeder in der DDR ab 18 Jahren, hatte sich, auf ein Auto anmeldet. Es war vollkommen egal, ob es Vater, Mutter, Oma oder Opa waren, Hauptsache, man hatte eine Anmeldung. Mit dieser konnte man, wenn sie reif für die Zuteilung war, man das Fahrzeug nicht selbst brauchte oder das Geld für das Fahrzeug nicht hatte, gute Geschäfte machen. In der DDR musste jedes neue Fahrzeug in bar bezahlt werden. Allein die Autoanmeldungen wurden zwischen 1000 und 3000 DDR-Mark gehandelt.

Es war Mittwochmorgen, heute war ich mit dem Auto, natürlich auch einem Trabi, zur Arbeit gefahren. Wenn ich mit dem Trabi zur Arbeit fahre, dann konnte ich immer eine Stunde länger schlafen. Mein Zug fuhr sonst schon früh und ich war dann circa in eine halbe Stunde auf meiner Arbeitsstelle. Die Arbeit fing erst um sechs Uhr an. Wenn ich mit dem Zug fuhr, hatte ich jedes Mal eine Dreiviertelstunde verlorene Zeit. Aber mit dem Trabi konnte man auch nicht jeden Tag fahren. Das war einfach zu teuer, der Liter Benzin kostete 1,60 DDR-Mark. Ich hatte zwar eine gute Stellung in unserem Betrieb, aber so gut war die Bezahlung auch nicht.

Und so wie im Westen, wo man seine Fahrten mit dem Auto zur Arbeit von der Steuer absetzen konnte, das gab es bei uns nicht. Bei uns gab es keine Steuererklärung, mit den monatlichen Abzügen vom Gehalt war alles erledigt. Um fünf vor sechs überfuhr ich die Werksgrenze, man vermisste mich schon. Sonst war ich ja immer der Erste und kochte für alle im Büro immer Kaffee, Moccafix. Die Krönung oder andere Sorten gab es nur im Intershop. Westgeld hatte ich leider nicht. Heute war das anders. Mein Kollege, der Kurze, hatte schon Kaffee angesetzt. Er dachte, ich hätte den Zug verpasst, oder ich sei krank. Dass ich mit dem Auto kommen konnte, daran dachte er nicht. Natürlich war seine erste Frage, was los sei, oder ob ich heute einen dringenden Termin hätte? „Natürlich", sagte ich und erzähle ihm von dem Brief und der Einladung. Der Kurze war vor einem halben Jahr auch im Westen. Auch er sagte: „Ob sie dich fahren lassen, zu der Tochter deiner Cousine. Da ist die Blutverwandtschaft schon weit entfernt. Wenn es deine Cousine wäre, dann vielleicht."

„Wir werden schen", meinte ich. Dann sagte er: „Heute ist Mittwoch, da haben sie auf dem Polizeiamt nur bis Mittag um 12.00 Uhr auf, das heißt, du musst also heute Vormittag dorthin". Der Kurze beschrieb mir den Ablauf der Antragsstellung. Schön zu wissen, was auf mich zu kommen wird. Mittlerweile waren auch die Sekretärin und Toni gekommen. Wir trinken jeder eine Tasse Kaffee und machten dabei unsere morgendliche Dienstbesprechung. Mein Kollege ging danach meistens runter in die Werkstatt und teilte die Handwerker (Schlosser, Elektriker und Mechaniker) ein. Diese Arbeit wird routinemäßig früh ab Arbeitsbeginn durchgeführt. Auch meine Tasse Kaffee war leer und darum ging ich zu meinem Chef. Ich war dem technischen Direktor unterstellt, dieser hatte sein Büro im Verwaltungsgebäude. Zuvor ging ich noch kurz in den Fuhrpark, hier musste ich die zu erledigenden Fahranträge gegenzeichnen. Eine Kontrolle war angemeldet worden, die Fahrten sollten gut geplant werden. Nicht sinnlos Benzin verfahren werden, damit wir den vorgegebenen Bilanzanteil für Benzin vom Kombinat nicht überschritten.

Wir bekamen von unserem Kombinat jeden Monat Bilanzanteile über Benzin, Diesel, Kohle, Gas, eigentlich alle Energieträger. Und wehe, wir hielten die nicht ein, dann drohten empfindliche Vertragsstrafen.
Aus diesem Grunde hatten wir auch einen Energiebeauftragten, der musste dies alles kontrollieren, besonders mit Elektroenergie war es in unserem Staat sehr enge. Hier war man nicht dem Kombinat verpflichtet, sondern der Energieversorgung. Die Energieversorgung ließ wöchentlich Kontrollen in unserem Betrieb durchführen. Wir durften uns nicht erwischen lassen. Unsere Pforte wusste Bescheid und rief uns an, sodass wir immer noch Zeit hatten die Werte zu korrigieren.

Unser Betrieb hatte sogenannte Spitzenzeiten. Die waren von der Energieversorgung vorgegeben, alle größeren Betriebe hatten sie. In den Spitzenzeiten musste man das vorgegebene Limit an Elektroenergie pro Stunde einhalten. Die Energieversorgung machte unangekündigt Kontrollen. Wir hatten ein Zählerbuch, dort musste man stündlich den Zähler ablesen und den Verbrauch dokumentieren. Falls der Verbrauch wirklich einmal höher war, hatte man auch schon mal geschummelt und dann energieintensive Maschinen ausgeschaltet. Besonders im Winter kam das vor. Aus diesem Grunde wurde der Zuschnitt unseres Betriebes schon zweischichtig gefahren. Die Spitzenzeiten lagen im Sommer zwischen 7.00 bis 10.00 Uhr und abends von 20.00 bis 22.00 Uhr, im Winter aber lagen diese von 6.00. bis 11.00. Uhr und 16.00. bis 22.00. Uhr.

Ich zeichnete die vom Fuhrparkleiter vorgelegten Fahranträge ab und machte mich dann auf den Weg zu meinem Chef. Mein Chef war ein Diplomingenieur für Maschinenbau. Er wurde in unseren Betrieb als technischer Direktor von der Kreisparteileitung der SED eingesetzt.

Unser langjähriger technischer Direktor hatte einen Schlaganfall und war daran verstorben, er war nur 55 Jahre alt geworden. Er war ein perfekter Schneidermeister, verstand sein Fach, kannte jeden Typ von den Maschinen gut. Und wir hatten so ca. 600 Nähmaschinen in unserem Werk, davon waren ca.

100 Spezialmaschinen, darunter auch sehr viele Maschinen aus dem NSW (aus nicht sozialistischen Ländern).

Mein jetziger Chef hatte überhaupt keine Ahnung von der Näherei und von den Nähmaschinen. Technisch konnte er die Maschinen schon verstehen, aber wofür sie technologisch eingesetzt werden sollten, da verlangte es auch Wissen um den Nähprozess. Ich hatte sehr viel von meinem alten Chef gelernt. Seit Februar 1972 arbeitete ich im Betrieb, damals als Energiebeauftragter, was bedeutete, ich konnte auch nicht nähen, auch jetzt noch nicht, aber technologisch hatte ich in meiner langjährigen Tätigkeit viel dazu gelernt.

Ich war jetzt über 15 Jahre im Betrieb und kannte den technologischen Ablauf in der Produktion. Mein jetziger Chef war sehr wissensdurstig, bestimmt nicht dumm, aber Nähen und Maschinenbau, das ist ein himmelweiter Unterschied. Er meinte nur immer, die Linie müsse stimmen. Was er damit andeutete, war mir unklar. Ansonsten kam ich gut mit ihm aus. Als ich sein Zimmer betrat, rief er gleich nach einer Tasse Kaffee für mich, doch ich verneinte. Er saß hinter seinem Schreibtisch und blätterte in einer Fachzeitschrift. Natürlich keine für unsere Branche, nein für Maschinenbau. Ich erzählte ihm von meiner Einladung in die BRD zur Hochzeit und fragte gleichzeitig, ob ich heute mal 2 Stunden zum Kreispolizeiamt fahren durfte. Er hatte nichts dagegen und meinte dann:

„Du musst, aber aus dem Westen wiederkommen, sonst gebe ich dir die zwei Stunden nicht frei".

Die Vorstellung, im Westen zu bleiben hatte ich keinen Augenblick gehabt. Der Gedanke meine Familie in Stich zulassen, war mir absurd. Das eigene Haus aufzugeben, konnte ich mir nicht vorstellen, es ging mir den Umständen entsprechend eigentlich gut. Ich liebte meine Familie und mochte ohne sie nicht sein. Also antwortete ich ihm dementsprechend.

Um 10.00. Uhr machte ich mich auf die Socken, bzw., fuhr mit dem Trabi zum Polizeikreisamt. Das lag etwas außerhalb von der kleinen Kreisstadt. Ich war als Kind das letzte Mal hier gewesen, das muss so vor 40 Jahren gewesen sein. Da war ich mit meiner Mutter hier, wir waren damals auch nach Duisburg gefahren. Das letzte Mal vor dem Mauerbau, Weihnachten 1960/61. Ich weiß es noch wie heute, meine Großeltern lebten da noch, leider waren sie sehr früh gestorben.

Ich stellte meinen Trabi auf den Parkplatz neben dem Polizeikreisamt ab. Der Parkplatz war eingezäunt, aber nicht befestigt. Ich ging dann zur Pforte, das ganze Polizeikreisamt war eingezäunt, auf dem eisernen Zaun war Stacheldraht angebracht. Innerlich dachte ich, die müssen Angst haben. Ungefähr 10 m von der Pforte stand ein hölzernes Wachgebäude, das hat mal gerade einen Grundriss 1,50 m x 1,50 m und hoch vielleicht 2 m.

Es sah aus, als sei es eine zu groß geratene Hundehütte. Ein Schäferhund saß angekettet neben dem
Wachhäuschen.

Mein Sohn war etwa acht Jahre alt und er wünschte
sich einen Hund. Oma und Opa erfüllten ihm den
Wunsch und brachten ihm einen sechs Wochen alten
Terrier mit bräunlichem Fell. Ein schönes Tier. Es
war zwar kein Wachhund, wie die Polizei einen hatte. Aber er schlug auch an, wenn jemand unseren
Hof betrat. Wir hatten ein eigenes Grundstück und
darum waren wir einverstanden, wenn er den Hund
selber füttert. Mein Sohn war einverstanden. Wir
wussten, dass die Fütterung bei uns hängen blieb, da
es am Anfang immer eine Kinderfreude war und die
mit der Zeit nachlässt.

Auf unserem Hof fühlte sich der Hund richtig wohl
und am Anfang kümmerte sich unser Sohn auch um
den Hund. Mit der Zeit wurde das etwas weniger.
Wir tauften den Hund auf dem Namen, Flores vom
Bahndamm-, da wir an der Bahnlinie wohnten und
Flores, weil im Fernsehen grade eine Serie mit dem
Hauptdarsteller in der Serie diesen Namen trug.

Ich baute dem Hund eine Hundehütte, die wir in einen Schuppen ohne Tor platzierten. Der Hund fühlte
sich sehr wohl und wir erzogen ihm, sodass er auf
das erste Wort hörte. Er kam zu uns, sprang uns an
und freute sich immer sehr.

Als er dann größer wurde und das Tor zum Grundstück offen war, da wollte der Terrier seine Freiheit und lief fort, kam aber immer abends wieder. In der ersten Zeit dieser Freiheit suchte ich ihm und holte ihn zurück, doch er wollte ein freies Leben.

Mittlerweile wurde Flores immer größer und dicker. Er passte nicht mehr durch das Eingangsloch seiner Hundehütte. Der Terrier half sich, in dem er das Loch größer knabberte.

Dann musste ich zum Reservistendienst für ein viertel Jahr. Eines Tages machte der Hund einen Heiden Radau und weckte mit seinem Gebelle meine Frau. Flores stand auf der Terrasse mit der Kette und der halben Hundehütte in der Nacht haben wir Flores immer an die Hundehütte fest gekettet, da wir ein größeres Grundstück hatten und er nicht dort demolieren konnte.

Der Opa reparierte die Hütte, da ich ja nicht da war. Flores fühlte sich wohl und freute sich seines Lebens. Eines Tages stand die Hoftür offen und Flores war von der Kette. Er stand in der Hoftür und eine Nachbarin fuhr mit ihrem Fahrrad vorbei.

Flores kannte sie, weil er manchmal von ihr ein Leckerli bekam. Als er sie sah, nahm er Anlauf und sprang ihr vor Freude in das Rad. Die Nachbarin stürzte und Flores beleckte sie. Zum Glück ist der Nachbarin ins passiert.

Zwei Wochen später kam ein anderer Nachbar zu uns. Flores war mal wieder ausgerückt und der Nachbar ließ auf seinem Hof immer seine Hühner laufen. Auch er hatte aus Versehen seine Hoftür offen. Als Flores die Hühner sah, kam der Jagdtrieb Terrier zum Vorschein und riss zwei Hühner.

Ich ersetze den Nachbarn die Hühner. Nun kam bei uns der Gedanke auf den Hund wieder abzuschaffen. Aber diesen liebenswerten Hund zu töten, kam mir nicht in den Sinn. Wir mussten besser auf ihm aufpassen.

Eines Tages kam die Oma zu uns und sagte, das ein Bauer im Nachbarort einen Hofhund sucht. Wir boten unseren Flores als Hofhund an. Der Bauer war einverstanden und freute sich!

Es war grade Winter und der Umzug des Hundes konnte beginnen. Es lag Schnee und wir stellte die Hundehütte auf dem Schlitten. Flores spannten wir vor den Schlitten und abging es zu Fuß zum Nachbarort. Es klappte alles. Der Braunweiße hat den Umzug gut überstanden. Als ich beim Bauer den Hund ablieferte, sah ich auf dem Hof etliche Hühner herumlaufen. Ich dachte dann so bei mir: „Der Terrier war hier richtig.

"Ein halbes Jahr später traf ich den Bauern und er war mit dem Hund zufrieden und er durfte dort frei herumlaufen. Der Hund schaute sich täglich die

Ortschaft an. Auch hat er keine Hühner mehr geris-
sen. Ich traf bei Besuchen der Schwiegereltern Flores
öfter. Dann kam voller Freude auf mich zu und win-
delte. Damit war das Kapitel Hund für uns abgeschlossen. Ende gut alles gut.

In dem Häuschen saß ein Polizist, vor ihm nur ein
Buch und ein Telefon. Ich blieb vor dem Wachhäuschen stehen und begrüßte den Polizisten.

Dieser fragte mich, wohin ich möchte? Ich beantwor-
tete, die Frage und er fragte nach meinem Personalausweis. Ich reichte ihn rüber, er schaut den Personalausweis sehr genau an.

Dann schaute er mir in die Augen und schrieb meine
Daten aus dem Ausweis in das Wachbuch, füllte einen Passierschein für mich aus, reichte ihn mir zurück und erklärte mir:

„Den müssen sie, wenn sie fertig sind, hier wieder
abgeben. Lassen Sie den Passierschein von dem je-
weiligen Sachbearbeiter unterschreiben. Visa-Ange-
legenheiten werden im Zimmer 3 bearbeitet".

Ich ging die Treppe hoch zur Eingangstür. Das Polizeiamt war eine ehemalige Villa, die vielleicht einem
Unternehmer gehört hatte, der dann 1945 enteignet
worden war. Ich machte die große schwere Eichen-
holztür auf, auffallend an ihr die unzähligen Eisen-
beschläge. Dann musste ich eine breite Treppe hoch,
dort war wieder eine große Tür. An den Wänden

hingen Fotos, wahrscheinlich von Polizeieinheiten aus dem Kreis. Ich öffnete die Tür und stand im Treppenhaus der 1. Etage. Gleich links war das Zimmer 3, ich klopfte und trat in das Zimmer ein. Es war das Wartezimmer, in der Mitte stand ein Tisch mit 4 Stühlen. An der linken Wand standen noch ein paar Stühle, die Wände waren weiß gestrichen. An der rechten Wand befand sich eine Holzwand, dort waren Fenster und Luken eingebracht und ein Pult war an der Wand befestigt.

Auf dem Pult stand ein Kasten und links daneben baumelte ein Kugelschreiber an einem Bindfaden. Über dem Pult war ein Schlitz in die Holzwand eingearbeitet, dieser Schlitz wurde von einer Briefkastenklappe überdeckt. Über dem Schlitz ein Schild, auf dem stand:

„Bitte entnehmen Sie dem Kasten die entsprechende Karte mit ihrer Angelegenheit und werfen sie diesen zusammen mit Ihrem Personalausweis in den Schlitz! "

Ich ging also zum Pult, suchte die entsprechende Karte heraus, legte sie in meinen Ausweis und warf beides in den Schlitz.

Im Raum saßen 6 Leute, ein älteres Ehepaar, eine jüngere Frau, eine ältere Frau, ein älterer Mann und ein Kind. Das Kind gehörte wahrscheinlich zu der jüngeren Frau.

Ich setzte mich auf einen Stuhl, der an der linken Wand steht und schaute mir die Wände an. Dort hingen Poster von der Polizei, an der Holzwand hing ein Bild von Erich Honecker.

Auf den Tisch lagen Zeitungen, natürlich waren es Polizeizeitungen, auch Werbeprospekte für die Polizei und Armee. Werbeprospekte gab es in der DDR sonst fast gar nicht. Ich nahm mir eine Polizeizeitung, blätterte sie durch, las aber nur die Überschriften und schaute mir die Bilder an. Das reichte mir, an den Überschriften merkte ich, alles was dort stand, war nur politischer Schrott.

Das ältere Ehepaar, ich schätzte sie auf Ende 50, wurden von einer Polizistin abgeholt, sie verließen mit ihr das Zimmer. Dann plötzlich erklang eine quäkende, verzerrte Stimme aus einem Lautsprecher.
„Frau Müller zum Zimmer 6! "

Ich hatte an der Holzwand den angebrachten Lautsprecher übersehen. Der Klang der Stimme im Lautsprecher ging durch Mark und Bein. Die jüngere Frau stand auf und nahm das Kind an die Hand und ging aus dem Wartezimmer. Nun saßen nur noch der ältere Mann und die ältere Frau mit mir im Wartezimmer.

Wir warten so ca. 15 Minuten, als wieder die Tür zum Wartezimmer aufging. Ein Polizist mit einem 14- jährigen Jungen kam hinein. Der Polizist befahl dem Jungen, sich auf einen Stuhl zu setzen. Der Junge, er kam mir ganz verstört vor, setzte sich zaghaft hin. Wahrscheinlich hatte er etwas ausgefressen und musste mit zur Polizei.

Da kam wieder die quälende Stimme aus dem Lautsprecher. Sie rief den Namen des älteren Mannes. Auch er musste ins Zimmer 6. Fünf Minuten später wurde der Junge von dem gleichen Polizisten abgeholt, der ihn gebracht hat. Nun saß ich mit der älteren Frau nur noch allein im Wartezimmer, ich schaute zu ihr rüber und bemerkte Tränen in den Augen. Sie bemerkte meinen Blick und schaute mich an. Dann machte sie eine abwinkende Handbewegung und drehte Ihren Kopf ruckartig weg.

Ich glaubte an der Bewegung zu erkennen, dass sie großen Ärger mit der Polizei hatte. Da ging wiederum die Tür auf und dieselbe Polizistin, die das ältere Ehepaar abgeholt hat, rief den Namen der älteren Frau, forderte sie zum Mitkommen auf.

Nun saß ich allein im Wartezimmer. Nach 3 Minuten öffnete sich die Tür und in der Tür stand eine sehr stattliche Polizistin, sie trug eine weiße Bluse und einen weinroten Rock an, auf dem Kopf eine weinrote Kappe, die mit 4 Klemmen an ihren gut frisierten Haaren befestigt war. Mit ihrem sehr großen Busen sah sie aus, wie die Kompanieamme. „Herr Buchner, bitte ins Zimmer 7!"

Ich stand auf und folgte Ihr, im Zimmer bot sie mir einen Platz an.

Das Zimmer war nicht groß, war wie ein Büro eingerichtet. In der Mitte ein Schreibtisch, hinter dem sie Platz nahm und vor dem Schreibtisch standen zwei Stühle. Auf einen dieser Stühle durfte ich Platz nehmen. Sie fragte dann, mit welchem Anliegen ich heute hier erscheinen. Die Frage empfand ich schon als eine Provokation. Hatte ich doch im Wartezimmer meinen Personalausweis, mit der von der Polizei vorgegebenen Grundkarte, abgegeben. Ich ließ mich aber nicht provozieren, holte meine Unterlagen hervor, reichte sie ihr und nannte mein Anliegen.

Ich begann zu erzählen, dass meine Mutter aus Essen stammte und dass sie 1944 ausgebombt und mit ihrer Mutter und 3 Geschwistern in den Nachbarort meines heutigen Wohnortes evakuiert worden war. Dort lernte sie meinen Vater kennen und heiratete ihn. Ihre Mutter ist nach dem Krieg wieder mit den 3 Geschwistern nach Duisburg zurückgegangen. Meine Eltern hatten sich in meinem Wohnort sesshaft gemacht. Beide Elternteile seien schon verstorben. Auch meine Tante in, die Mutter meiner Cousine, von der ich die Einladung erhalten habe, sei schon verstorben. Ich hätte zu meiner Cousine ein gutes Verhältnis, sie würden fast jedes Jahr zu Besuch zu uns kommen.

Nach meinen Reden herrschte erst einmal Ruhe im Büro. Die Polizistin wälzte in meinen Unterlagen. Mein Blick ist auf sie gerichtet.

Bei mir dachte ich, sie ist kein schlechtes Weib, richtig für diese Funktion hier geschaffen, eine Art Flintenweib. Ohne Uniform, mit einem schönen Kleid, würde ich sie auch nicht von der Bettkante schubsen. Sie ließ sich Zeit, mein Blick fiel auf den Panzerschrank, der hinter ihr stand. Daneben standen noch 2 Blechschränke, diese waren in einem schlichten Armee - Grün gespritzt. Auch ich hatte solch einen Schrank im Büro stehen, wegen des Brandschutzes. Links im Raum war das Fenster, natürlich vergittert. Rechts stand ein kleiner runder Tisch, auf dem Tisch standen zwei benutzte Kaffeetassen. Über dem Tisch hingen zwei Bilder, von einem schaute wieder Erich Honecker auf mich herab und die Person des anderen Bildes ließ mich erahnen, dass es der Innenminister Friedrich Dickel war.

Die Polizistin meldete sich wieder. „So, so", meinte sie. „Sie wollen also in die BRD fahren. Von den Unterlagen her ist alles vorhanden, aber der Besuchsgrund ist sehr schwach. Das Blut der Blutverwandtschaft ist schon ziemlich verdünnt. Eigentlich müsste ich ihnen ihre Unterlagen zurückgeben und das war es dann".

Ich dachte, sie ist zwar sehr locker, aber resolut und fing wieder an zu reden. Sie unterbrach mich sofort, wollte wissen, ob ich verheiratet sei, ob ich Kinder hätte. Ich bejahte und sie fragte weiter:

„Haben sie Besitzstand, Auto oder Haus?" Ich erklärte ihr stolz, dass ich einen Trabi, das größte Umweltauto der Welt. Es besteht voll aus Plaste und fahre und seit 1972 ein eigenes Umwelthaus mit Garten und keiner schlechten Luft dort besitze. Sie war eigentlich sichtlich zufrieden mit meinen Antworten. Weil mein Haus viel Grün hatte und alle Vögel noch da waren. Warum macht man das Nicht in Bitterfeld.

„Nun gut", meinte sie: „Wir können es ja einmal versuchen. Hier haben sie die Anträge, für den Reisepass und für das Visum. Dann benötigen sie noch 2 Passbilder, kommen am Freitag wieder her und bringen die korrekt ausgefüllten Anträge, die Passbilder und eine Beurteilung von Betrieb mit." Ich war erstaunt, dass alles eigentlich reibungslos und schnell gegangen war, nahm die mir gegebenen Unterlagen und sie legte meine Unterlagen in eine Mappe, die sie dann in den Panzerschrank tat. „Also, bis Freitag", sagte sie.

Ich ließ noch meinen Passierschein unterschreiben, verabschiedete mich höflich und ging los. Den Passierschein gab ich dem Polizisten in dem hölzernen Wachhäuschen. Er schaute genau darauf, ob der Passierschein ja unterschrieben war und fragte sogar noch mal nach.

Es wird alles gut, wenn man nur das Richtige tut. Mein Weg führte mich zum Parkplatz, ich setzte mich in meinen Trabi und fuhr los. Als ich vom Parkplatz herunterfahren wollte, bemerkte ich die ältere Dame aus dem Wartezimmer, die geweint hatte. Im Vorbeifahren sah ich, dass sie immer noch weinte. Natürlich musste ich anhalten, öffnete das Fenster, bot ihr an, sie in die Stadt mitzunehmen. Und plötzlich schlich sich so etwas wie ein erstes Lächeln auf ihr Gesicht, sie stieg ein. Es war ein ganz schön langer Weg bis in die Innenstadt, da kamen locker 2 Kilometer zusammen. Die Frau konnte ihre Tränen aber immer noch nicht verbergen und ich fragte sie

„Ist wohl nicht so gut gelaufen?"

„Nein", meinte sie. Ich merkte ihr an, dass sie darüber mit irgend jemanden reden musste.

„Meine Schwester ist gestorben und sie wird am nächsten Sonnabend beigesetzt. Es wird eine Urnenbestattung. Ich möchte zur Beerdigung fahren, da ich aber nicht nachweisen kann, dass sie meine Schwester ist, lassen sie mich nicht fahren". Ich frage, wie alt sie sei, eigentlich macht man das ja nicht bei Frauen.

„59 Jahre, wir mussten im Krieg aus Pommern flüchten. Unser Städtchen wurde angegriffen und unsere Wohnung, mit all unseren Unterlagen und Bilder ist verbrannt. Auch das Standesamt und die Kirche sind niedergebrannt und so habe ich von meiner Schwester und   ich keine Geburtsurkunde und keinen Taufschein, geschweige noch Bilder und andere Unterlagen. Ohne all diese Unterlagen kann ich nicht nachweisen, dass sie meine Schwester ist. Ich habe schon nach Polen geschrieben, dass der jetzige Pfarrer aus dem Städtchen mir den Brand beglaubigen soll. Das wäre dann meine letzte Chance".

Sie Tat auch das Richtige. Kompromisse.

Ich erzählte ihr, dass mein Opa 1970 im Oktober gestorben war und dass meine Mutter auch nicht zur Beerdigung fahren durfte. So etwas war in meinen Augen einfach unmenschlich. An diesen Beispielen sah man, das dieses Regime keine Achtung vor seinen Bürgern hatte, noch nicht mal vor den Toten. Sie schissen sich vor Angst in die Hose. Denk daran wie alles begann.

Die ältere Frau meinte dann zu mir: „Wenn ich wirklich fahren darf, bleibe ich drüben, dort geht es mir besser. Mein Mann ist vor 2 Jahren gestorben. Unsere Kinder sind groß, die brauchen mich nicht mehr und kümmern sich auch nicht so richtig um mich. Was soll ich denn noch hier? Drüben habe ich wenigstens noch meine Schwester". Innerlich dachte ich, die Frau ist aber mutig, mir dies zu erzählen, einer wildfremden Person, aber das zeigte doch genau Frust auf die Polizei und auf den Staat. Auch jetzt zu unseren Bundespräsidenten. Er kann aber nichts dafür er denkt nicht zu Ende. ansonsten ist er gut.

Mittlerweile waren wir in der Innenstadt angekommen, ich wünschte ihr noch viel Glück, das man sie fahren ließ und sie stieg aus. Dann fuhr ich wieder zur Arbeit, es waren etwas mehr als 2 Stunden geworden. Mir kam die Zeit eigentlich nicht so lang vor.

Es war inzwischen Mittagspause und ich ging gleich vom Parkplatz aus zum Essen in unseren Speisesaal. Der Kurze und meine Sekretärin saßen schon im Speisesaal, ich holte meine Bohnensuppe und setzte mich zu den beiden. Meine Sekretärin fragte gleich: „Na, Wilhelm, wie ist es gelaufen?" Auch der Kurze legt seinen Löffel bei Seite.

Ach eigentlich ganz gut. Ich habe die Anträge bekommen und soll übermorgen die Anträge mit Passbildern und der Beurteilung vom Betrieb wieder abgeben. Hoffnung hat mir die Polizistin nicht viel gemacht. Sie hatte aber gemeint, dass ich es versuchen könnte.

Der Kurze meinte: „Versuch macht klug", nahm seinen Löffel wieder auf und aß die Suppe weiter. Ich fragte sie: „War was los in der Zeit, als ich weg war?" „Na ja", meinte meine Sekretärin Birgit, „Otto hat verrückt gespielt."

Otto war unser Fahrstuhlführer. Da unsere Produktionslinie auf 3 Etagen verteilt war, brachte Otto aus dem Zuschnitt, die einzelnen Zuschnitte an die Nähbänder. Otto war eigentlich das Herz des Betriebes, war Otto mal nicht ganz in Ordnung, dann stockte der Betrieb. Er war der Mann für alles, er fegte noch den Hof und unsere Straße vor dem Betrieb, räumte die Papphülsen der Stoffballen weg. Das letztgenannte war eine wichtige Arbeit.

Denn die Papphülsen mussten wir immer wieder zur Stofffabrik zurückliefern. Wenn wir nicht genügend zurückliefern, konnte es vorkommen, dass wir nicht die volle Lieferung Gewebe von der Fabrik bekamen.

Otto war leicht behindert an den Füßen und im Kopf.

Ich war mittlerweile mit meiner Suppe fertig, auch der Kurze und Birgit. Heute hatte die Suppe nicht so gut geschmeckt, aber was konnte man für 60 Pfennige schon erwarten. Sie war auf jeden Fall heiß und füllte den Magen.

Wir verließen gemeinsam den Speisesaal, doch als wir zur Werkstatttür hereinkommen, hörten wir schon jemanden schimpfen. Es war Otto und er schimpfte in einer Tour:

„Konnte tot sein, konnte tot sein! Wenn ich den kriege, aber dann. Konnte tot sein!"

Die Werkstatt war leer. Kein Schlosser, Elektriker oder Mechaniker waren zu sehen. Sie spielten sonst hier in der Mittagspause immer Skat. Nur Otto war da und schimpfte.

Ich fragte: „Warum schimpfst du?" „Konnte tot sein!" „Was ist denn passiert?" „Konnte tot sein", bekam ich wieder zur Antwort. „Nun erzähle mal! Was ist passiert?" Wiederum brachte Otto nur die drei Worte heraus. „Konnte tot sein" und ging los.

Man konnte sich eigentlich nicht über Otto beschweren. Darum verstand ich auch seine Reaktion nicht, der Kurze klärte mich schließlich auf. Unsere Elektriker hatten in der Telefonzentrale die

Mutteruhr unserer Uhranlage gewechselt. Diese Uhr stammte noch von 1950 und hatte in den letzten drei Jahren eine Macke. Wir hatten erst vorige Woche eine neue Mutteruhr bekommen, sie war ausgetauscht worden. Ich selbst hatte diese neue Uhr vor 5 Jahren bestellt und nun war sie geliefert. So war das eben in der sozialistischen Planwirtschaft. Der Kurze erzählte mir, dass die Elektriker gestern nach dem Austausch die defekte Uhr auf dem Aschenwagen entsorgt hatten. Doch Otto nahm sie dort nicht nur runter, sondern nahm sie sogar mit nach Hause.

Er hatte ganz normal Feierabend gemacht und sei mit der Uhr unter dem Arm, mit seinem Fahrrad nach Hause gefahren. Zu Hause angekommen, hatte er sogar Kaffee und Kuchen stehen gelassen und sich gleich sich an die Arbeit gemacht. Er holte zwei Strippen, machte an jede Strippe einen „Pannanenstecker", wie Otto sagte, dran. Die anderen Enden der Strippen nahm er in seine Hand und drückte sie mit den Fingern auf die zwei Kontakte der Uhr. Otto dachte, es wäre doch nur Schwachstrom. Aber nur die Uhranlage lief über Schwachstrom. Das hatte er irgendwie mitbekommen. Dann sagte er zur seiner Frau: „Stecke die beiden ‚Pannanenstecker' in die Steckdose". Es gab einen Knall, Otto zitterte. Dann holte Otto aus und knallte seiner Frau rechts und links.

Seitdem ging das, „Konnte tot sein", dies war der Satz, den Otto nun immer sagte. Wenigstens schon 100 mal hatte er den Satz ausgesprochen. Dem Kurzen hatte Otto das Ereignis schon bei Dienstantritt kurz nach 6.00. Uhr erzählt, auf seinem speziellen

Plattdeutsch.

„Da hab ich eine gewischt bekommen, die Zehennägel haben sich nach oben gebogen. Konnte tot sein". Er machte nun die Elektriker für den Stromschlag verantwortlich. Otto dieses klarzumachen, dass er daran selbst schuld ist, war nicht ganz einfach.

Mir tat Otto leid, er war zur Nazizeit im Konzentrationslager Buchenwald, hatte dort den Todesmarsch mit gemacht. Da Otto aber nicht politisch in Buchwald saß, hatte in der DDR niemand großes Interesse an Ottos Geschichte, er bekam auch keine Rente für diese Zeit. Persönlich fand ich das sehr schofelig und meiner Meinung nach erkannte man daran die politische Einstellung der DDR. Wenn Otto politisch gesessen hätte, dann hätte er bestimmt ein Denkmal gesetzt bekommen und eine Rente als Opfer des Faschismus. Aber so bekam er nichts. Na, in einem Jahr würde er in Rente gehen.

Wir wollten uns bis dahin noch etwas für Otto ausdenken, damit er diesen Tag nicht vergisst. Wenn Otto irgendwann nicht mehr da sein würde, würden wir alle ein großes Problem bekommen. Wer sollte dann Ottos Arbeit machen? Trotzdem das Otto manchmal nicht klar im Kopf war, konnte man nichts Negatives über seine Arbeit sagen. Otto würde uns fehlen und vor allem die vielen Geschichten um seine Person.

Ich konnte mich noch genau an die Story vor ca. 5 Jahren erinnern. Es war Februar und es gab Jahresendprämie, alle sehnten diesen Tag herbei. Denn wenn der Betrieb gut gearbeitet und das Planziel erreicht hatte, was in jedem Jahr der Fall war, gab es ein gutes Monatsgehalt extra. Alle Kollegen warteten schon sehnsüchtig darauf. Ich hatte alle Arbeitskollegen nach dem Mittag zu mir bestellt und hatte dann die Jahresendprämie ausgezahlt. Immer zwei Kollegen bestellte ich in mein Büro bestellt, musste meinen Dankesvers für die hervorragende Arbeit herbeten und überreichte dann jedem Kollegen die Prämie.

Bis Otto dran war, bei Otto war alles ganz anders. Als Otto kam, legte ich die Prämie auf dem Schreibtisch. „Otto, hier hast du deine Jahresendprämie, 567,- DDR Mark. Da kannst du dir ein neues Fahrrad von kaufen."

Otto verblüffte mich und meine Sekretärin Birgit, die bei der Auszahlung die Spendenliste führte. Es war Pflicht, 5 % musste jeder Kollege für die Solidarität spenden. Otto meinte:

„Du kannst die ganze Prämie spenden, für Vietnam".

Meine Antwort:

„Otto, da brauchst du doch nur 5 % zu geben". Ich wollte ihn beruhigen, doch Otto sagte wieder: „Die Prämie kannst du im Ganzen für Vietnam spenden. Zahlt mir lieber jeden Monat ein besseres Gehalt, das wäre für mich besser. Ich kann dann auch einmal in den Delikat – Laden gehen".

Ich versuchte auf Otto einzugehen:

„Na Otto, hier hast du dein Geld und gehe heute mit deiner Frau in den „Deli" (so wurde der Delikat - Laden abgekürzt) und kauft euch was Schönes".

„Nein ich will das Geld nicht, du kannst es für Vietnam spenden".

Dann ging Otto die Treppe herunter und wurde den ganzen Tag nicht mehr gesehen. Birgit und ich schauten uns ganz verblüfft an und sie fragte mich: „Was war das denn?" Meine Gehirnzellen fingen an zu arbeiten.Ich sagte zu ihr:

„Kein Wort zu den anderen. Nimm 5,- Mark für die Spendenliste und ich schließe das Geld erst mal in meinen Schreibtisch", hier gab es ein Wertfach. „Ich werde es morgen wieder bei Otto versuchen." Wenn ich heute darüber nachdenke, komme ich zu dem Schluss, dass Otto doch nicht so dumm war, wie man dachte. Eigentlich hatte Otto recht, 500,- Mark waren wirklich sehr wenig Geld. Damit konnte er nicht in den Delikat gehen. Die 500,- Mark waren für ihn und seine Frau zum Sterben zu viel und zum Leben zu wenig. Er hätte ganz gerne ein paar Mark im Monat mehr gehabt. Ich versuchte es 4 Wochen lang Otto das Geld zu geben, bekam aber immer dieselbe Antwort von Otto. Auch der Kurze hatte bei Otto kein Erfolg.

Da kam mir eine Idee, ich meldete mich bei meiner großen Chefin an, erzählte ihr von dem Ereignis mit Otto. Sie schmunzelte, begriff, aber gleich was ich wollte.

„Wilhelm", sagte sie zu mir.

„Ich werde der Gehaltsstelle anweisen, Otto ab diesem Monat 100,- Mark mehr zu zahlen."

Meine Freude war groß und ich bedanke mich recht herzlich bei ihr. Als ich ihr Büro verließ, sagte sie zu mir:

„Otto hat es verdient, denn er ist das Herz der Produktion, wenn das Herz krank ist, ist auch der Betrieb krank. Man muss ein solches Herz stärken. Was sind in unserer Planwirtschaft schon 100,- Mark. Noch nicht einmal ein Tautropfen." Wie recht hatte sie.

Übrigens nach einem viertel Jahr, saß Otto plötzlich in meinem Büro und wartete auf mich. Ich fragte Otto, was los sei, dachte nicht mehr an die Prämie. Otto fragte mich:

„Hast du noch das Geld von der Jahresprämie?" Ich bejahte. „Kann ich es haben?"

„Aber natürlich" und ich gab Otto sein Geld. Ottos Augen wurden feucht, er freute sich. Dann sagt er beim Rausgehen: „Ich muss doch im Kopf ein bisschen dumm gewesen sein."

„Warst du auch Otto", rief Birgit aus dem Nachbarbüro, sie hatte alles mitgehört. Ich sagte zu ihr: „Er war nicht dumm, sondern besonders schlau. " Sie begriff, aber den Zusammenhang nichts, da ich von Ottos Lohnerhöhung keinem etwas erzählt habe, um keine Unruhe in das Kollektiv zu bringen. Einen Tag später kam Otto und brachte uns eine Flasche Sekt aus dem Deli, Kostenpunkt ca. 25,- Mark. Als ich sie nicht wollte, meinte der Kurze nur, denke mal an die Jahresendprämie. Ich nahm die Flasche, wir holten Gläser und tranken auf Otto, denn es gab etwas zu feiern. Das Thema zu Ottos Jahresendprämie war gelöst.

Drei Tage, nach dem Otto nun endlich seine Jahresendprämie abgeholt hat, gab es ein neues Ereignis mit Otto. Die Polizei war bei uns und überbrachten uns die Nachricht, dass Otto im Krankenhaus in Magdeburg lag. Seine Frau hatte sie zu uns geschickt. Otto wollte sich in der Nachbar Kreisstadt von der Jahresendprämie ein neues Fahrrad kaufen. In der Stadt gab es ein sehr schönes Fahrradgeschäft. Otto setzte sich auf sein altes Fahrrad und wollte dort hinfahren. Bis zur anderen Kreisstadt waren es so ca. fünfundzwanzig Kilometer. Für Otto kein Pappenstiel. Er fuhr los und an einer Kreuzung in Richtung der anliegenden Nachbarkreisstadt, hatte er sich verfahren und ist falsch abgebogen. Er war jetzt drei Stunden unterwegs. Kurz vor unserer Bezirkshauptstadt, die so ungefähr fünfzig Kilometer von unserer Kreisstadt weck lag, wurde der Verkehr mit Autos größer. Fahrradwege gab es damals nicht und Otto fuhr mit seinen 64 Jahren auf der Fernverkehrsstraße. Otto kannte wahrscheinlich die Straßenverkehrsordnung nicht richtig und hatte einen Zusammenstoß mit einem Auto. Er musste ins Krankenhaus. Es war zwar nicht ganz so schlimm und Blieb bei Verstauchungen und einem blauen Auge, diese kann man wörtlich nehmen, er hatte ein blaues Auge. Da unsere Abteilung, die Patenschaft über Otto übernommen hatte, holten wir in aus der Bezirksstadt mit kaputtem Fahrrad ab und brachten ihn nach Hause, wo ihn seine kleine Frau pflegte. Vierzehntage später ist sein Meister mit ihm in die angrenzende Kreisstadt gefahren und er hat sich ein neues Fahrrad gekauft.

Hier haben wir wieder ein Umweltproblem. Ja, ja Otto ich kann mich noch erinnern, dass die Polizei ihn drei Tagelang gesucht hat. Otto hatte ein kleines Haus, selber blau angestrichen, von hellblau bis dunkelblau. Otto war ein gewissenhafter Mensch und fegte jeden Sonnabend die Straße. In der Straße wohnten auch Jugendliche, die Otto immer ärgerten. Sie kippten ihm haufenweise Müll und Unrat in seinen Straßenrinne.

Otto machte das immer schön weg, doch einmal war es zu viel. Er holte seinen Schäferhund und hetzte diesen auf die Jugendlichen. Ich kann ihn verstehen. Der Schäferhund machte richtige Arbeit und biss zwei Jugendliche in die Waden.

Die Jugendlichen zeigten Otto bei der Polizei an. Nach dem Bissen des Hundes, hatte sich Otto überlegt, was er gemacht hatte und versteckte sich in der Mülldeponie, wo er sich ein Lager baute. Seine Hund hatte er dorthin mit genommen. Drei Tage hat er dort gehaust und sich versteckt, bis ihn ein Kollege dort fand, als er Müll auf die Handwagenkippe hinbrachte. Wir holten Otto zurück und sprachen mit der Polizei. Die Polizei gab Otto eine Verwarnung und er durfte seien Hund behalten. Die Jugendlichen bekamen eine Strafmandat, wegen Verschmutzung der Straßen. Otto hat sich aber bei seinem Hund bedankt und hat ihn 5 frische Forellen gekauft, diese fraß der Hund gerne.

Wir gingen nach dem Auftritt mit Otto in unser Büro. Dort schaute ich mir die Tagespost an. Die Arbeiter und Bauerninspektion hatte sich angekündigt.

Sie wollen Kontrolle machen. Es ging dabei um Nähmaschinenlampen.

Nähmaschinenlampen sind Mangelware in der DDR, aber wir hatten genug. Vor Kurzen hatte ich erst 2000 Stück besorgt und so waren wir gut über die Runden gekommen. Dafür hatte ich der Disponentin im Versorgungskontor einen Mantel aus unserer Produktion geschenkt.

Ich gab den Brief dem Kurzen und meinte zu ihm: „Lass dir etwas einfallen, damit sie die Lampen nicht finden, fingiere die Kartei, so das sie vielleicht einen Karton mitnehmen können, dann hat die Inspektion auch ein Erfolgserlebnis. "

Nachdem wir das besprochen hatten, musste ich mich wieder um meine BRD-Fahrt kümmern. Ich ging also in die Kaderabteilung, Frau Knüller ist dort die Kaderleiterin. Sie hatte zwar nur eine Ausbildung als Verkäuferin, aber sie hatte Bezirksparteischule. Sie war ein Jahr auf Parteischule gewesen und danach war sie in unserem Betrieb zur Kaderleiterin berufen worden. Wer Parteischule hatte, war in den Augen der Partei etwas Besseres, man war linientreu. Auch wenn man die benötigte Qualifikation für die Stelle nicht hatte, bekam man sie trotzdem. Ich klopfte an ihrem Büro an, wartete auf die Aufforderung zum Eintraten und brachte mein Anliegen vor.

Sie schaute mich verdutzt an, ich erzählte alles noch einmal und sagte zum Schluss, dass ich die Beurteilung bis spätesten morgen um 15:30 Uhr für die Polizei benötigen würde.Da sagte sie:

„Das werden wir bis morgen kaum schaffen, wir brauchen dafür noch die Unterschrift unserer Betriebsdirektorin und die Chefin ist morgen nicht da." Mein Herz schlug vor Aufregung bis hoch an den Hals. Ich wusste ja, wie die Erarbeitung solch einer Beurteilung abläuft.

Der unmittelbare Vorgesetzte musste der Kaderabteilung einen Bericht über denjenigen geben, der in den Westen fahren möchte. Auch ich habe solche Beurteilungen schon des Öfteren schreiben müssen, für den Kurzen, meine Sekretärin, für Walter und für Kalle, beide waren Schlosser bei uns. Ich schrieb natürlich nur Gutes in die Beurteilung, wollte ja keinem die Fahrt dorthin vermasseln. Meisten wurden solche Berichte zur Stasi weitergegeben, so wurde man ungewollt Informant der Stasi. Ich sagte dann nochmals zu Frau Knüller: „Ich brauche die Beurteilung bis allerspätestens am Freitag um 9.00 Uhr, da habe ich einen Termin auf dem Kreispolizeiamt, zur Abgabe des Visumsantrages."

Innerlich dachte ich, du olle Zicke, bewege mal deinen fetten Hintern. Ich verabschiedete mich aber höflich und ging auf den Flur des Hauptgebäudes. Auf dem Flur bekam ich eine Idee, zu meinen unmittelbaren Chef zu gehen und ihm die Sache zu erklären. Gedacht, getan. Er wollte mich sowieso noch sprechen.

Nacht den alten Spruch, alles hat seinen Sinn, entweder lässt er mich oder nicht.

Auch er hatte vor der Arbeiter und Bauerninspektion gewaltigen Respekt, die sich angekündigt hatte.

„Bevor wir das besprechen, müssen wir erst einmal über meine Fahrt in den Westen besprechen. Die Kaderleiterin Frau Knüller wird dich gleich anrufen, sie benötigt von dir eine Beurteilung über meine Person. Diese muss ich bis Freitag haben, wenn ich den Antrag bei der Polizei abgebe.

„Nein", sagte er, „das mache ich nicht. Ich darf ja auch nicht fahren, dann brauchst du auch nicht fahren."

Er grinste dabei, nahm ein Stück weißes Papier und fing an zu schreiben. Überschrift: „Beurteilung".
„Na so schnell brauchst du auch nicht zu sein, lass Frau Knüller erst einmal anrufen".

„Hat sie ja schon", meinte er und legt den Stift aus der Hand.Wir besprachen alles über die angesetzte Inspektion und ich ging ich mit den Worten: „Lass dich jetzt nicht stören."

Ich ging in mein Büro zurück, irgendwie war ich aufgekratzt. Mittlerweile war es schon 14:30 Uhr. Ich musste heute ganz pünktlich Feierabend machen, denn ich wollte noch zum Fotograf, brauchte Passbilder. Die ich noch zu Hause hatte, waren schon über 10 Jahre alt. Auf den Passbildern sah ich aus wie ein Beatle. Ich hatte, als ich jünger war, einen Beatle-Haarschnitt gehabt.

Mit den Bildern konnte ich nicht zur Polizei. Wenn sie die sahen, dann würde die den Antrag gar nicht erst annehmen, also mussten es neue werden.

Es wurde Feierabend, ich fuhr mit dem Trabi in die Innenstadt unserer Kreisstadt zum zentralen Parkplatz. Die Parkmöglichkeiten in der Innenstadt hatte man eigentlich gut gelöst.

Auf dem großer Parkplatz, mitten in der Stadt, bekam man immer einen Parkplatz. Nur wenn zweimal im Jahr Rummel war, wurde der Platz halb geschlossen. Da es bei uns in der DDR nicht so viele Autos gab, war entgegen anderen Dingen, ein Parkplatz keine Mangelware. Ich stellte mein Auto ab und ging zu „Foto Tiefenstein". Dieser war der einzige private Fotograf in der Kreisstadt. Ansonsten gibt es noch einen Fotografen, der war aber staatlich, von der „HO", das war die Abkürzung für unsere Handelsorganisation.

Ich ging in das Geschäft und fragte, ob er mir Passbilder machen könnte und ob diese bis morgen zum abholen fertig wären.

Herr Tiefenstein lachte und meinte: „Wohnen wir hier im Westen oder in der DDR? Passbilder dauern drei Tage, früher geht das nicht." „Au Backe, da bekomme ich aber ein Problem. Ich muss bis Freitag früh Passbilder haben, denn ich möchte gerne in den Westen fahren. . Freitag früh habe ich einen Termin auf dem Kreispolizeiamt zur Abgabe meiner Visa Unterlagen."

Herr Tiefenstein schaute mich entsetzt an. „Vor Montag sind die Passbilder aber nicht fertig, außer es kommen heute noch 25 Leute, die Passbilder machen lassen wollen. Ich habe heute Morgen erst einen neuen Film in den Apparat gelegt. Auf den Film sind erst 8 Bilder drauf."

Mir kam die Idee:„Ich bezahle ihnen den Film! "

„Der kostet aber 12,50 Mark extra, hinzukommen noch die Entwicklungskosten. Das macht zusammen runde 20,- Mark." Was sollte ich machen, ich bezahlte die 20,- Mark und wir gingen ins Atelier und er fotografierte mich. „Die Bilder können sie dann morgen Abend abholen. Es wird so gegen 17.30 Uhr", meinte er und gab mir den Abholschein.

Ich ging aus dem Laden und dachte so bei mir, für die paar Passbilder so viel Geld. Das durfte ich gar nicht meiner Frau erzählen. Meine Frau hielt mich sonst für verrückt, sie war ja schon nicht so begeistert, dass ich in den Westen fahren wollte. Dann machte ich noch ein paar Einkäufe, zum Fleischer und Mett holen zum Abendbrot.

Schaute noch im Delikat vorbei. Auf der Rückfahrt musste ich immer an die sehr teuren Bilder denken, der reinste Wucher war das. Aber es ging eben nicht anders und mir kam der Gedanke, wenn der Herr Tiefenstein das bei allen Kunden so macht, dann war es er auch kein Wundre, dass er einen neuen „Lada" fuhr. Der „Lada" war mit das teuerste Auto in der DDR.

Zu Hause angekommen, fragte meine Frau, wo ich jetzt erst herkomme. Ich erzählte von der Anfertigung der neuen Bilder, aber nicht die ganze Story .

Sie meinte: „Wir haben kein Brot mehr und der Bäcker hat gleich zu."

Ich drehte mich um und fuhr mit dem Fahrrad zur Kaufhalle. Konsumbrot war nicht meine Masche, aber ich musste welches holen. Ich brachte eigentlich Brot immer von meiner Arbeitsstelle mit. Jeden

Dienstag und Freitag holte unser Fuhrpark von einem privaten Bäcker Brot.

Ausgewählte, wie unsere Chefin und der Hauptbuchhalter, aber auch die Kaderleiterin Frau Knüller bekamen dann auch ihr Brot. Gedacht war es eigentlich für unsere Kraftfahrer, wenn sie spät nach Hause kamen, hatten die Kaufhallen und die Bäckereien schon geschlossen. Für mich war es auch gut, auch ich brauchte nicht für Brot und Brötchen anzustehen und bekam dienstags ein Brot und freitags ein Brot und 10 doppelte Brötchen. Die Brötchen backten wir auf dem Toaster sonnabends auf, so konnte ich am Sonnabend eine Stunde länger schlafen.

Wenn man bei uns im Dorf sonnabends Brötchen haben wollte, musste man spätesten um 8:00 Uhr beim Bäcker sein, ansonsten waren sie ausverkauft. Man hatte auch schon mal Pech, dass sie auch schon um 8:00 Uhr ausverkauft sind, weil zu viele vorbestellt waren, dann musste man mit Brot frühstücken.

Während des Abendessens fragte meine Frau.

„Na wie war es denn auf der Polizei. Haben sie dich nicht gleich rausgeschmissen, weil das Verwandtschaftsverhältnis zu weit entfernt ist?" „Nein", sage ich. „Ich habe sogar die Anträge mitbekommen, die ich am Freitag ausgefüllt wieder abgeben muss."

„Das kann ich mir nicht richtig vorstellen."

„Die Passbilder von heute, die kann ich morgen schon abholen." Den Preis dafür hatte ich ja verschwiegen. Das wollte ich ihr lieber erst erzählen, wenn ich wieder komme. Damit war das Thema Westen für den heutigen Tag mit meiner Frau beendet. Nach dem Abendessen ging ich in das Wohnzimmer und schaute mir die Anträge an, ich war verblüfft, was man alles wissen wollte.

Ich las mir alles durch, las es lieber noch mal, damit ich auch alles beantworten kann. Dann holte ich einen Kugelschreiber und füllte die Formulare aus. Ich brauchte dazu fast eine Stunde, wollte ja auch keinen Fehler machen. Darum überlegte ich bei jeder Frage, was ich hinschrieb. Als Entspannung schaute ich dann mit meiner Frau Fernsehen.

Am nächsten Tag fragte ich frühmorgens meinen Chef, ob er die Beurteilung fertig hat.

Er meinte zu mir, sie sei schon gestern eine Stunde später fertig gewesen und er hätte sie gleich in die Kaderabteilung gegeben. Kurz vor Feierabend ging ich in die Kaderabteilung.

Ich bekam zur Antwort, die Beurteilung sei noch bei der Betriebsdirektorin und vor morgen früh bekomme man die Unterschriften Mappe nicht zurück. Die Chefin wäre nicht da. Da konnte ich erst mal nichts machen. Also hieß es, bis morgen warten. Ich fuhr nach Arbeitsschluss zum Fotografen, sollte zwar erst um 17:30 Uhr kommen, aber ich versuchte es eben schon früher. Ich hätte sonst noch 2 Stunden warten müssen, fuhr also wieder zu dem zentral gelegenen Parkplatz und ging noch eine Runde durch die Geschäftstrasse Ich wollte mich umschauen, was man als Hochzeitsgeschenk mitnehmen konnte. So gegen 16.15 Uhr stand ich vor dem Fotogeschäft, ging rein und hatte Glück.

Ich bekam die drei fertigen Passbilder, beeilte mich, schnell nach Hause zu kommen, fuhr schnell Richtung Heimat.

Aber plötzlich am Stadtrand hielt mich die Verkehrspolizei an.

„Fahrerlaubnis und Fahrzeugpapier möchte ich sehen", meinte der Wachmeister. Ich stieg aus, holte sie aus der Hosentasche und gab sie dem Wachmeister. Er sah sich die Fahrzeugpapiere genau an und suchte auf meiner Stempelkarte, diese sah so ähnlich aus wie die Papiere. Sie war in etwa wie in der BRD das Punkteschema, nur etwas strenger. Bei uns war man die Fahrerlaubnis schon mit 5 Stempeln los, ich persönlich hatte aber noch keinen Stempel. Dann meinte der Wachmeister: „Sie sind eben mit 62 Kilometer pro Stunde innerhalb der Ortschaft gestoppt worden! "

Ich machte dicke Backen und meinte: „Es kann doch gar nicht sein."

Innerlich dachte ich selbst, dass ich ein bisschen schnell gewesen war, wie sollte ich nur glimpflich aus dieser Sache rauskommen. Es gab für 12 km/h zu schnell zwar keinen Stempel, aber mindestens eine Strafe von einem grünen Schein, 20,- Mark, dafür. Plötzlich fiel mir ein, dass es in die Stadt rein 60 km/h erlaubt sind. Ich nahm all meinen Mut zusammen und sagte dann zu dem Wachmeister. „Herr Wachmeister, wenn Stadteinwärts 60 km/h erlaubt sind, gilt dies bestimmt auch in die andere Richtung ."

Ich bemerke, dass der Wachmeister unsicher wurde. Zur Beweisführung zeigte ich noch auf das Schild, welches ungefähr 30 Meter von uns weg stand. Man konnte auch von hier die vorgeschriebene Geschwindigkeitsangabe gut erkennen.

Man merkte dem Wachmeister die Unsicherheit immer mehr. Er gab er mir plötzlich meine Papiere zurück und meinte:

„Hauen sie ab, aber schnell, bis ich mir es noch anders überlege!"

Ich setzte mich in meinen Trabi und gebe Gas. Im Rückspiegel sah ich, wie er seinem Kollegen zuwinkte. Das Winken deutete ich so, wir brechen jetzt ab. Ich gab noch mehr Gas, nur schnell weg hier. Zu Hause angekommen, zeigte ich meiner Frau die Passbilder, sie grinste nur. Mein Konterfei war eine absolute Nahaufnahme, mein Kopf sah wie ein Bullenbeißer aus, aber ich war zu erkennen, sicher gab es bei uns noch keine Normen dafür.

Der Freitag war angebrochen und ich war vor Aufregung schon ganz früh wach. Meine Frau stand mit mir auf, sie hatte heute wieder Frühdienst. Da musste sie um 6:00 Uhr früh im Hort anfangen. Sie musste auf ca. 50 Kinder im Alter von 6 bis11Jahren aufpassen. Die Schule fing bei uns erst um 7:30 Uhr an.

Viele oder fast alle Mütter in der DDR waren berufstätig und so mussten die Kinder schon um 6:00 Uhr in den Frühhort. Wenn die Mutter einen 8 Stundenarbeitstag hatte, dann waren es für die Kinder fast 12 Stunden. Mit aufstehen, dem Hin - und Rückweg, war das ein langer Tag für alle. Es war schon recht happig, was sich der Arbeiter- und Bauernstaat dort ausgedacht hatte. Kinderfreundlich war das nicht grade. Zwar waren die Kinder im Hort gut aufgehoben, aber von ihren Eltern hatten sie nichts.

Ich fuhr heute wieder mit dem Trabi, denn ich musste ja meinen Antrag auf dem Kreispolizeiamt abgeben. Ich schaute bestimmt fünfmal nach, ob ich auch alles mit hatte. Als ich zur Arbeit kam, hatte der Kurze bereits Kaffee gekocht. Er erzählte mir, dass man ihn gestern mit 70 km/h Stadt auswärts gestoppt hätte.

Er wollte zu seiner Mutter, die wohnte auch in unserer Bergarbeitergemeinde. Ich musste lachen und erzählte ihm, dass mir das Gleiche passiert sei. Er hatte 30,- Mark Strafe bekommen, ich musste wieder lachen. Mir wäre ein gute Ausrede mit dem Geschwindigkeitsschild 60 eingefallen und sie hätten mich weiter fahren lassen, ohne Strafe. Das musste ich ihm doch unbedingt erzählen.

„Warum ist mir das nicht eingefallen, du hast Recht, Orts einwärts war 60 erlaubt."

Ich antwortete:

„Du hast eben ein schnelleres Auto als ich. "

Der Kurze fuhr einen grünen „Skoda". Dann bemerkte ich noch, sie hätten ihm 3 % Toleranz von seiner Geschwindigkeit abgezogen. Da hat er noch Glück gehabt, denn ohne Toleranz wären es über 70 km/h gewesen, dann hätte er sogar noch einen Stempel bekommen.

Der Kurze sagte:

„Ein Stempel wäre nicht schlimm, der ist nach 4 Monaten wieder weg, aber meine 30,- Mark bekomme ich nicht wieder."

Ich hatte noch nie einen Stempel bekommen, ich musste bis jetzt nur 3,- Mark wegen falschem Parken bezahlen. Nachdem ich die 3 Mark bezahlt habe, zeigte mir der Polizist einen Parkplatz ganz in der Nähe. Es war damals in Magdeburg, als wir mit meiner Mutter und meinen Vater zum Einkaufen dort waren. Hier konnte man wirklich echt sagen, die Polizei, dein Freund und Helfer.

Der Kurze ging nach dem Gespräch in die Werkstatt und ich war mit meiner Sekretärin allein. Wir machten uns an die Post heran, ich diktierte ihr einige Briefe und machte mich an die Leistungsplanungen für das nächste Jahr. Wir mussten jedes Jahr Reparaturfremdleistungen für unsere Betriebe planen. Das war eine ziemlich umfangreiche Arbeit, ich hatte von jedem Teilbetrieb die Leistungen angefordert. Für unser Hauptwerk saßen wir vorige Woche schon zusammen und hatten den Plan für das nächste Jahr gemacht. Würde ich alle Reparaturfremdleistungen planen, die ich gemeldet bekommen hatte, dann würden wir den Reparaturfond um das 10- fache überschreiten.

Also musste ich mich auf die nötigsten Sachen beschränken.

Das Wichtigste waren die Dächer, den Posten hatte ich in jedem Teilbetriebsplan drin gelassen. Auch Klempner und Heizungsarbeiten waren wichtig, eigentlich war alles wichtig. Wenn ich an unseren Betriebsteil in Wittenberg dachte, dann fiel mir keine Lösung ein, wie man das dort machen sollte.

Dieser Betriebsteil lag in der Innenstadt, genau neben der Lutherkirche. Dorthin kamen sehr viele

Westtouristen, also musste das Erscheinungsbild gut sein. Wenn ich aber alles planen so würde, wie die Wittenberger es haben wollten, dann hätte ich für die anderen Teilbetriebe kein Geld mehr über. Also, was machen ? Und dazu kam, dass in Wittenberg in dem Jahr das Luther-Jubiläum gefeiert werden sollte.

Ich legte den Plan beiseite und in diesem Moment fiel mir ein, dass man ja deshalb in Wittenberg die Kirche restauriert wurde. Für diese Kirche hatte Erich Honecker persönlich die Patenschaft übernommen. Das war zwar etwas ungewöhnlich, aber es war eben so. Weiterhin wusste ich, dass für den Ablauf der Restauration das Politbüro auch die Finanzierung übernommen hatte. Hier wollte die Partei vor dem Ausland glänzen, wollten damit glaubhaft machen, dass in der DDR Religionsfreiheit herrscht und sie auch Kirchen und Gotteshäuser renovierten. Ich war der Meinung, dass jeder seinem Glauben nachgehen kann, auch wenn er an nichts glaubte. Ein guter Schachzug für unseren Betriebsteil wäre vielleicht, dass man einen Sonderplan für Wittenberg machte,um ihn beim Politbüro in Berlin einzureichen. Zu der Festveranstaltung der Kirche würden doch bestimmt viele westliche Persönlichkeiten kommen. Das Umfeld um die Kirche sollte ja auch besonders schön aussehen. Übrigens hatte mir der Versandleiter aus Wittenberg erzählt, dass er an einem Sonntagmorgen schon einmal Helmut Schmidt dort Orgel spielen gesehen und gehört hatte. Dazu kam es, weil er mit seinen Kolleginnen eine Sonderschicht für den Westexport machen musste, aber viel Mühe hatte, an diesem Tag trotz üblicher Absperrung mit seinen drei Kolleginnen, in den Betriebsteil zu kommen.

Dafür hörten sie bei der Arbeit ein wunderschönes Orgelkonzert, weil ein Kirchentor offen stand und er dann Helmut Schmidt vor seiner Versandabteilung auf der Orgel spielen sehen konnte.

Als ich gerade daran dachte, meinte plötzlich meine Sekretärin:

„Wollen wir nicht erst einmal frühstücken." Ich bejahte und war eigentlich froh darüber, dass sie mich in meinen Gedanken gestört hatte. Ich musste mich nämlich um meine Beurteilung kümmern, die ich immer noch nicht in den Händen hielt. Aber ohne diese Beurteilung brauchte ich gar nicht zum Polizeiamt zu fahren.

Ich griff zum Telefonhörer und rief die Kaderabteilung an, Frau Knüller ging auch sofort am Telefon.

Sie meinte gleich, nach dem ich mich am Telefon gemeldet hatte: „Deine Beurteilung habe ich noch nicht von oben zurück. Das wird erst gegen Mittag etwas."

Ich war echt sauer und rief die Sekretärin unserer Betriebsdirektorin   an.

„Wilhelm", meinte sie: „Die Beurteilung habe ich gestern schon in die Post zur Kaderabteilung gegeben, nach dem die Chefin die Beurteilung unterschrieben   hat."

Die Chefin hätte dazu gesagt: „Willichen will in den Westen fahren, na, lassen wir ihn ruhig fahren."

Wo war nun meine Beurteilung? Wer von beiden schwindelt mich an. Ich wusste nur, dass ich bis spätesten um 11.00 Uhr, die Beurteilung haben musste. Es war jetzt 10.08 Uhr, der Kaderabteilung könnte man es zutrauen, dass sie die ganze Sache verzögert. In der Abteilung saßen echte Genossen. Ich rief noch mal die Kaderabteilung an. Doch Frau Knüller sei nicht im Zimmer, sagte man mir. Nun saß ich in meinem Büro wie auf Kohlen. Meine Sekretärin versuchte mich zu beruhigen. Auch der Kurze fand einige ruhige Worte. Meine Sekretärin setzte noch einmal Kaffee hin. Nachdem er durchgelaufen ist, schenkte sie mir eine Tasse ein. Ich dachte mir, trinke die Tasse noch schnell aus und dann ab zur Kaderabteilung. Doch da klingelet das Telefon, eine Mitarbeiterin von Frau Knüller war dran. Sie meinte zu mir:

„Sie können ihre Beurteilung abholen."

Ich sprang auf und lief zur Kaderabteilung. Dort gab man mir einen versiegelten Briefumschlag, auf dem Umschlag stand die Adresse des Kreispolizeiamtes drauf. Ich nahm den Umschlag, bedanke mich und lief wieder in mein Büro zurück. Dort angekommen, meldete ich mich telefonisch bei meinem Chef ab.

Noch schnell meine Tasse Kaffee ausgetrunken und dann packte meine Sachen ein und stecke den Brief mit der Beurteilung zu den Antragsformularen in die Tasche. Ich hatte ab 11.00 Uhr einen halben Tag Urlaub genommen, wünschte meinen Kollegen noch ein schönes Wochenende und machte mich auf den Weg zu meinem Auto. Meine Sekretärin wünschte mir noch viel Glück.

Als ich auf dem Kreispolizeiamt ankam, zeigte die Uhr bereits 11.30 Uhr. Das Kreispolizeiamt war heute nur bis um 12.00 Uhr auf. Nachdem ich meinen Trabi abgestellt hatte, ging ich zu dem kleinen hölzernen Wachhäuschen. Der Polizist vom Mittwoch hatte wieder Dienst, ich gab ihm meinen Personalausweis und er schrieb den Passierschein aus. Danach ging ich in das Gebäude zum Warteraum. Dieser Raum war für 11.30 Uhr noch ganz schön voll. Sofort ging ich an den Kasten, suchte die entsprechende Karte für Visumangelegenheiten raus und warf diese zusammen mit meinem Personalausweis in den Schlitz der Holzwand. Ich setzte mich auf den einzigen freien Stuhl. Mein Blick fiel auf die kahle Wand mit dem Bild von Erich Honecker. Irgendwie dachte ich, dass er mich hämisch angrinst. Der quälende Lautsprecher meldete sich wieder, es standen zwei Leute auf und verließen den Warteraum. Plötzlich ging die Tür auf, das Flintenweib vom Mittwoch stand in der Tür und rief meinen Namen. Ich sprang vor Schreck auf, hatte ja noch nicht damit gerechnet, schnell folgte ich ihr, in das schon bekannte Zimmer.

Meine Akte lag bereits auf ihrem Tisch und sie fragte:

„Haben sie die weiteren Unterlagen?"

Vor Aufregung bekomme ich meine Aktentasche nicht auf. Gab ihr dann mit leicht zitternden Händen die Anträge, die Passbilder und den verschlossenen Umschlag. Sie machte diesen auf, las alles die Beurteilung sehr intensiv durch und legte alles zu der Akte. Rein zeitlich, erschien mir die Beurteilung schon recht kurz

Ich hätte sie gerne lesen, aber ich wollte nicht danach fragen. Dann nahm sie meine Anträge, schaute auch diese gründlich durch und heftete die Passbilder an den einen Antrag.

Auch den legte sie zu der Akte. Bis jetzt hatte sie noch kein einziges Wort gesprochen. Ich hatte mir irgendwie vorgestellt, sie würde mich noch mit Fragen bombardieren. Fehlanzeige, es herrschte eine aufregende Stille im Raum. Da plötzlich sagte sie zu mir:
„Die Unterlagen gehen heute nach Berlin.

Falls ihr Antrag genehmigt wird, können sie in 4 Wochen in der Meldestelle am Bahnhof ihren Reisepass abholen. Sollte er nicht genehmigt werden, bekommen sie in ca. 3 Wochen Bescheid über ihre Kaderabteilung.

Dann wünsche ich Ihnen noch ein sozialistisches Wochenende, auf Wiedersehen."

Ich wollte noch wissen, wie die Chancen für mich stehen, ob die Fahrt genehmigt wird. Da meinte sie zu   mir:
„Das kann ich ihnen nicht sagen, ich bin nicht Jesus oder die Genehmigungsbehörde."

Ich stand auf, nahm meinen Personalausweis, ließ den Passierschein unterschreiben, verabschiedete mich und ging.

Es war Punkt 12:00 Uhr, als ich den Passierschein im Wachhäuschen wieder abgab. Auf der Rückfahrt in den Betrieb dachte ich noch, dass es eigentlich nicht so schlimm war. Ich hatte mir einen stärkeren Kampf um die Antragsstellung vorgestellt. Das Negative war eigentlich nur, dieses unklare Hinhalten beim

Warten auf die Beurteilung der Kaderabteilung.

Ich musste noch mal in den Betrieb, mein Brot und die Brötchen dort abholen, heute war ja Freitag. Als ich in das Fahrerzimmer kam, roch es dort wunderbar nach frischem Brot. Ich nahm meine Tasche mit Brot und Brötchen und wollte wieder zum Auto, als mir Frau Knüller entgegenkam. „Na, haben sie ihre Beurteilung?", kam ihre Frage doch schon recht hämisch rüber.

Alles in Ordnung", meinte ich und ging weiter.

Ich wollte mich an diesem Tag und die nächsten Wochen mit dieser Dame auf kein Gespräch einlassen.

Mit meinen Trabi fuhr ich dann zum Kosmonauten Viertel, das war ein Stadtteil mit einer Konsum-Kaufhalle, dort wollte ich zum Wochenende einkaufen. Konsum war hier die übliche Abkürzung für: kauft ohne nachzudenken sinnlos unseren Mist. Das Kosmonauten Viertel wurde so genannt, weil man die Straßen dort nach den russischen Kosmonauten benannt hatte.

Am Fleischstand wollte ich Rouladen holen, doch sie hatten mal wieder keine. Ich nahm stattdessen für den Sonntag Schnitzel und für Samstag noch ein bisschen Kassler, der gehört einfach in eine gute grüne Bohnensuppe. In der Kaufhalle hatten sie „Nudossi", das war und ist auch heute noch, eine Nussnugatcreme, unser DDR - Nutella. Unsere Kinder aßen das für ihr Leben gern. Diese gab es bloß nicht immer. Bei uns im Ort in der Kaufhalle hatte ich die Creme noch nie gesehen. Ich stellte gleich 5 Gläser in

meinem Einkaufswagen. Als ich mit meinem Rund-
gang fertig war, alles eingekauft hatte, ging ich Richtung Kasse. Die Schlange war sehr lang, nach ca. 10
Minuten war ich dran. Die Kassiererin tippte meine
Waren in die Kasse. Als die Nussnugatcreme dran
war, bemerkte sie nur kurz:

„Davon gibt es pro Haushalt maximal nur zwei"
und nahm die anderen 3 Gläser vom Band und stellte sie in einen Karton. Dort standen schon mehrere
Gläser drin, ich war wohl nicht der einzige der mehr
Gläser hatte, als mir „zustanden.

Ich bezahlte, nahm meinen Einkaufswagen und
schob ihn zum Trabi. Dort verstaute ich meinen Einkauf und lenkte den Einkaufswagen erneut in die
Kaufhalle und packte erneut 2 Gläser Nussnugatcreme in den Wagen. Damit alles nicht so auffiel, nahm
ich noch 2x Streichhölzer und 2 Gläser Erbsen mit.
Dann stellte ich mich an eine andere Kasse an, auch
hier hieß es fast eine viertel Stunde warten. Schein-
bar hatte es die Runde gemacht, dass es in dieser
Kaufhalle „Nudossi" gab. Viele Rentner kamen dann
einkaufen, holten diese Creme für ihre Enkelkinder.
Als ich so an der Kasse anstehe, denke ich, warum
gab es diesen leckeren Brotaufstrich nicht immer
und warum nicht den ganzen Tag?

Hier ist noch ein Verkaufserlebnis von meinem Vater
und zeigt die Mangelwirtschaft in der DDR. In der
DDR gab es schlecht Apfelsinen. Er hatte erfahren,
dass in unseren Konsum im Ort Apfelsinen verkauft
werden. Es waren Cuba-Apfelsinen, diese konnte
man nicht abschälen, wenn ja ganz, ganz schwer.

Also lief mein Vater in den Konsum und stellte sich dort in die Reihe am Obststand, um Apfelsinen zu kaufen. Die Reihe war lang und ungefähr nach 30 Minuten war er an der Reihe. Ein Kilo Apfelsinen wollte er, zum Weihnachtsfest seiner beiden Enkel. Die Verkäuferin schaute ihn an und meinte dann zu ihm: „Sie sind nur eine Person im Haushalt." In unseren Ort kannte man sich. Sie gab ihm die eine Apfelsine. So wie sie ihn die Frucht gab, flog sie zurück über den Ladentisch. Mein Vater drehte sich um und ging. Zu diesem Zeitpunkt war meine Mutter schon tot.

Wenn Frauen so zwischen 16.00 und 17.00 Uhr von der Arbeit kamen und noch einkaufen gingen, dann war das meist schon ausverkauft. Auch die Fleischtheken waren zum Wochenende wie leergefegt.

Frauen in der DDR mussten hier gut organisiert sein, um Beruf, Einkauf, Haushalt und Kinder unter einen Hut zu bekommen. Man konnte nur staunen, wie sie es schafften.

Ich fuhr nach Hause, unser großer Sohn wartete schon zu Hause. Es war mittlerweile 15:00 Uhr. Ich zog mich um und ging raus in den Garten, der zum Haus gehörenden fast 500 qm großer Garten, machte schon viel Arbeit. Wir hatten ein Folienzelt im Garten, mit Schlangengurken, Salat, Blumenkohl und Kohlrabis. Wenn man im Frühjahr frisches Gemüse essen wollte , war das Angebot in den Geschäften sehr dürftig.

Man bekam fast nichts, sei denn, man kannte die Lieferzeiten vom Großhandel an die Geschäfte, das Gemüse stammte dann aus Bulgarien oder Ungarn. Man war also gezwungen, als Selbstversorger Gemüse im Garten anzubauen.

Bis meine Frau kam, grub ich noch ein Stück Garten um, 500 qm mit dem Spaten um zu gegraben, kann schön schweißtreibend sein, da wird die Spucke lang. In dem Jahr hatte ich allein ca. 200 qm Erdbeeren, die Früchte kochten wir ein, fast 50 Gläser. Auch grüne Bohnen kamen in die Weckgläser, so hatten wir für den Winter genug Bohnengemüse. Bohnen einkochen machte viel Arbeit, Fäden ziehen, Anfang und Ende weg schnippeln, kleinschneiden, nach dem Waschen alles mit heißem Wasser in die heißen Gläser, die Gummiringe auf die Deckel, diese mit einer Metallklemme am Glas befestigen und dann im großen Einwecktopf 2 Stunden einkochen. Wenn man sie nicht 2 Stunden kochte, wurden sie oft schlecht und alle Arbeit war umsonst gewesen.

Meine Frau kam kurz nach halb 5 nach Hause. Sie fragte mich, ob ich schon Einkaufen war. Ich nickte und sie ging dann ins Haus, ich blieb noch bis abends im Garten. So gegen 18:30 Uhr rief sie mich, ich badete mich und wir aßen gemeinsam zu Abend.

Beim Abendbrot erzählte ich ihr, dass ich den Antrag für meine Fahrt in den Westen abgegeben habe. Sie meinte dann: „Wir werden sehen, was herauskommt."
An den nächsten Tagen wurde schönes Wetter und ich konnte meinen Garten fertig machen.

Am Montag fuhr ich wieder mit dem Zug zur Arbeit. Nachmittags bestellte ich mir auf den Bahnhof vorsichtshalber eine Platzkarte für den Nachtzug nach Köln.

Ich dachte mir, wenn sie dich fahren lassen und der Zug ist voll, hast du wenigstens einen Platz und brauchst an der Grenze nicht mit deinem gesamten Gepäck zur Kontrolle heraus.

Meiner Mutter war es damals so ergangen, als sie zu der Beerdigung ihrer Mutter war. Sie musste mit dem gesamten Gepäck an der Grenze aus dem Zug. Ich hatte richtig Glück und bekam sogar eine Platzkarte für einen Fensterplatz.

Über 4 Wochen vergingen schnell und wir hatten Mittwoch. 2 Tage später, ab 15:00 Uhr sollte ich auf der Meldestelle unserer Kreisstadt nachfragen, ob es mit meinem Visum in die BRD geklappt hatte.

Auf der Heimfahrt im Zug traf ich Dora. Dora wohnte im Nachbarort, war Näherin bei uns im Betrieb, sie arbeitete hier in der Endfertigung. Dora war aber gelernte Friseurin.

Meine Kollegen in der Werkstatt hatten in ihren Duschraum einen kleinen Friseurplatz eingerichtet. Dora war täglich, genau wie ich, jeden Morgen schon um Viertel sechs auf der Arbeitsstelle. Wer sich von uns Männer die Haare schneiden lassen wollte, sagte Dora Bescheid und sie schnitt dann fast jeden Tag einem Kollegen die Haare. Sie war damit bis zur regulären Arbeitszeit fertig, als Preis hatten wir 2,50 Mark ausgemacht. Wenn einer nach Feierabend privat arbeitete, bekam er meist 5,- Mark die

Stunde. Wir rechneten also eine halbe Stunde, damit hatte Dora den üblichen Preis für Feierabendarbeit. Nach dem Haarschnitt ging sie zu ihrer Arbeit in die Endfertigung.

Wir standen also im Zug, er war mal wieder völlig überfüllt, Dora stand neben mir. Der Zug kam aus der Bezirksstadt. Man hatte wiederum nur 3 Wagons hinter die Lok angehängt und ein Wagen davon war noch zur Hälfte Gepäckwagen.

Ich fragte Dora, ob sie mir morgen die Haare scheiden könne?

„Natürlich-Wilhelm!"

Und wir machten aus, dass sie gleich um Viertel sechs zu uns ins Büro kommen sollte. Am anderen Morgen war Dora pünktlich auf die Minute da. Wir gingen in unserem provisorischen Friseursalon und Dora schnitt mir die Haare. Halb sechs kam Walter, einer unserer Schlosser, er machte die Türe zur Dusche auf und schaute herein. Dann meinte er zu Dora:

„Mache das richtig Dora, unser Chef möchte in den Westen fahren." Doris lachte und ich erzählte ihr, dass ich morgen erst den Termin bei der Polizei sein würde.

Wenn es wirklich klappt und sie mich fahren ließen, dann ging es am Sonnabend früh 0:20 Uhr ab Magdeburg Richtung Westen.

„Na, da wünsche ich dir viel, viel Glück und wünsche dir, dass es klappt!" meinte sie.

Als sie fertig war, gab ich ihr 3-Mark. Sie verabschiedete sich und ging Richtung Arbeit. Als sie draußen war, stand ich noch eine Weile bei meinen Kollegen. Walter meinte zu Manne, der grade gekommen war: „Von der Bettkante würde ich Dora auch nicht schubsen."

Manne sagte erst nichts darauf, doch dann konterte er:

„Ich ja, aber zur anderen Seite, ins Bett." I

Ich schmunzelte und ging in mein Büro. Meine Sekretärin Birgit und der Kurze waren auch schon da. Sie rief dann zum Kurzen:

„Hast du das eben nicht poltern gehört."

„Nein", meinte der Kurze.

„Na, Wilhelm ist die Treppe heruntergefallen und das alles nur, um in den Westen zu fahren." Der Kurze lachte und ich schmunzelte.

„Wir werden morgen sehen, ob es klappt", sagte ich dann.

„Wenn ich am Montag nicht auf Arbeit komme, dann wisst ihr, wo ich bin."

„Du hast es gut, du hast wenigstens die Chance dorthin zu fahren",meinte Birgit.

„Meine Chance ist erst wieder in 15 Jahren, da wird meine Schwester 65 Jahre." Ich schmunzelte wieder und der Kurze lachte.

„Eigentlich müssten sie mich fahren lassen, denn bis heute habe ich noch keine Absage bekommen", sagte ich.

Doch da meinte der Kurze:

„Der heutige Tag ist noch nicht herum und morgen ist auch noch ein Tag. Man hat es auch schon manchen Leuten erst auf der Meldestelle gesagt, als sie ihren Pass abholen wollten."

„Wir werden sehen, ob ich die Genehmigung bekomme oder nicht."

„Falls du fährst, was schenkst du dem Brautpaar zur Hochzeit?", fragte Birgit.

„Ich weiß noch nicht und habe noch nichts. Ich schenke mich, ist das nicht eine Freude genug."

Sie lachte und meinte:

„Dich möchte ich aber nicht geschenkt bekommen."
„Warum nicht?", fragte ich sie verdutzt.
Sie lachte weiter und goss mir Kaffee ein. Ich wusste schon, was ich mitnehmen wollte, nur darüber reden wollte ich nicht. Das, was ich mitnehmen wollte, war nämlich in der Ausfuhr verboten. Darum brauchte das auch keiner zu wissen. Ich hatte es mir an dem Tag angeschaut, als ich die Passbilder abgeholt hatte und glaubte, es würde den Beschenkten auch gefallen. Ich konnte es dem Tag noch nicht holen, weil man es nicht im Paket verschicken konnte. Erstens ist es verboten diese Ware zu schicken und zweitens kann es auf dem Postweg kaputtgehen, wenn es nicht bruchsicher verpackt wird.

Die DDR durchleuchtete fast jedes Paket bzw. Päckchen, was in den Westen geschickt wurde. Es wurde auch fast jedes zweite Paket aufgemacht und wenn sie etwas fanden, was nicht in ihren Zoll- und Devisengesetze entsprach, wurde es beschlagnahmt, wenn man Glück hatte, zurückgeschickt.

Bekam man ein Päckchen aus dem Westen und es war ein kleiner dreieckiger blauer Stempel drauf, dann wusste man, dass das Päckchen war kontrolliert worden.

Es war mittlerweile Nachmittag geworden, ich ging mit meinem Urlaubsschein nochmals zu meinen Chef und meinte zu ihm:

„Wenn ich am Montag nicht komme, gib bitte den Urlaubsschein in die Kaderabteilung."

„Das brauche ich nicht", meinte er, „du bist am Montag wieder da."

„Abwarten", entgegnete ich, „es wird schon klappen." Irgendwie hatte ich das Gefühl, Wilhelm, du darfst fahren. So sprach ich mir innerlich selbst Mut zu.

Der Tag der Entscheidung war gekommen. Gedanklich war ich den ganzen Tag auf der Meldestelle. Ich überlegte, was ich noch alles machen musste, sollte es klappen. Geld tauschen, Telegramm aufgegeben, meinen Schwager anrufen, er sollte mich zum Zubringerzug fahren, Fahrkarte kaufen, Hochzeitgeschenke kaufen und für die Verwandtschaft Geschenke   kaufen.
Meine Frau musste ich für Notfälle nochmals im Haus das Hauptventil für Wasser und den Sicherungskasten zeigen und erklären.

Nun war es soweit. Ich machte bereits um 14:30 Uhr Feierabend und bummelte eine Überstunde ab. Ich fuhr zur Meldestelle, im Flur neben der Eingangstür saß wieder ein wachhabender Polizist. Ich meldete mich bei ihm, er schrieb mir einen Passierschein aus und ich konnte ins Wartezimmer gehen. Dieses war ein Durchgangszimmer, jeweils rechts und links gingen zwei Türen ab, an der Stirnwand standen Wartestühle. In der Mitte war ein Tisch, mit einem Kasten, in dem die Kärtchen für die betreffenden Angelegenheiten lagen. Ich nahm das Kärtchen „Abholung Reisepass" heraus und stecke es in meinen Personalausweis. Beides zusammen warf ich dann in einen dafür vorgesehen Schlitz in der Wand. Danach setzte ich mich und wartete. Ein reges Treiben war zu beobachten, der Warteraum war ganz schön voll. Hier kamen all die Leute hin, die etwas mit ihrem Ausweis hatten oder Straftaten anzeigen wollten, eben alles, was mit der Polizei zu tun hat. Auch war hier die An - und Abmeldestelle für BRD - Besucher.

An der Wand hing auch hier ein Bild von Erich Honecker, der durfte nirgends fehlen. Es vergingen etwa 30 Minuten, ich beobachtete das Hin und Her der Polizistinnen und Polizisten .

Ich versuchte mich auf den Lautsprecher zu konzentrieren, der gab genau solche Töne von sich, wie der im Kreispolizeiamt, man verstand die Durchsagen kaum. Dann hörte ich doch meinen Namen, ich wurde zum Zimmer 5 gebeten. Beim Aufstehen und Laufen hörte ich mein Herz bis zum Hals schlagen. Wenn ich jetzt meinen Blutdruck gemessen hätte, bei 220 hätte der bestimmt gelegen

Im Zimmer saß eine Polizistin, die ich persönlich kannte. Als ich 18 Jahre alt war, war ihr Schwester meine Freundin, beide stammten aus dem Nachbarort. Wir hatten uns damals mit „Du" angesprochen. Aber heute wirkte sie sehr reserviert, ich hatte das Gefühl, sie könne sich nicht entscheiden, wie sie mich ansprechen sollte. Sie entschied sich für das

„Sie" und spracht mit mir kein privates Wort. Ich wusste gar nicht, dass sie bei der Polizei war. Sie bot mir vor ihrem Schreibplatz einen Platz an, dabei sah ich schon den vor ihr liegenden dunkelblauer Reisepass.

Mein Herzschlag wurde immer schneller, sie schlug den Pass auf und gab mir einen Stift.

„Lesen sie alles gut durch und unterschreiben sie hier", meinte sie.

Nicht das es mir so ging wie meiner Mutter einst, als sie zur Beerdigung ihrer Schwester wollte. Statt Buchner stand Bachner im Ausweis, sie bemerkte das aber erst zu Hause.

Ich hatte ihr ein getrimmt, an der Grenze nicht zu sagen, dass sie Buchner heißt, sonst würde aus der Reise nichts werden, genau so klappte das dann auch, sie hielt sich genau an meinen guten Rat.

Ich überprüfte das Geschriebene, alles war korrekt und ich unterschrieb dann. Nach meiner Unterschrift gab sie mir 2 Karten, die sogenannten Zählkarten und die Zoll-Devisenerklärung. Dann meinte sie:

„Die eine Zählkarte müssen sie bei der Ausreise abgeben und die andere bei der Einreise. Ihr Personalausweis wird während der Zeit ihrer Reise in die BRD eingezogen. Nach Beendigung der Reise holen sie ihn dann am nächsten Werktag hier wieder ab.

Dann wünsche ich eine gute Reise".

Es ging alles so schnell und ich wusste gar nicht, was gerade mit mir geschah, ich konnte es noch gar nicht richtig glauben.

10 Tage in den Westen, „10 Tage Freiheit"!

Nach außen hin hatte ich meinen Kollegen vorge-
spielt, dass es alles klappen wird, sie würden mich
schon fahren lassen. Aber im Innersten dachte ich,
das wird nichts. Nun hielt ich den Reisepass in der
Hand, ging aus der Baracke und gab meinen Passierschein ab, dabei grinste ich den wachhabenden
Polizisten wohl ein wenig an. Der fragte mich:„Ist
noch was ? "

Mit einem lauten :„Nein" verließ ich hastig die Meldestelle, ich ging nicht, ich lief regelrecht..

Nur schnell weg hier, damit sie mich nicht wieder
zurückholen konnten. Am Trabi angekommen,
nahm ich all meine Gedanken zusammen und schaute auf meine Uhr. Es war 15.15 Uhr. Die Zeit wurde
knapp. Die Staatsbank der DDR hatte nur bis 15.30
Uhr geöffnet. Ich wollte bzw. musste ja noch Geld
umtauschen. Nur eine kleine Summe,70 MDN
(Mark der Deutschen Notenbank), in 70 Deutsche
Mark der BRD.

Wann durfte man schon mal offiziell in der DDR die
Ostmark gegen Westmark tauschen, jährlich nur einmal und das auch nur, wenn man in den Westen fahren durfte. Rentner durften nur 15 Ostmark in DM
tauschen

Ich ließ meinen Trabi stehen und lief zügig zur Straße vor dem Bahnhof. Hier war sehr reger Autover-
kehr, Feierabendverkehr, alle wollten heim von der
Arbeit, vom Einkaufen. Es dauerte fast 3 Minuten,
ehe ich die Straße überqueren konnte. Dann lief ich
weiter im Eiltempo über die Herrenbreite. Die Her-

renbreite, ein schöner großer Platz, auf dem Fußwege in allen Richtungen gingen. Übrigens, der Platz hieß eigentlich „Platz der Jugend", Herrenbreite war noch der Name aus der Vorkriegszeit. Doch die meisten Menschen sagten auch heute noch Herrenbreite. Zwischen den Fußwegen waren Rasenflächen, aber auch Bäume und Blumenbeete, an den Rändern der Fußwege standen Bänke. Eigentlich ein sehr schöner Platz. Am Ende des Platzes stand eine Weltzeituhr, aber heute hatte ich überhaupt kein Auge für diese Schönheiten. Ich musste so schnell wie möglich zur Staatsbank und beeilte mich deshalb sehr. Am Ende des Platzes ging eine Straße rechts ab, in dieser Straße war die Staatsbank. Ich war gerade noch vor dem Schließen der Staatsbank angekommen. Im Gebäude stellte ich mich an den Schalter für Devisenangelegenheiten und holte erst mal richtig Luft. Mein Puls sollte sich erst beruhigen, aber schon sprach mich eine Angestellte von der Bank an.

„Was kann ich für sie tun?"

Ich legte meinen Reisepass auf den Schalter und holte 70 DDR Mark aus dem Portmonee.

„Bitte in D- Mark umtauschen", sagte ich. Sie nahm meinen Reisepass und das Geld und stempelte den Reisepass das erste Mal. Sie gab mir 70 DM, 2 Zwanziger-Scheine und 3 Zehner-Scheine. Ich musste eine Quittung unterschreiben, nahm dann meinen Reisepass und das Geld, steckte beides in die Brustasche meiner Jacke und verließ die Bank Meine Armbanduhr zeigte 15.35 Uhr. Ich dachte bei mir, das war das Erste, was ich erledigen musste. Es war zwar knapp, aber ich hatte es geschafft.

Gegenüber der Staatsbank war ein Kunstgewerbeladen. Hier hatte ich auch das Hochzeitsgeschenk ausgesucht, 2 sehr schöne farbige handgeschliffene Kristallrömer. Ich hatte Glück, dass sie noch 2 Stück da hatten.

Die DDR exportierte über 90 % der hergestellten Kristallgläser in die USA, Japan und Kanada. Diese Kristallrömer waren nicht aus der DDR, sondern aus der CSSR, aus Böhmen.

Aber es war mir vollkommen egal, ich fand sie sehr, sehr schön. Laut Zoll- und Devisenverordnung der DDR durfte man die Gläser nicht ausführen. Doch da ich bis jetzt soviel Glück gehabt hatte, vertraute ich auch auf viel Glück bei der Zollkontrolle an der Grenze.

Vom Kunstgewerbeladen lief ich zum Delikat, das Geschäft, mit den recht hohen Preisen gegenüber normalen Geschäften.

Man bekam dort aber auch Spezialitäten aus der DDR, die es so nirgendwo anders gab, oftmals waren das auch reine Exportartikel. Die zwar in der DDR hergestellt wurden, aber über den normalen Ladentisch nicht käuflich waren. Dort kaufte ich 3 Flaschen Danziger Goldwasser. Ein Likör, den sich meine Verwandtschaft immer mitnahm, wenn sie bei mir zu Besuch waren.

Zur Post musste ich auch noch. Ich gab ein Telegramm auf, mit der Mitteilung, dass ich am nächsten Tag um 6:50 Uhr in Duisburg ankommen würde.

Zum Glück lagen Post, Kunstgewerbe und Staatsbank eng zusammen. Von der Post aus ging es zum Bahnhof und holte mir meine Fahrkarte und die

Platzkarte. Auch hier musste ich meinen Reisepass vorlegen. Für die Fahrt nach Duisburg, hin und zurück, hatte ich etwas über 100 Mark bezahlt. In der DDR kostete der Kilometer 8 Pfennige. Bis Duisburg waren es 480 Zugkilometer, ich bezahlte 96 Mark und 10 Mark D-Zug Zuschlag kamen noch hinzu. Die Platzkarte kostete nicht viel, es waren nur 50 Pfennige. Nachdem ich meine Fahrkarte geholt hatte, konnte ich endlich nach Hause fahren. Aber erst mal über unseren Nachbarort, um dort meinem Schwager Bescheid zu sagen, dass er mich heute Abend 20.30 Uhr abholt. Er sollte mich zum Zubringerzug in eine Kleinstadt bringen, dort war für den Zugverkehr ein Verkehrsknotenpunkt, hier kreuzten sich 2 Strecken. Um 21.30 Uhr kam ein Eilzug aus Erfurt und fuhr zur Ostsee über Magdeburg, mit diesem Zug wollte ich nach Magdeburg fahren. Bis zu dieser Kleinstadt fuhr man ungefähr 30 Autominuten.

Ich kam um 17:00 Uhr nach Hause. Ich hatte aus dem Delikat zur Feier des Tages noch Wurst für das Wochenende mitgebracht. Auch Brot und Brötchen hatte ich aus dem Betrieb mitgebracht, meine Frau und meine Kinder waren schon zu Hause. Meine Frau sah es mir an, dass ich die Genehmigung bekommen habe, aber so richtig begeistert war sie nicht.

Doch wann hatte man mal die Chance in den Westen zu fahren. Das war fast so, wie ein Fünfer im Lotto. Unsere beiden Kinder freuten sich.

Unser großer Sohn fragte gleich, ob ich ihm einen Kassettenrekorder mitbringen würde. Er hatte sich einen Stern – Kassettenrekorder von dem Geld seiner Jugendweihe gekauft bzw. hatte ich den in Berlin im Kaufhaus am Alex wörtlich „erstanden". In eine Riesenschlange hatte ich mich einfach rein gedrängelt, also vor gedrängelt. Mit den hinter mir stehenden Kunden wurde es ein ganz schöner Streit, aber ich hatte mich nicht aus der Ruhe bringen lassen, war einfach stehen geblieben.

Den vorletzten Kassettenrekorder hatte ich noch für meinen Sohn bekommen und er hatte dafür stolze 1.300 Mark bezahlt. Unser Sohn wollte die Diskjockey - Prüfung machen, er war jetzt 16 Jahre und ab diesem Alter konnte man diese Prüfung machen.

Er wollte darum gerne einen Kassettenrekorder mit Doppelkassettenlaufwerk. Mit seinem Freund und Klassenkamerad Frank machte er des Öfteren in der Schule Disko. Darum ging er mir jetzt um den Bart, ich trug einen Bart. Ich erklärte ihm, dass ich nicht soviel Westgeld habe werde, um ihm solch einen Rekorder mitzubringen. Er meinte darauf: „Papa, aber wenn du soviel geschenkt bekommst, dann bringst du mir einen mit." Ich bejahte und hatte erst mal meine Ruhe, ich hatte einfach bis zur Abreise noch zu viel zu tun.

Wir, meine Frau und ich mussten noch den Koffer packen, ich musste die Zoll- und Devisenerklärung ausfüllen und die Zählkarte unterschreiben. Zuerst suchte ich mir noch ein Portmonee, ich hatte noch ein Neues, echtes Leder, das hatte ich mal zum Geburtstag geschenkt bekommen. Es war mir immer zu groß gewesen, aber dort hinein stecke ich die 70-DM. Ich las den Zettel aus dem Portmonee, mit der Angabe über das Material, wollte es meinem Cousin schenken. Da ich es offiziell nicht als Geschenk mitnehmen wollte, brauchte ich es auch nicht auf der Zoll- und Devisenerklärung aufzuschreiben. Ledersachen durften auch nicht ausgeführt werden. Meine Frau fragte mich, was ich eigentlich als Hochzeitgeschenk mitnehmen würde. Ich zeigte ihr die beiden Römer Gläser.

Prompt bekam ich zur Antwort:

„Na, da bist du morgen früh wieder da. Du weißt doch, das man Kristall nicht mitnehmen darf. Wenn sie dich kontrollieren und die Römer finden, dann schicken sie dich wieder zurück und eine Strafe bekommst du auch noch."

„Die finden das schon nicht und warum sollten sie grade mich kontrollieren. In dem Zug sitzen bestimmt 1000 Leute und von den 1000 Leuten suchen sie grade mich zur Kontrolle aus?" , antwortete ich ihr.

„Denke an unsere Hochzeitsreise", meinte sie und ging ins Schlafzimmer, um meine Sachen zusammenzusuchen, die ich mitnehmen soll.

Ja, unsere Hochzeitsreise, sie hatte recht. Meine Oma, meine Tante und mein kleiner Cousin waren damals zur Hochzeitsfeier 1971 aus Duisburg da. Meine Tante, die Mutter meiner Cousine und meine beiden Cousin, zu denen ich jetzt fahren wollte. Sie hatte uns damals 50,- DM für unsere Hochzeitsreise geschenkt. Wir wollten nach Bulgarien und sollten uns für die Fahrt im Intershop auf dem Berliner Flughafen etwas Schönes zu kaufen. Doch leider war auf den Flughafen damals nur ein kleiner Kiosk als Intershop eingerichtet. Da wollten uns auch mal was

Schönes kaufen und bekamen gar nicht die Möglichkeit dazu. Wir kauften uns also nur etwas für über
10 DM. Ich fragte den Verkäufer noch, ob er nicht 50
DM auf den Kassenzettel schreiben könne. Er machte das, so konnten wir den Kassenzettel zurück zu
meinen Eltern schicken, wo meine Tante noch ein
paar Tage Urlaub machte.

Bei der Einreise mussten sie ihr mitgeführtes Geld
an der Grenze in der Zoll- und Devisenerklärung an-
geben. Wenn sie etwas in der DDR für Westgeld aus-
gaben, mussten sie dies in Form von Kassenzetteln
nachweisen. Aus dem Grunde hatten wir den Kassenzettel zurück geschickt. Das restliche Geld steckte
ich damals in meine Innentasche des Anzuges, das
sollte   sich   als   riesiger   Fehler   erweisen.

Die Koffer gaben wir am zuständigen Schalter ab
und gingen zur Passkontrolle. Ich wurde, nachdem
ich meinen Pass zur Kontrolle abgegeben hatte, in
eine Kabine gebeten. Dort stand ein Grenzpolizist,
der mich am ganzen Körper untersuchte. Er klopfte
mich mit seinen Händen ab, als er von außen an die
Innentasche kam, fragte er mich, was ich dort drin
hatte. Ich holte mit zwei Fingern einen Westgroschen
vor, doch er klopfte nochmals auf die Innentasche
und meinte dann zu mir: „Holen sie den Rest auch
noch raus!" Ich holte die restlichen 38,25 DM vor,
musste alles auf ein Tablett legen. Dann fuhr er mir
mit seiner Hand nochmals in die Seitentasche, es war
aber nichts mehr drin, dann fragte er mich, wo ich
das Geld her hatte, ich sagte es ihn. Danach sollte ich
mich bis auf den Slip ausziehen, er kontrollierte alles
ganz genau, aber ich hatte nichts mehr. Meine Frau
wurde auch so kontrolliert, sie hatte noch zusätzli-

che 300,- DDR Mark in die Lagen von einem Watte-paket versteckt. Man durfte damals nur 100 Mark pro Person mitnehmen, deshalb hatten wir uns noch die 300 Mark extra versteckt.

Wir wollten sie in Bulgarien schwarz gegen Lewa, ihre Landeswährung umtauschen, da man damals offiziell nur einmalig 32,- Mark umtauschen durfte. Wir waren 22 und 24 Jahre alt und wir wollten auf unserer Hochzeitsreise etwas mehr erleben, dazu brauchten wir das Geld. Zum Glück hatten sie das Geld bei meiner Frau nicht gefunden. Sie wurde, nach ihrer Kontrolle in den Transitraum entlassen. Ich durfte mich wieder anziehen, aber der Grenzpo-lizist meinte dann im Kommandoton zu mir: „Kom-men sie mit!"

Wir gingen in ein Vernehmungszimmer, dort musste ich zu dem ganzen Vorgang meiner 50,- DM noch-mals aussagen. Die 50,- DM waren mir eigentlich schon egal, mir war nur noch daran gelegen, dass sie mich zu meiner Frau ließen und wir unsere Hoch-zeitsreise antreten konnten. Aber diese Grenzpolizis-ten behandelten mich hier, als hätte ich ein Schwer-verbrechen begangen. Nachdem ich ihnen das dritte Mal erklärt habe, von wem ich die 50,- DM und war-um ich sie bekommen hatte, verließen sie beide den Raum. Da saß ich nun, mir kamen die Tränen, meine Frau wartete weinend im Transitraum. Sie wollte nicht mehr nach Bulgarien, wir beide wollten einfach nur wieder zusammen sein. Es vergingen wohl noch weitere 5 Minuten, ehe einer der Grenzpolizisten wieder zu mir in das Vernehmungszimmer kam. Er befahl mir mit zu kommen, ich dachte nur noch, Wil-helm jetzt wirst du eingesperrt.

Der Grenzpolizist hatte das Tablett mit dem Westgeld in der Hand und ging vor mir her, ich immer hinterher. Wir gingen durch viele Türen, fast durch das ganze Flughafengebäude. Auf einmal waren wir in einem Raum der Staatsbank der DDR, in der man Geld umtauschen konnte. Hier konnten Ausländer entsprechend ihrer Währung in DDR Mark tauschen. Er legte meine 38,25 DM auf den Tisch und meinte zu der Sparkassenbeamtin: „Umtauschen!"

Diese tauschte die 38,25 DM um - in DDR Mark, mit einem Kurs von 1: 1, ich unterschrieb eine Quittung. Die Angestellte meinte dann zu mir: „Ein schönes Geschäft, nicht wahr?"

Ich steckte die DDR Mark in mein Portmonee, da forderte der Grenzbeamte mich schon wieder zum Mitkommen   auf.
Ich lief wieder hinter ihm her und plötzlich waren wir wieder im Transitraum. Er meinte dann zu mir, dass wir unsere Reise nun antreten könnten und ging   los.
Ich schaute ihm hinterher, mir fiel ein Stein vom Herzen und ich hatte schon mit dem Schlimmsten gerechnet. Dann hielt ich Ausschau nach meiner Frau, da saß sie, sie sah aus wie ein Häufchen Elend. Sie hatte sehr große Angst um mich gehabt, ihre Augen waren voller Tränen. Als sie mich sah, stürzte sie auf mich zu und umarmte mich, weinte immer noch weiter. Ich wollte sie trösten, doch auch bei mir rollten die Tränen. Als wir uns beruhigt hatten, sahen wir, wie alle Urlauber zum Ausgang des Transitraumes gingen. Wir hatten die Durchsage einfach überhört, ich nahm sie an die Hand und wir gingen auch zum Ausgang, da sagte sie zu mir:

„Komm lass uns nach Hause fahren, ich will in den blöden Urlaub nicht mehr." Ich schaute sie an, gab ihr einen Kuss und sagte dann:„Komm, das geht jetzt nicht mehr, wir machen uns einen schönen Urlaub."

Als wir im Flieger saßen, redeten wir noch mal über das Geschehene. Ich sagte zu ihr: „Weißt du eigentlich, wie froh ich bin, dass sie bei dir die 300,- DDR Mark nicht gefunden haben." „Ich auch", meinte sie, „ich mache so etwas nie, nie wieder."

Ich drückte sie und der Flieger ging in die Luft. Wir kamen eigentlich ganz gut in Varna auf dem Flughafen   an.

Wir fuhren dann nach Arkutino, ein kleines Fischerdorf am Schwarzen Meer.

Dort waren vielleicht 5 Häuser und eine Bungalowsiedlung mit 30 Bungalows und eine mit Reetz gedeckte Gaststätte, mit einer offenen Terrasse dran. Die Bungalows waren Holzhütten, etwas größer als eine Hundehütte. Ihre Einrichtung bestand aus zwei Holzbetten, zwei Stühlen und einem Tisch, an einer Wand waren 3 Haken angebracht.

Unter den Betten, jeweils ein Schubkasten für die Wäsche, einen Schrank gab es nicht, auch kein Waschbecken oder WC. Dafür waren Gemeinschaftstoiletten und Gemeinschaftswaschräume am Ende der Bungalowstraße in einem extra Gebäude. Wenn man auf Toilette ging, dann sollte man das benutzte Toilettenpapier in den Papierkorb werfen. Da die Deutschen dies aber von zu Hause nicht gewöhnt waren, sondern wie auch zu Hause, das benutzte

Toilettenpapier in die Toilette warfen, waren diese Toiletten ständig verstopft.

Begründet war dies damit, dass es in Bulgarien höchsten ein Zoll starke Abwasserrohre verlegt wurden. So wurde jeder Toilettenbesuch ein unappetitliches Abenteuer .

Manchmal stand das Abwasser 5 cm hoch auf dem Toilettenfußboden, darin schwammen klar zu erkennen, die verdauten brauen Teilchen der ehemaligen Nahrung, auch die Toiletten waren voll mit menschlichen Exkrementen.

Aber nach einer Woche hatte man sich daran gewöhnt, man nahm die große Toilette, die war immer voller Wasser war. Wenn man dort das kleine Geschäft erledigte, lief diese wenigstens nicht über. Oder wenn man größere Geschäfte zu erledigen hatte, ging man in die Dünen und dann anschließend gleich ins Meer. Wenn ich mich heute daran erinnerte, fragte ich mich, was man uns alles zugemutet hatte, wir kamen zwar so ins Ausland, aber zu welchem Preis?

Übrigens das Essen war auch nicht so berühmt. Am vorletzten Tag bekamen wir zum Abendessen einen Gulasch aus Hühnerhälsen. Wir hatten uns danach beim Reiseleiter beschwert und dies auch dem Reisebüro der DDR als Beschwerde geschrieben. Den Brief hatten alle Urlauber der Reisegruppe unterschrieben. 8 Wochen später bekamen wir ein Entschuldigungsschreiben, das war es dazu. Doch wir waren von der Liebe satt geworden. Der Strand und das warme Wasser hatten uns für das Essen entschädigt. Wir hatten uns dann auf dem Basar eine Platte von den „Rolling Stones" gekauft, freuten uns schon, dies zu Hause abspielen zu können. Aber dann bekamen wir doch Angst, brachten sie wieder zurück, das Erlebnis auf dem Hinflug hatte Spuren bei uns hinterlassen.

In Berlin landeten wir dann nachts um 2.00 Uhr und unsere innere Stimme hatte uns Recht gegeben, derselbe Zöllner hatte Dienst, der mich auf den Hinflug gefilzt hatte. Zum Glück hat er mich nicht wieder erkannt, wir waren dann unbehelligt durch den Zoll gekommen und hätten also die begehrte Platte ruhig mitbringen   können.

In Schönefeld mussten wir dann bis 5:00 Uhr morgens warten. Wir gingen in eine Selbstbedienungsgaststätte, sie war die ganze Nacht geöffnet. Als ich uns einen Kaffee holen wollte, stand vor mir eine jüngere Frau. Sie musste aus den Westen sein, denn sie wollte mit Westgeld bezahlen. Sie hatte in der Hand einen 20,- DM – Schein und wedelte damit herum.

Vor uns waren vielleicht noch fünf Gäste in der Schlange. Ich sprach die Frau an und fragte sie: „Sie wollen doch nicht etwa mit Westgeld bezahlen? Ich tausche ihnen den Schein um und gebe ihnen 20, - Mark Ost dafür. "

Sie willigte ein und wir machten den Tausch. Seitdem glaubte ich wieder an Gott. Somit hatte ich gut die Hälfte meines Westgeldes, welches ich umtauschen musste, zurückbekommen. Übrigens, kamen wir nicht zu zweit aus Bulgarien zurück. Wir hatten uns unser eigenes, sehr schönes Hochzeitgeschenk   gemacht.

Ich holte den Koffer vom Boden und brachte ihn ins Schlafzimmer. Dort packte meine Frau meine Sachen ein, dazu legte sie mir noch drei von Hand gehäkelte Deckchen, Die sollte ich mit verschenken. Zwischen meine Sachen packte ich die Römer. Ich nahm auch noch eine Reisetasche mit. Hier hinein kamen die Schuhe, die 3 Flaschen Likör, meine Kulturtasche und mein Essen und Trinken.

Meine Frau kochte mir eine große Thermoskanne Mokka-Fix. Ich war ziemlich aufgeregt. Wir aßen dann alle noch gemeinsam zum Abend.

Ich fragte nochmals, was für ein Wunsch jeder hätte.

Mein großer Sohn bestätigte noch mal seinen Wunsch für einen Kassettenrecorder mit Doppellaufwerk.

Mein kleiner Sohn war bescheidener, er wünschte sich nur zwei Kinderüberraschungseier. Meine Frau sagt dann zu mir:

„Komme bloß wieder gesund zurück, das reicht mir schon."

Meine Klingel störte uns dabei, mein Schwager war mit seinem Trabi da. Meine Frau rief: „Warte du musst noch die Thermoskanne und dein Vesperbrot einpacken."

Sie nahm mir die Reisetasche noch mal aus der Hand und steckte beides in die Tasche. Dann gingen wir über den Hof auf die Straße. Unsere Kinder vorneweg.

Mein Schwager war aus seinem Trabi ausgestiegen und hatte die Kofferklappe aufgemacht. Als er uns sah, nahm er mir sofort meine Sachen ab,verstaute den Koffer und die Reisetasche im Kofferraum.

Damit war der Kofferraum des Trabis voll. Dann fragte   er:
„Hast du alles? Das wichtigste sind deine Reisepapiere, Ausweis, Zählkarte, Zoll- und Devisenerklärung, sowie deine Fahrkarte."

Ich wusste, ich hatte alles in die Seitentasche der Jacke gesteckt und schaute aber zur Vorsicht noch mal nach. In der Seitentasche war auch das Portmonee mit den 70,- DM.

Ich hatte alles, wir konnten losfahren.

Unser kleiner Sohn sprang mir noch mal um den Hals und drückte mich. Unser großer Sohn wünschte mir viel geschenktes Westgeld, damit sein Wunsch in Erfüllung gehen würde. Meine Frau küsste mich und meinte: „Komm gut an, erhole dich und komme ja wieder".

Bei diesen Worten hatte sie Tränen in den Augen. Mein Schwager meint dann: „Steig ein, wir müssen!"

Ich setzte mich in den Trabi und dann fuhr er schon los. Mein Blick in den Seitenspiegel zeigte mir, meine Kinder und meine Frau winkten noch lange hinterher. Dann fuhren wir um die Ecke und ich sah sie nicht mehr.

Meine Fahrt in den Westen hatte begonnen. Was würde ich wohl erleben?

Wir fuhren nicht über die Kreisstadt, sondern über die Dörfer, eine Abkürzung. Man merkte es auch, Schlagloch an Schlagloch, es holperte ganz schön. Da sagte mein Schwager zu mir:

„Hier an der Stelle haben sie gestern einen Straßenarbeiter überfahren. Ich fragte: „Wo?"

„Na, hier! Es ist aber weiter nichts passiert. Er hat nur alle Finger gebrochen. Er kam gerade aus einem Schlagloch gekrochen, dabei sind sie über die Hände gefahren."

Ich lachte, aber irgendwie hatte er Recht. Das war schon eine fürchterliche Buckelpiste. Wir konnten nur 60 km/h fahren. Wenn er schneller fahren würde, dann bekämen wir Beulen am Kopf. Endlich hatten wir die Hauptverkehrsstraße erreicht. Es holperte nicht mehr. Da stand ein Schild, es waren nur noch 9 Kilometer.

In einer knappen viertel Stunde waren wir da. Vor dem Bahnhof räumte mein Schwager den Trabi leer. Gab mir meinen Koffer und die Reisetasche, fragte nochmals:

„Hast du alles, Stock, Hut, Gesangsbuch?"

„Ja", meinte ich und dann sagte er:

„Na, denn mach´s gut, schöne Fahrt, schönen Urlaub und vergiss deine Kinderstube nicht." Mein Schwager gab mir die Hand und danach setzte er sich in seinen Trabi und fuhr zurück.

Nun stand ich hier, ich schaute mich um und ging zum Fahrplan. Der Bahnhof bestand aus zwei getrennten Bahnsteigen und zwischen den Bahnsteigen lag das Bahnhofgebäude. Ich musste nach rechts, auf Bahnsteig 1, das hieß, unter der Unterführung durch. Also machte ich mich auf den Weg. Auf dem Bahnsteig angekommen, standen dort für diese Zeit eigentlich sehr viele Leute. Ich bemerkte aber, dass es viele Arbeiter waren, die zur Schicht fuhren.

Da kam auch schon der Zug, es war ein D Zug, der über Magdeburg zur Ostsee fuhr, aber jetzt noch nicht voll besetzt war. Es war ja auch noch kein Ostseewetter, keine Urlaubszeit. Doch ich bemerke, dass auch alle Arbeiter einstiegen, auch ich suchte mir einen Platz und setze mich. Ich war allein im Abteil, darum ließ ich meinen Koffer und meine Reisetasche unten auf den Wagenboden stehen. Als ich es mir am Fenster gerade gemütlich gemacht hatte, hielt der Zug schon wieder. Es stiegen wieder Arbeiter ein und ich kombinierte, die Deutsche Reichsbahn, lässt den D Zug ab jetzt bis Magdeburg als Personenzug fahren. Auch nicht schlecht dachte ich, da vergeht die Zeit. Nach 45 Minuten waren wir in Magdeburg, ich stieg aus dem angeblichen D Zug aus, ging mit Koffer und Reisetasche die Treppen zum Tunnel am Bahnsteig runter. Hier suchte ich am Fahrplan nach dem Anschlusszug, mein Zug nach Duisburg fuhr 0.20 Uhr ab Bahnsteig 9. Somit hatte ich also gut 2 Stunden Zeit.Wie wollte ich die Zeit nutzen?

Ich beschloss, in die „MITROPA" zu gehen, stellte aber fest, dass schon geschlossen war. Hier war nur bis 21.00 Uhr geöffnet. Ein Schild verwies auf den Selbstbedienungsbereich. Also ging ich dorthin, hier war es fast leer. Zwei Bahnpolizisten saßen gleich neben der Tür, beide hatten jeder eine Tasse Kaffee vor sich stehen. Die Bahnpolizisten hatten schwarze Uniformen an.

Als ich sie sah, musste ich gleich an den Witz vom Kurzen, meinen Arbeitskollegen, denken.

Polizisten in schwarzer Uniform hatten einen Schulabschluss von 5 Klassen. Polizisten in grüner Uniform hatten einen Schulabschluss von 8 Klassen. Hatte einer noch einen weißen Winkel am Ärmel, hieß das, er kann lesen. Waren es zwei Winkel, hieß das, er kann rechnen, aber waren es drei, dann konnte er noch schreiben. Hatte er jedoch vier Winkel, dann konnte er alles. Polizisten mit Abitur hatten rosa Uniformen und dann fragte der Kurze immer: „Hast du schon einmal einen Polizisten mit einer rosa Uniform gesehen?"

Wenn er den Witz erzählte, dann schmunzelten alle. Ich setzte mich an den Tisch neben die Transportpolizisten, so nannte man sie hier auch. Ich stellte meinen Koffer und meine Reisetasche so hin, dass ein Bahnpolizist sie sehen konnte, ging zur Selbstbedienungstheke. Ich holte mir einen Kaffee und ein Halberstädter Würstchen, ich bezahlte 85 Pfennige für Wurst, inklusive Brötchen, für den Kaffee 79 Pfennige, zusammen also nur 1,64 Mark. An der Wurst hatte die Gaststätte nichts gut gemacht, sie kostete beim Fleischer 80 Pfennige, das Brötchen beim Bäcker 5 Pfennige. Dagegen war der Kaffee teuer.

Nachdem mir die Verkäuferin mein Wechselgeld herausgegeben hatte, fiel mein Blick auf die Zigarettenbox. Ich sah dort die Zigarettensorte Karo, Karo war eine Zigarette ohne Filter. Sie war für sehr, sehr starke Raucher, die es gerne hatten, wenn es beim

Rauchen im Hals kratzte. Günter, der Mann meiner Cousine, hatte sie schon mal probiert und fand sie sehr gut. Er hatte sich auch einige Schachteln mitgenommen. Mir kam der Gedanke, für ihn 3 Schachteln mitzunehmen, dann hatte ich gleich etwas Persönliches für Günter. Ich kaufte also 3 Schachteln, eine Schachtel kostete 2,50 Mark, am Tisch zurück packte ich die Zigaretten in die Reisetasche. Ich persönlich konnte mir kein Urteil erlauben, da ich Nichtraucher war.

Als ich 15 Jahre alt war, kamen meine Großeltern aus Duisburg uns besuchen. Mein Opa war auch ein starker Raucher und er rauchte die Sorte „ Rote Hand". Ich hatte ihn heimlich eine Schachtel stibitzt und bin dann mit meinen Freunden in den Wald gegangen, hatten sie dort rauchen wollen. Es wurde für mich und für meine Freunde ein Reinfall. Mir wurde so schlecht davon, dass ich mich übergeben musste und es kam auch beim Toilettengang alles sehr stark an. Seitdem hatte ich keine Zigarette mehr angefasst. Für meine weitere Gesundheit war das aber sehr gut.

Mittlerweile kamen noch mehr Reisende in die Selbstbediengaststätte, eigentlich nur ältere Leute. Auch eine ältere Oma kam, sie setzte sich mit an meinen Tisch.

Sie erzählte mir, dass sie zu ihrem Sohn in den Westen fahren wollte. Sie fuhr aber nur bis Hannover, sie sollte dort von ihm abgeholt werden Ich sah in ihren Augen große Freude.

Sie erzählte weiter:

„Ich bin schon seit heute Abend um 18:00 Uhr unterwegs. Erst mit dem Bus, mit einem Personenzug und dann wieder mit einem anderen Personenzug. Es war für mich sehr anstrengend."

Sie hatte nur ein kleines Köfferchen und erzählte, dass sie aus dem Harz käme, einem kleinen Dörfchen bei Wernigerode.

„Ja, ja vor dem Kriege konnte man über Vienenburg nach Hannover mit dem Zuge fahren, man war in 2 Stunden da. Heute muss man über Magdeburg nach Hannover, eine Tagesreise, dabei sind es vielleicht von uns nur 150 km."

Der Wartesaal wurde immer voller, es war jetzt schon 23.30 Uhr. Neben uns die beiden Bahnpolizisten bekamen jetzt mehr zu tun. Sie kontrollierten zwei 18-Jährige, die beiden mussten ihre Ausweise zeigen.

Die anderen Wartenden waren durch die Bank alle älter als 60 Jahre. Oma erzählte mir nochmals von ihrem Sohn in Hannover, man merkte, dass sie sich auf dieses Wiedersehen freute.

Als ich ihr erzähle, dass ich auch mit dem Zuge fuhr, wollte sie wissen, ob ich ihr beim Einsteigen behilflich sein könnte?

Ich versprach es ihr.

„Doch ich habe eine Platzkarte und ich muss zu einem bestimmten Wagon im Zuge. Ich kann ihren Koffer bis auf den Bahnsteig tragen, aber dann müssen sie sehen, wo sie im Zug Platz finden", erklärte ich.

„Ich habe auch eine Platzkarte", sagte sie.

Dann kramte sie in ihrer Handtasche und sagte:

„Ich muss in den Wagon 12." Es war schon ein Zufall, auch ich hatte meinen Platz dort.

„Na, Oma das werden wir dann schon hinbekommen."

Sie packte ihre Platzkarte weg und plötzlich wurde es laut in der Selbstbedienungsgaststätte.

Zwei etwas angetrunkene Jugendliche kamen rein. Die beiden Bahnpolizisten machen sich sofort auf den Weg zu diesen Beiden.

Sie forderten sie auf, ihre Ausweispapiere vor zu zeigen, doch es war nicht so einfach von diesen beiden Besoffenen die Ausweise zu kontrollieren. Jetzt hatten die beiden Bahnpolizisten aber ein Problem, die Besoffenen aber auch. Nach ca. 5 Minuten verlassen sie mit den Bahnpolizisten schimpfend den Wartesaal und es kehrte wieder etwas wie Ruhe im Gastraum ein. Es war aber eine nur knisternde Ruhe.

Die meisten Gäste hier waren Reisende für den Zug um 0:20 Uhr nach Köln über Hannover. Plötzlich kam Bewegung in den Warteraum, ich schaute auf die Uhr, es war 5 Minuten vor Mitternacht und sagte zur Oma:

„Wir müssen auf den Bahnsteig 9." Oma stand sehr hastig auf. Ich sagte zu ihr: „Immer langsam, nichts übereilen. "

Ich nahm meinen Koffer in eine Hand, die Reisetasche schmiss ich über die Schulter. Mit der anderen Hand nahm ich dann noch Oma ihren kleinen leichten Koffer. Den hätte sie auch allein tragen können, aber es war ein Koffer und laut ihrer Vorstellung waren Koffer schwer. Wir gingen aus dem Wartesaal, brauchten aber nicht durch den Tunnel, sondern nur um das Gebäude. Zwischen Bahnsteig 8 und 9 stand das Gebäude mit der Gaststätte, auch das Bahnhofspersonal war im Gebäude untergebracht. Wir kamen auf dem Bahnsteig 9 an, der schon gut gefüllt war, gingen zum hinteren Teil des Bahnsteiges. Ich dachte mir so, dass vielleicht der Wagen 12 des Zuges fast am Ende liegt. Auf dem Weg dorthin treffen wir wieder die beiden Bahnpolizisten aus dem Wartesaal.

Sie hatten jetzt Verstärkung bekommen, zwei Polizisten mit einem Hund und diese standen nun ungefähr 5 bis 8 Meter von uns entfernt. Nach etwa einer Minute gingen die beiden Polizisten mit dem Hund wieder los, ihr Ziel war der Tunnel, mittlerweile war es 0.15 Uhr. Der Zug sollte bereits um 0.10 Uhr in Magdeburg sein.

Da kam über dem Lautsprecher eine Durchsage, die uns mitteilte, dass der Zug aus Dresden nach Köln mit ca. 30 Minuten später ankommt. Na, da kam unter den wartenden Fahrgästen auf dem Bahnsteig richtig Freude auf. Es wurde unruhig, ein allgemeines Gemurmel, sicher waren alle schon länger unterwegs.
Auch ich dachte so, der neue Tag fängt ja gut. Oma wollte von mir wissen, was los war, sie hat die Durchsage zwar akustisch gehört, aber nichts verstanden.

Ich erklärte ihr, dass der Zug eine halbe Stunde Verspätung habe und schaute dabei in die Runde. Es waren eigentlich sehr viele Leute auf dem Bahnsteig, wenn da nur die Hälfte in den Westen fährt, würde der Zug ganz schön voll werden. Ich beglückwünschte mich innerlich für die gekaufte Platzkarte.

Da sah ich, dass meine beiden Bahnpolizisten losgingen, immer an der Bahnsteigkante lang, sie musterten jeden, der auf dem Bahnsteig stand. In der Mitte des Bahnsteiges, kamen ihnen die anderen Kollegen entgegen.

Ihre Schritte waren wie schlafende Bergmänner. Als die beiden Transportpolizisten mit dem Hund in meine Nähe kamen, fiel mir ein Witz ein, den mein Kollege auch erzählt hatte. Und als ich noch den einen Polizist hinter dem Hund stehen sah, musste ich innerlich   lachen, weil mir gerade der Witz einfiel

„Zwei Polizisten gingen mit ihrem Hund auf Streife. Da kamen drei 16- jährige vorbei und machten sich über die Polizisten lustig. Die Polizisten bekamen aber nicht alles mit. Doch der eine Polizist trat plötzlich hinter seinen Hund und hob dessen Schwanz hoch. Er ließ ihn wieder fallen, ging wieder zu seinen Kollegen vor. Nach einer Weile ging er wieder hinter den Hund und hob den Schwanz zum zweiten Mal hoch, guckte und ließ den Schwanz wieder fallen. Dann ging er wieder zu seinen Kollegen. Das ging vielleicht noch dreimal so, bis es seinem Kollegen zu bunt wurde. Er fragte, was er dort immer mache.   Da   antwortete   der   Polizist: „ Hast du nicht gehört was die Jugendlichen gesagt haben. Wo will der Hund mit den beiden Arschlöchern hin?"

Während ich innerlich noch immer schmunzelte, meldete sich der Lautsprecher wieder:

„Der Zug aus Dresden, zur Weiterfahrt nach Köln über Hannover, läuft in wenigen Minuten am Bahnsteig 9 ein. Vorsicht an der Bahnsteigkante bei der Einfahrt des Zuges."

Nun war es endlich so weit, der Zug meiner Träume würde in wenigen Minuten einlaufen, bestimmt würden 80 % der DDR-Bürger jetzt gerne mit mir tauschen.

Ich hatte mir schon 30 Jahre gewünscht, hier zu stehen und in diesen Zug einzusteigen und meine Oma und Opa zu besuchen. Nun sah man schon die Lokomotive kommen, es war für mich ein unbeschreibliches Gefühl.

10 Tage in den Westen, 10 Tage Freiheit!

Oma fragte mich jetzt:

„Kommt der Zug?"

Und da fuhr er schon in den Bahnsteig ein. Es war eine Zugeinheit von der Bundes-Bahn, die Wagen waren in einer bläulichen Farbe. Der Zug kam zum Stehen.

Nun ging das Gedrängel los. Man ließ die ankommenden Fahrgäste gar nicht richtig aussteigen. Ich stand auf dem Bahnsteig etwas zu weit vorn. Ich schnappte wieder unser Gepäck, ging zu unserem Wagen, die Oma mit ihren Handtäschchen immer hinterher.

Dann konnten wir einsteigen, ich suchte mein Abteil.

Oma ihr Abteil war hinter meinem Abteil. Ich brachte zuerst die Oma in ihr Abteil und legte den Koffer von ihr auf das Gepäcknetz. Dann ging ich in mein Abteil, suchte meinen Platz laut Reservierung und stellte fest - der war besetzt. Ich zeigte meine Platzkarte und ein älterer Herr rückt vom Fenster weg, gab den Platz frei. Ich legte meinen Koffer ins Gepäcknetz, die Reisetasche obendrauf. Dann setzte ich mich auf meinen Fensterplatz, da gab es plötzlich einen Ruck. Eine Durchsage im Lautsprecher teile uns mit, dass der Zug aus Warschau nach Amsterdam an den Zug angehängt wird, die Zugnummer verstand ich nicht. Die Durchsage kam etwas nach dem Ruck, aber sie kam.

Nun saß ich im Zug meiner Träume. Eigentlich war er wie jeder andere Zug. Aber trotzdem war es für mich etwas Besonderes. In diesen Zug durfte nicht jeder einsteigen und mitfahren. Ab Stendal mussten alle, die keine Visum hatten, diesen Zug verlassen. Ich sah aus dem Fenster, sah sie dort wieder, die Bahnpolizisten. Auch der Hund mit den beiden Arschlöchern war dabei. Wieder meldete sich der Lautsprecher mit der Ansage, dass der Zug in wenigen Minuten abfahrbereit wäre. Ich schaute auf die Uhr, es war bereits 1:20Uhr.

Wir hatten also jetzt schon eine Stunde Verspätung, langsam setzte sich der Zug in Bewegung. Wir fuhren an winkenden Menschen vorbei. Manche hatten ein Taschentuch in der Hand und weinten. Ich möchte nicht wissen, welche Familiendramen sich hier schon auf dem Bahnsteig abspielten. Für mich war es der Zug der Träume, für andere war dieser Zug vielleicht ein Zug der Enttäuschung, des Leids, des Abschieds? Doch ich fuhr mit ihm. Ich stellte mir noch die Frage, ob zu Hause meine Lieben schliefen oder wach in ihren Betten an mich dachte?

Um mich abzulenken, schaute ich mir meine Fahrgäste an. Mir gegenüber saß ein Ehepaar. Sie waren ganz bestimmt aus der DDR, ich schätzte sie schon im Rentenalter. Daneben saß ein jüngerer Herr, so um die Dreißig, an dem Gangfenster saß ein älterer Herr, auch schon im Rentenalter. Neben mir saß eine ältere Dame, sie war bestimmt aus dem Westen. Sie verströmte einen Geruch nach einem starken Parfüm, bestimmt 4711. Meine Mutter roch auch so, wenn sie sich mit diesem Parfüm eingesprüht hatte. Es war aber zum Aushalten. Daneben saßen noch zwei jüngere Männer, sie erzählen leise miteinander. Aus dem Gespräch hörte ich raus, das es zwei Monteure aus dem Magdeburger SKET waren. Sicher fuhren sie in die BRD, wahrscheinlich auf Montage. Im Abteil war es trotz Nachtleuchte ziemlich dunkel, es war ein bläuliches Licht. Der Zug fuhr nicht schnell, fast wie unsere „Harz Quer Bahn", bloß da waren Schilder angebracht: „Während der Fahrt ist Blumen pflücken verboten!"

Hier fehlten die Schilder. Mittlerweile hatten die beiden Monteure ihr Gespräch beendet, es trat Stille im Abteil ein. Auch aus den Nachbarabteilen hörte man kein Wort. Über dem Wagon lag eine knisternde Ruhe, alle waren gespannt, was an der Grenze passieren würde. Man hört nur das Rattern der Schienenstöße, kein schönes Geräusch.

Der Zug fuhr in den Bahnhof von Stendal ein, hier stiegen noch einige Fahrgäste zu. Als der Zug wie-

der losfuhr, ging bei uns am Abteil ein älteres Ehepaar vorbei, bestimmt waren sie in Stendal zugestiegen.
Sie suchen ihren Platz, auch sie hatten sicher Platzkarten, schauten auf die Platzschilder im Gang.

Sie machten die Tür vom Abteil nebenan auf, also dem Abteil der Oma. Und nun wurde es laut, sie wollen dort ihre Plätze einnehmen, eine Frau kam aus dem Abteil mit ihrem Koffer und geht weiter nach hinten. Dann hörte ich wieder einen lauten Streit. Es war Omas Stimme, die dort antwortete, der Mann machte Oma bestimmt ihren Platz streitig. Ich hörte nur, wie Oma sagt:

„Ich habe eine Platzkarte."

Das ging ein ganze Weile so, Oma blieb aber auf ihrem vorbestelltem Platz sitzen. Sie hat mir diese Platzkarte ja in Magdeburg gezeigt, Waggon 12, Abteil 4 Platz 5 und auf diesen Platz saß Oma also mit Recht. Da ging nebenan die Abteiltür wieder zu. Die Frau blieb mit ihrem Koffer stehen, der Mann ging los, aber es dauert nicht lange, da kam er mit der Schaffnerin wieder. Die Abteiltür ging wieder auf und ich hörte, wie die Schaffnerin zur Oma sagte:

„Bitte zeigen Sie mir mal ihre Platzkarte!" Es war dann einige Sekunden still, Oma kramt bestimmt in ihrer Handtasche. Dann hörte ich Oma: „Hier ist sie."
„Na, dann zeigen sie mir die Platzkarte bitte, " meinte die Schaffnerin.

Dann hörten wir, wie die Schaffnerin zur Oma sagt: „Liebe gute Frau, sie sind einen Monat zu früh. Die

92

Platzkarte ist für den nächsten Monat."
„Bleiben sie aber ruhig sitzen !" beruhigte die Schaffnerin dann.

Sie wendete sich an den Ehemann, forderte ihn zum Mitkommen auf.

Gemeinsam gingen sie nach hinten in den angehängten Zug und mir fiel wieder der Grund ein, warum ich mir eine Platzkarte gekauft hatte. Es ging darum, dass man an der Grenze einen Sitzplatz haben musste , ansonsten musste man mit all seinem Gepäck aussteigen und wurde in einem Grenzhaus kontrolliert.

Diese Kontrolle war immer gründlicher, als die im Zuge. So konnte man sich also auch im Bahnhof Magdeburg das Gedrängel beim Einlaufen des Zuges erklären, alle wollten einen Sitzplatz.

Es kehrte wieder Ruhe im Wagon ein. Man hörte wieder nur das Rattern der Schienenstöße und das Summen der Räder, der Zug fuhr auch nicht schneller als vorhin. In meinem Abteil fiel kein Wort über den Vorfall im Nachbarabteil.

Jeder war mit sich beschäftigt. Es schien so, als strahlte jeder im Abteil nach außen eine gewisse Gelassenheit aus, innerlich stellte sich bestimmt jeder die Frage, ob er gut durch die zu erwartende Kontrolle kommt. Auch ich dachte, hoffentlich ging alles gut und du wirst nicht kontrolliert. Irgendwie hatte ich Muffen sausen. Der Kupferbolzen stand mir auch kurz vor dem Loch. Plötzlich wurde es hell, taghell.

Wir fuhren in einen Stacheldrahtverhau hinein. Es waren zwei Stacheldrahtzäune in einem Abstand von vielleicht 3 Metern. Dazwischen war in ungefähr

2 Metern Höhe ein Seil gespannt. An diesem Seil waren Schäferhunde mittels eines Ringes, welcher mit der Leine verbunden war, befestigt, praktisch eine Laufleine. Die Hunde bellten wie verrückt den Zug an und fletschend ihre Zähne. Ein angsteinflößender Ausdruck.

Auch standen vor dem Stacheldrahtzaun Grenzsoldaten mit ihrer Waffe, es war nicht zu übersehen, wo wir waren, unverkennbar der Grenzbahnhof Oebisfelde. Der Zug fuhr ganz langsam in den Bahnhof ein. Ich sah einen Haufen von Grenzsoldaten, einige hatten ihre Maschinenpistole im Anschlag, andere waren Hundeführer und wieder andere standen dort in ihrem schwarzen Overall und hatten 1,50 m lange Leitern, Anlegeleitern, in der Hand. Dann standen auf dem Bahnsteig noch Grenzoffiziere, sie hatten zwar keine Maschinenpistole in der Hand, sie stehen da wie Aufpasser, die Hände hinter den Rücken verschränkt. Ich bekam sofort das Bild von die Aufseher im KZ in meinem Kopf. Der Bahnhof bzw. der Bahnsteig ist taghell, mehr ein rötliches Licht. Ich kannte diese Lampen, es sind Glühbirnen aus der UdSSR, Quecksilber Hochdrucklampen.

Wir hatten auch solche Lampen als Außenbeleuchtung im Betrieb, ein fürchterlich beschissenes Licht. Das Licht machte einem, wenn man es länger ertragen musste, irgendwie verrückt. Ich stellte mir vor, dass man solch ein Licht bei Verhören bei der Polizei einsetzte, dieses Licht hält man nicht lange aus, es zermürbt und man gesteht alles.

Unser Zug hielt an. Der Lautsprecher auf dem Bahnsteig forderte alle ohne Sitzplatz auf, zur Grenzabfertigung auszusteigen. Dann kamen die Grenzsoldaten mit den Leitern in Aktion. Sie stiegen als Erste in den Zug ein, die Leitern waren vielleicht 1,5 Meter hoch. Danach wurde der Waggon abgeschlossen, aus unserem Wagen war kein Reisender ausgestiegen.

Ich sah wie ein Grenzsoldat seine Leiter im Gang des Waggons aufstellte und dann eine Luke in der Decke des Wagons öffnete, zwischen der sichtbaren Decke und der oberen Außenhaut des Wagons war also ein Hohlraum. Dieser Raum war für die Installation der elektrischen Leitungen im Zug gedacht. Der Grenzsoldat leuchtete den Hohlraum der Decke mit einer sehr starken Lampe aus. Als er damit fertig war, verschloss er die Luke wieder und ging zur nächsten Luke, sicher suchte er hier nach versteckten sogenannten Republikflüchtlingen.

Interessiert beobachtete ich das Spiel, plötzlich riss ein Grenzsoldat unsere Abteiltür auf. Er schrie ziemlich laut, es war mehr ein Brüllen, oder nein, es war ein Kommandoton:

„Sie, Sie, Sie und Sie" und zeigte mit seinem Zeigefinger auf die Fahrgäste, die neben dem Fensterplatz saßen. „Sie müssen auf den Gang!"

Nur mein Gegenüber und ich durften sitzen bleiben. Ich dachte für mich, jetzt geht es los.

Jetzt wollten sie deinen Koffer kontrollieren. Mein Herz schlug schneller und der Kupferbolzen, er guckte schon. Plötzlich brüllte er:

„Beine hoch!"

Ich riss meine Beine hoch und dabei trat ich meinem Gegenüber an eins seiner Schienbeine. Schnell nahm ich meine Beine wieder herunter und entschuldigte mich bei meinem Gegenüber. Da brüllte der Grenzsoldat wieder: „Ich hatte gesagt, Beine hoch!"

Ich machte nun wieder meine Beine hoch, aber jetzt ein bisschen vorsichtiger. Der Grenzsoldat schmiss sich auf den Abteilfußboden und leuchtete mit einer Taschenlampe unter unsere Sitzbänke.

Dann sprang er wieder auf, drehte sich ohne ein Wort um und verließ das Abteil. Draußen fordert er die anderen Fahrgäste auf, im Abteil wieder Platz zunehmen. Der eine Monteur kam mit den Worten in das Abteil:

„Wieder kein Republik Flüchtiger, aber dafür hat der Grenzer seinen Frühsport mit den zwei Liegestützen für heute weg!."

Nun saßen wir alle wieder im Abteil und warteten darauf, was da noch kommen würde. Es vergingen so ca.10 Minuten, ehe ein Grenzsoldat ins Abteil kam, mit einem Kasten vor dem Bauch. Er forderte uns auf, die Ausweispapiere und die Zählkarten bereitzuhalten. Dann schaute er von jedem die Ausweispapiere an, dazu schaute er jedem genau ins Gesicht, jeder muss ihn in die Augen schauen. Der Mitte Dreißiger aus unserem Abteil trug eine Brille, er musste sie abnehmen, den Grenzsoldaten so anschauen. Von allen wurden die Zählkarte eingesammelt.

Übrigens bekam man für die Hinfahrt in den Westen von der Polizei vorgeschrieben, welchen Grenzübergang man zu nehmen hat. Auf der Rückfahrt durfte man den Grenzübergang frei wählen. Die Geschwister meiner Schwiegermutter durften nicht zusammen nach Hannover fahren. Alle wollen zusammen zum Geburtstag ihrer Schwester. 3 Geschwister wohnten in einem Ort, davon musste der eine über Marienborn einreisen, der andere über Oebisfelde und der andere erst am Tag des Geburtstages. Alle mussten einzeln fahren. Zurück aber kamen sie gemeinsam.

Der eine Monteur sagte nach der Passkontrolle: „Jetzt kommt nur noch der Zoll und dann haben wir es   geschafft."

Der Zoll, eine Zöllnerin, war schon im Nachbarabteil. Ich hörte ganz genau mit, wie die Zöllnerin die Oma wieder am Wickel hat. Oma hatte keine Zoll- und Devisenerklärung ausgefüllt.

Ich hörte, wie Oma sagte:

„Die Erklärung brauche ich doch nicht aus zu füllen, ich habe doch nichts mit. Ich fahre zu meinem Sohn nach Hannover, da brauche ich nichts mitbringen."

Die Zöllnerin sagte dann:

„Sie müssen die Zoll- und Devisenerklärung trotzdem ausfüllen."

Oma sagte dann wieder: „Ich habe doch nichts!" Dann erwiderte die Zöllnerin: „Na, das wollen wir erst mal sehen."

Sie fordert die anderen Fahrgäste auf, das Abteil zu verlassen.
Dann fragte sie Oma: „Wo ist ihr Koffer? "
Oma zeigte nun bestimmt auf ihren kleinen Koffer. Ich hörte, wie Oma sagte: „Den bekomme ich aber nicht herunter."

Darauf die Zöllnerin: „Das kriege ich schon."

Völlige Stille bei uns im Abteil, sicher konzentrierten sich alle auf das Gespräch.

Sie musste wohl jetzt im Augenblick den Koffer von der Oma aus dem Gepäcknetz genommen haben. Einige Sekunden herrschte Ruhe im Abteil. Eine Frau stand vor unserem Abteil.

Sie schaute zu uns ins Abteil und verdrehte die Augen. Dann zog sie noch den Mund zusammen und schüttelte mit dem Kopf.

Nebenan ging das Gespräch zwischen der Zöllnerin und Oma weiter. Da Oma eine gewissenhafte Frau war, hatte sie den Koffer abgeschlossen. „Wo sind die Schlüssel?", fragte die Zöllnerin? Oma antwortete: „Moment bitte".

Wie ich Oma in Magdeburg, im Warteraum kennengelernt hatte, kramte sie jetzt bestimmt in ihrer Handtasche. Und so war es auch, es war kurze Zeit wieder ruhig. Dann sagte Oma: „Hier bitte". Wahrscheinlich nahm die Zöllnerin jetzt die Schlüssel entgegen und schloss Oma ihren Koffer auf. Jetzt hört man die Zöllnerin fragen.

„Was haben wir denn hier?"

Oma´s Antwort:

„Das ist ein Glas selbst geschlachtete Leberwurst. Die habe ich von meiner Nachbarin geschenkt bekommen, weil mein Sohn, die so gerne isst, habe ich sie mitgenommen. Die will ich mit ihm heute früh zum Frühstück essen. Er hat geschrieben, ich soll nichts aus der DDR mitbringen, es wäre ja doch alles

Schund. Aber die Leberwurst, die aß er schon ganz gerne, glaube ich wenigstens."

Oma war mit ihren Ausführungen am Ende. Die Zöllnerin sagte dann:

„Sie wissen schon, dass man keine Lebensmittel mitnehmen darf!"Oma antwortete empört.

„Das ist doch kein Lebensmittel, sondern nur selbst geschlachtete Leberwurst."

Nun wurde die Zöllnerin recht laut.„ „Wollen sie mich verarschen? ", meinte sie, „Ich muss ihnen nach den Zollgesetzen der DDR die Leberwurst wegnehmen."

Der eine Monteur in unserem Abteil setzt leise hinzu:
„Und selber fressen!"

Ich hörte Omas flehende Antwort:

„Bitte nicht!" Doch die Zöllnerin blieb hart, sie beschlagnahmte Oma ihr Glas Leberwurst. Ich konnte mir gut vorstellen, für Oma war nun eine Welt zusammen gebrochen. Das einzige Geschenk, welches sie für ihren Sohn mitgenommen hatte, war somit beschlagnahmt worden.

Ich dachte so bei mir, es war schon eine große Schande für die DDR. Wie weit waren sie nur gekommen. Mittlerweile durften die Mitreisenden wieder in das Abteil. Ich hörte nur eine Frauenstimme mitfühlend sagen:
„Nun weinen sie nicht und beruhigen sie sich." Ein anderer sagte :

„Das Frühstück für die Zöllnerin ist nun gesichert."
Es dauerte einige Minuten, dann kam die Zöllnerin
zu uns, wahrscheinlich hatte sie das Glas Leberwurst erst weggebracht.

Nun waren also wir an der Reihe, zuerst kam unsere
Seite dran. Es ging eigentlich ziemlich schnell.

Ich zeigte ihr meine Zoll- und Devisenerklärung und
dachte noch so, nur nicht den Koffer und die Reisetasche aufmachen. Ich hatte großes Glück, sie drehte
sich schon zu dem Ehepaar aus dem Westen um. Sie
las deren Zoll- und Devisenerklärung und fragte
dann den Herrn.

„Haben sie noch etwas zu verzollen?"

Dieser antwortete mit einem klaren: „Nein! "
„Darf ich mal ihre Schuhe sehen?", sagte sie dann zu
dem Herrn.

„Bitte!", antwortete dieser.

Er zog seine Schuhe aus und gab sie der Zöllnerin.
Sie schaute die Schuhe an und meinte nur:
„Die Schuhe haben sie in der DDR gekauft, die Schuhe sind noch nagelneu. Bitte ziehen sie die Schuhe
wieder an und folgen sie mir."
Seine Frau verriet sich dazu gleich. Sie meinte zu
ihrem Mann:

„Ich habe gleich gesagt, du sollst die Gurken nicht
kaufen."
Der Herr wurde rot, er zog die Schuhe an und ging
mit der Zöllnerin los.

„Na, da wartet ja nun eine saftige Strafe," sagte einer
der Monteure. Die Ehefrau antwortete dann nur:
„Was soll man mit den vielem Ostgeld denn ma-

chen? Man muss ja für jeden Aufenthaltstag 25,- DM Zwangsumtauschen. Wir waren 14 Tage zu Besuch in der DDR, da können sie sich ausrechnen, was da zusammen kommt. Das waren 700,- Ostmark für uns beide, was soll man denn dafür kaufen? Da gibt es ja nichts, was wirklich nützlich ist und dass, was schön ist, dürfen wir nicht ausführen."

Es vergingen ca. 10 Minuten, da kam der Herr wieder, sein Kopf war puterrot. Seine Frau meinte zu ihm:

„Du hast ja die Schuhe noch an?"

Er winkte nur ab, verdrehte die Augen und lehnte sich in den Sitz. Die Zöllnerin machte im Nachbarabteil weiter, wir hatten unsere Grenzkontrolle hinter uns, ich war irgendwie richtig erleichtert. Mir wäre es ähnlich so gegangen, wie der Oma nebenan. Der Herr, der wegen der Schuhe im Zollgebäude war, schüttelt immer nur mit dem Kopf und sagt kein Wort.

Er wirkt irgendwie eingeschüchtert.

Der Lautsprecher auf dem Bahnsteig meldete sich wieder.

Die Durchsage verkündet, dass die Pass- und Zollkontrolle beendet sei und die Reisenden dürften ab jetzt im Intershop einkaufen. Auf dem Bahnsteig waren aber nur wenige Reisende zu sehen, die das nutzten.

Es stiegen auch noch Fahrgäste ein, vor unserem Abteil hatte sich ein Ehepaar hingestellt. Nach ca. 10 Minuten die letzte Durchsage:

„Bitte einsteigen und Vorsicht an der Bahnsteigkante, der Zug fährt ab." Allen im Abteil sah man die Erleichterung an.Der Zug setzte sich langsam in Bewegung.

Wir fuhren ganz, ganz langsam aus dem Bahnhof heraus. Rechts und links war wieder der Stacheldrahtzaun zu sehen. Auch kläfften uns die angebundenen Hunde wieder an, alles in allem ein fürchterlicher Anblick. Der Zug fuhr immer noch im Schritttempo, nun sah man die eigentliche Grenze. Stacheldrahtzäune, Todesstreifen und wieder einen Stacheldrahtzaun. Es war mittlerweile 2.45 Uhr, also noch tiefe Nacht. Die Grenze aber war taghell erleuchtet, so dass man sehr weit schauen konnte. Mich beschäftigte, dass man hier an der Grenze sehr viel Elektroenergie verbraucht, es gab hier bestimmt kein Kontingent, wie bei uns im Betrieb. Die durften verschwenden, was wir einsparen mussten.

Irgendwie war es unwirklich, ich konnte es gar nicht richtig fassen. Als ich das alles so sah, dachte ich, da war der Stacheldrahtzaun in Buchenwald ein Dreck dagegen. Genauso, wie in dem DEFA - Film „Nacht unter Wölfen."

Von den Grenzanlagen her, war die DDR ein Konzentrationslager. Die Politiker hatten Recht, es war wirklich ein eiserner Vorhang. Man konnte das sogar wörtlich nehmen. Ich schüttelte genauso den Kopf, wie der Herr mit den Schuhen. Wir waren nun über der Grenze und man hört das Rattern der Stöße nicht mehr. Ich musste schon seit Oebisfelde mal auf die Toilette, doch ich hatte mich nicht getraut. Es war ja auch nicht möglich, da die Grenzsoldaten die Toiletten abgeschlossen hatten.

Also gehe ich jetzt, nach meinem Toilettenbesuch blieb ich noch ein bisschen auf dem Gang stehen. Neben mir stehen die Fahrgäste, die in Oebisfelde zugestiegen sind. Auch sie schauen ganz genau nach draußen.

Nun fuhr der Zug eine Schleife und wir fuhren das zweite Mal über die Grenze. Wieder war alles taghell. Dieses Mal machte ich das Fenster auf, um noch besser alles sehen zu können. Da sagte plötzlich der Fahrgast neben mir:

„Heute fahre ich diese Strecke zum ersten Mal mit dem D-Zug."

Ich antwortete: „Ich auch."

„Nein, so meine ich das nicht. Ich arbeite bei der Deutschen Reichsbahn und bin Streckenläufer. Die Strecke hier, gehe ich jeden Tag ab von zwei Grenzsoldaten bewacht. Ich bin aber noch nie mit dem D-Zug hier gefahren. Die Arbeit mache ich schon 15 Jahre. Heute sehe ich die Strecke aus einer völlig anderen Perspektive".

Wir unterhielten uns ein bisschen und dann setzte ich mich wieder ins Abteil. Auch im Abteil war man redseliger geworden. Der Herr mit den Schuhen schüttelte zwar immer noch mit dem Kopf, aber jetzt erzählte   er.

„Es waren teure Schuhe", meinte er, „sehr teure Schuhe"."Ich habe in der DDR dafür, von meinem Zwangsumtausch, 120,- Ostmark bezahlt. Heute durfte ich noch mal 120,- DM Zoll bezahlen und habe noch eine Strafe von 100,- DM bekommen. Also haben mir die Schuhe 340,- DM gekostet."

Der eine Monteur sagte: „Dann hätte ich auf die Schuhe verzichtet und wäre auf Stümpfen ins Abteil zurückgekommen."
„Gut", meint der Herr wieder: „Die Strafe hätte ich doch zahlen müssen. Ich hätte vielleicht nur den Zollbetrag gespart. Aber ich wollte da nichts als raus und hatte Angst, dass sie mich dort behalten und darum habe ich alles schnell bezahlt. Eine Fahrt in die DDR mache ich nicht mehr. Da kriegen mich keine 10 Pferde mehr hin."

Er schüttelte wieder mit dem Kopf. Übrigens wurde es im ganzen Zug lauter. Man hörte das Rattern der Schienenstöße nicht mehr, aber dafür erzählten die Leute jetzt. Sie erschienen alle völlig aufgelöst. Die Anspannung auf das, was war, war wie weggeblasen. Draußen wurde es wieder etwas heller. Man erkannte im Vorbeifahren Häuser, Straßen, Lichtreklame, wir waren in Wolfsburg. Auch war der Zug mittlerweile schneller gefahren.

Wir fuhren in den Bahnhof ein.

Hier sah trotz der Dunkelheit, alles viel, viel bunter aus. Eine Durchsage aus dem Lautsprecher begrüßte uns mit „Herzlich Willkommen". Dann kam noch die Information, dass der Zug 10 Minuten Aufenthalt hat. Aus dem Fenster sah ich Rotkreuzschwestern vorbeigehen. Eine Schwester half einem älteren Menschen beim Aussteigen. Eine andere verteilte heißen Tee. Eine völlig gelöste Atmosphäre. Hier in Wolfsburg stiegen viele Fahrgäste aus. Viele DDR-

Bürger wurden schon hier von ihren Verwandten abgeholt. Es kam zu herzlichen „Auf Wiedersehen"-Szenen am Zug Auch unsere beiden Monteure stiegen aus. Sie wollten von hier aus nach Salzgitter, ein Westkollege würde sie mit dem Auto abholen.

Daran sah man, dass sich die Menschen untereinander verstanden, hier im Zug gab es keine Grenze zwischen Ost und West.

Wir merkten einen Ruck am Zug, die Lok war gewechselt worden. Ab jetzt fuhren wir mit einer E-Lok. Die Diesellok, die aus der DDR kam, fuhr auf ein Abstellgleis, Sie würde bestimmt den nächsten Zug zurück in die DDR fahren. Ich schaute aufmerksam aus dem Fenster und merkte gar nicht, das Bundesgrenzbeamten unsere Abteiltür öffnen. Sie begrüßen uns höflich, fragten nach Bürger der Bundesrepublik, schauten in deren Pässe. Als ich meinen zeigen wollte, winkten sie ab. Sie erkannten die DDR-Bürger schon an der blauen Farbe unseres Reisepasses, die Bürger der Bundesrepublik hatten einen grünen Reisepass. Nachdem sie die Pässe des Ehepaares kontrollierten, verabschieden sie sich mit den Worten: „Guten Aufenthalt bei uns, gute Weiterfahrt und Auf Wiedersehen."

Auf dem Bahnsteig draußen war nun auch wieder Ruhe eingetreten.

Da kam schon der Mann mit der roten Mütze, der Pfeife im Mund und der Kelle in der Hand. Er hob diese Kelle und pfiff, unser Zug konnte sich in Bewegung setzen. Die Fahrt konnte weiter gehen - dem ersehnten Ziel entgegen.

Wir fuhren jetzt deutlich schneller, zu hören war noch das leise Summen der Räder. Auch konnte man nicht mehr die Ortsnamen der Bahnhöfe lesen, durch die wir durchfahren. Ich versuchte mich anzustrengen und zu konzentrieren, es klappte nicht die Namen zu entziffern, der Zug war jetzt ein Schnellzug geworden. Der nächste größere Bahnhof, auf den wir halten mussten, war Braunschweig. Hier stieg das Ehepaar aus dem Westen aus dem Zug. Ich saß somit nun ganz allein im Abteil, machte es mir gemütlich. Holte die Thermoskanne aus der Reisetasche und trank einen Kaffee. Der Zug rauschte durch einen größeren Ort, hielt aber hier nicht. Es dauerte nicht mehr lange und man konnte die Lichter von Hannover sehen. Ich schaute aus dem Fenster.

Da ging plötzlich die Tür auf und Oma stand in der Tür. Sie hatte sich wieder von dem Vorfall an der Grenze beruhigt und bat mich, ihr beim Aussteigen in Hannover zu helfen .

Das war doch schon alles vorher geklärt, ich ging mit in Omas Abteil, holte ihren kleinen Koffer herunter und zusammen gingen wir dann zur Waggontür. Dort standen schon ein paar Leute vor uns. Der Zug hielt und ich stieg mit dem Koffer in der Hand aus. Danach drehte ich mich um, um Oma beim Aussteigen zu helfen. Ich ging mit ihr noch ein paar Meter bis zur Tunneltreppe, Oma hielt bisher vergeblich Ausschau nach ihrem Sohn. Doch da stieß jemand die Oma von hinten an. Es war eine aufgetakelte Frau und ein jüngeres Mädchen.

Das Mädchen schätzte ich so um die 18 Jahre. Dann prasselte ein wahres Redefeuerwerk auf uns nieder. Die aufgetakelte Dame war Omas Schwiegertochter, das Mädchen ihre Enkeltochter. Die Schwiegertochter schimpft Oma aus, ihrer Meinung nach seien solche Ankunftszeit unmöglich, sie würde hier schon zwei Stunden warten und, und.

Stimmt ja, unser Zug hat 2 Stunden Verspätung. Aber das war nicht unsere Schuld, eine herzliche Begrüßung, so wie ich es kenne, sieht wirklich anders aus. Ich gab der aufgetakelten Dame den Koffer und verabschiedete mich von der Oma. .

Die „Dame" wollte mir 5,- DM geben, doch ich wollte das nicht, meinte stattdessen zu ihr: „Geben sie das Geld lieber der Oma, dann kann die Oma für ihren Sohn wenigstens noch ein paar Blumen kaufen. Ihr Geburtstagsgeschenk für ihren Sohn hatte man ihr an der Grenze weggenommen."

Eigentlich hätte ich die 5,- DM schon gern genommen, doch ich hatte meinen Stolz, für einen Ostbürger sind 5,- DM West viel Geld.

Von der aufgetakelten Frau wollte ich kein Geld und wollte auch mit meinem Verhalten ein Zeichen setzen. Bloß diese eingebildete Frau schnallte das bestimmt nicht, Oma tat mir richtig leid. Selbst die Enkeltochter hatte sich der Oma gegenüber recht kühl verhalten bei der Begrüßung.

Nun verabschiedete ich mich von der Oma mit den Worten:
„Oma komm her und lass dich drücken.

Ich drückte dies eigentlich fremde Frau herzlich und sagte dann zu ihrer Schwiegertochter: „So macht man eine Verabschiedung oder Begrüßung und nicht so, wie sie es mit der Oma gemacht haben."

Dann ging ich zurück zu meinen Wagen. Hinterher war ich über mein eigenes Verhalten selbst verärgert. Warum hatte ich mich da eigentlich eingemischt? Ich hätte die 5 DM nehmen sollen, mich umdrehen und losgehen.

An meinem Wagon stand der neue Schaffner. Wahrscheinlich übernahm er den Zug nach Köln, ich hörte nur, wie er auf kölsch Platt schimpft: „Mensch sind dat viele Karren." Er hatte recht, das war ein sehr langer Zug, die letzten Wagen passten gar nicht an den Bahnsteig heran. Doch ich sah auch, dass ein Rangierer damit beschäftigt war, den Zug auseinander zu koppeln. Da kam auch schon die Durchsage, dass der Zug von Warschau nach Amsterdam vom Zug
Dresden /Köln abgekoppelt und auf Bahnsteig 5 gefahren wird. Ich schaute mich auf den Bahnsteig noch ein bisschen um. Es war interessant, auf dem Nachbarbahnsteig stand ein Intercity. Solche Züge kannte ich nur aus dem Westfernsehen. Schade, er fuhr nach Hamburg. Wäre er nach Köln gefahren, wäre ich umgestiegen. Ich stieg also wieder in meinen Waggon und setzte mich in mein Abteil, wartete, dass es losging. Mittlerweile hatte man den Zug nach Amsterdam abgekoppelt. Unser Zug nach Köln

hatte nun schon gewaltig Verspätung, es lief aber auch alles langsam ab. Doch nach einer Weile meldete sich der Lautsprecher und forderte die Fahrgäste auf, in den Zug nach Köln einzusteigen. Wir fuhren wieder los, es dauerte nicht lange und der Zug fuhr mit Höchstgeschwindigkeit durch das Land. Mir kam es vor, als wäre er jetzt noch schneller, wir kommen gut voran. Draußen dämmert es, man konnte mehr in die Ferne sehen. Wir fuhren an der Pforte Westfalen (Porta Westfalica) vorbei.

Ich schenkte mir gerade noch mal einen Kaffee ein, da ging meine Abteiltür geht auf, der Schaffner stand da und wollte die Fahrkarten sehen. Dann meinte er zu mir:

„Wenn nichts dazwischen kommt, sind wir in gut 2 Stunden in Duisburg." Nachdem der Schaffner gegangen ist, zog ich meine Schuhe aus, legte meine Füße auf den gegenüberliegenden Sitz und machte die Augen zu. Ich muss wohl eingeschlafen seinen. Denn ich wurde von dem Aufziehen meiner Abteiltür wach, wir waren in Dortmund. Arbeiter stiegen in den Zug, drei Arbeiter setzten sich in mein Abteil. Sie unterhielten sich und der eine las die Bildzeitung. Die Unterhaltung ging natürlich über Borussia Dortmund, zwei wollten heute noch ins Stadion, in Gelsenkirchen stiegen sie wieder aus.

Der eine Arbeiter ließ die Bildzeitung liegen, na, das war was für mich. Ich stürzte mich gleich darauf und blätterte die Zeitung durch, es war eigentlich das erste Mal, dass ich eine Bildzeitung in der Hand hatte. Der Zug hielt jetzt öfter, er war jetzt kein D-Zug mehr, aber ein schneller Personenzug. Wir hielten im Essen Hauptbahnhof, es wurde Zeit für mich, die Schuhe wieder anzuziehen. Ich holte Koffer und Reisetasche aus dem Gepäcknetz, packte die Thermoskanne ein und ging zur Waggontür. Der Zug fuhr in den Bahnhof in Duisburg ein, mein Herz schlug rasend schnell in meiner Brust. Ich machte die Waggontüre auf und stieg aus.

Da sah ich schon meinen jüngsten Cousin. Er hatte sicher den Auftrag bekommen, mich abzuholen. Zu übersehen war Tommy nicht mit seinen 2 Meter Größe und bestimmt 2 Zentner Gewicht. Er stürzte sich auf mich zu und drückte mich. Als ich ihn das letzte mal sah, war er 2 Jahre alt war, kam damals mit meiner Tante zu meiner Hochzeit. Von da ab bekam ich nur Bilder zugeschickt von ihnen.

Der Zug meiner Träume war weiter gefahren, Ich schaute ihm noch mal hinterher und wir gingen langsam den Bahnsteig nach vorn. Ich war war Ziel, mein Traum war in Erfüllung gegangen.

Wir kamen an das Bahnsteigende und gingen langsam die Treppe herunter, mein Cousin wollte wissen, wie die Fahrt war und vor allem die Grenzkontrolle.

Ich gab ihn bereitwillig Antwort, hatte ja viel zu erzählen.

Als wir die Treppen so herunterkamen, fiel mein Blick auf einen Ausstellungsraum mit einer Schaufensterscheibe gegenüber im Tunnel. Dort stand doch wirklich ein „Skoda Favorit", das neuste Modell des Autoherstellers aus der CSSR. Diese Marke zählte bei uns schon zum Luxusauto.

Der Wagen kostete bei uns um die 40.000 DDR Mark. Hier boten sie das Auto für 7.999,- DM an. Ich konnte es gar nicht fassen. Bei uns musste man ca. 12 -14 Jahre auf ein Auto warten und hier bot man die Autos wie Sauerbier gleich zum Mitnehmen an. In der DDR musste man sich lange auf ein Auto anmelden. Da fast jeder DDR-Bürger über 18 eine Autoanmeldung hatte, ging die Auslieferung ziemlich schleppend und hier konnte man den „Skoda" sofort kaufen.

Ich sagte zu meinem Cousin: „Warte bitte mal!" Ich ging zum Schaufenster und schaute mir das Auto an. Es war wirklich das neuste Modell. Solche Modelle fuhren bei uns noch gar nicht auf den Straßen Dann fiel mein Blick auf die Unterführung zu den einzelnen Bahnsteigen. Die war ja wie eine Einkaufstraße, Souvenirläden, Bäcker, Zeitungsladen, Reklameschilder, Gold- und Uhrgeschäft und noch einige mehr. Wir kamen in die Bahnhofshalle. Hier waren auch viele Reklameschilder zusehen. Rechter Hand war eine Art Theke, dort wurden Fahrkarten verkauft, Schalter wie bei uns, gab es nicht. Auch standen Gepäckwaren da, Thomas schnappte einen und packte meinen Koffer und die Reisetasche darauf. Als ich meinen Blick nach links richtete, war dort ein Blumengeschäft. Soviel Blumen auf einmal hatte ich noch nicht gesehen. Da gab es Sorten, die blühten erst im Herbst in meinen Garten. Die vielen Rosen waren einfach toll und unglaublich, von diesen Blumengeschäften, hatte schon mein Kollege nach seinem Westbesuch geschwärmt. In der Mitte der Bahnhofshalle war ein Stehbistro, neben dem Blumengeschäft war das Bahnhofsrestaurant. Ich war überwältigt, wenn ich da an unseren Tunnel im Ort dachte, dann konnte man nur den Kopf schütteln. Es war zwar nicht mit dem einer Großstadt vergleichbar, aber es könnte einfach freundlicher hergerichtet werden.. Die graue Farbe könnte erneuert werden, damit die Schmierereien und Urin-Flecken verschwinden würden, auch gegen den Urin - Geruch müsste man etwas unternehmen.

Schön wären auch diese bunten Reklameschilder, man könnte sie dort anbringen und alles sähe bunter und freundlicher aus.

Wir gingen zum Auto.

Mein Cousin hatte bereits mit 19 Jahren einen VW-Golf. Es war zwar ein älteres Modell, aber Auto blieb Auto. Ich hatte meinen ersten Trabi mit 28 Jahren gekauft. Der Trabi war damals schon 9 Jahre alt und ich musste noch 8500,- Mark hinblättern, also fast Neupreis.
Ich fuhr diesen Trabi ein Jahr lang. Hatte einige Reparaturen daran, auch der Motor gab seinen Geist auf und ich konnte fast 3 Monate nicht fahren! Mit viel Bestechung, wie Klamotten aus meinem Betrieb, die ich dort käuflich erworben hatte, gelang es mir dann, dass mir eine Werkstatt den Motor wieder reparierte. Ich verkaufte dann den Trabi wieder für 9500 Mark weiter, wenn ich so zurückdachte, so hatte ich keinen Verlust gemacht.

Wir fuhren vom Bahnhof los, es ging durch die Innenstadt. Trotz des frühen Morgens war schon sehr viel Betrieb. Auch sah alles sehr gepflegt und modern aus. Kein Haus bzw. kein Geschäft machte einen heruntergekommenen Eindruck. Auch die Aufteilung der Straße war sehr gut. In der Mitte der Straße fuhr die Straßenbahn, wie in einem grünen Gürtel.

Rechts und links waren die Fahrbahnen. Jede Fahrbahn war zweispurig und vor allem ohne Schlaglöcher. Danach fuhren wir auf eine Schnellstraße, sie verband die einzelnen Stadtteile. Von der Schnellstraße aus sah man das Fußballstadion. Wie oft habe ich zu Haus vor dem Fernseher geträumt, dort mal zu sein, wenn der MSV spielt.

Doch der MSV spielte jetzt Regionalliga. Er war in den letzten Jahren von der 1. Bundesliga, in die 2. Bundesliga und dann in die Regionalliga abgestiegen. Mein Cousin war MSV – Fan.

Wir unterhielten uns auch gleich über Fußball. Als er dann in den Stadtteil abbiegen wollte, meinte er zu mir:

„Ich habe von meiner Schwester den Auftrag bekommen, Brötchen zu holen! ", sagte er und bog schon in eine Seitenstraße ein, diese war eine Sackgasse. Vor dem Bäcker bekamen wir keinen Parkplatz, da meinte mein Cousin zu mir.: „ Wir lassen das Auto in der zweiten Spur stehen und ich springe schnell zum Bäcker rein. Du setzt dich derweil an das Lenkrad und wenn wirklich die Polizei kommt, dann fährst du los, drehst und fährst einmal um den Häuserblock. Dann kommst du wieder zurück."

„Ich kann dein Auto nicht fahren, ich habe zu Hause

nur einen Trabi, der hat Lenkradschaltung", meinte ich.

Ich konnte schon mit Knüppelschaltung fahren, hatte meine Fahrerlaubnisprüfung mit einem „Moskwitsch" gemacht.

„Ach das wird schon gehen", sagte er und stieg aus und ging zum Bäcker. Kaum war er verschwunden, sah ich im Rückspiegel ein Polizeiauto um die Ecke der Sackgasse biegen. Ich stieg schnell aus, setzte mich auf den Fahrersitz, startete den VW und fuhr los.

Am Ende der Straße war ein Wendehammer. Ich wendete und fuhr dem Polizeiauto entgegen, in dem zwei Polizisten saßen..

Als ich auf gleicher Höhe mit dem Polizeiauto war, kam aus dem Polizeiauto eine Kelle heraus, also das Zeichen eines Polizisten, dass ich anhalten sollte. Ich dachte nur, solch eine Scheiße, wäre ich bloß nicht losgefahren, zum Glück hatte ich meine Fahrerlaubnis mit.

Bei uns im Osten hieß es nicht Führerschein, sondern Fahrerlaubnis. Man wollte Adolf Hitler ja nicht in den Himmel heben, in der DDR sollte es ja keinen Führer mehr geben, so war die politische Meinung der Partei.

Beide Polizisten siegen aus, der eine sagte zu mir:

„Ihren Führerschein, die Fahrzeugpapiere und dann noch ihren Reisepass. Bitte steigen Sie aus!"

Ich schaute den Polizisten erstaunt an. Woher wusste der er, dass ich einen Reisepass hatte? Doch da erkannte ich ihn, es war mein anderer Cousin Karl Ludwig, er war ja bei der Polizei. Ich fing an zu lachen und stieg aus. Nun kam auch mein anderer Cousin Tommy aus dem Bäcker hinzu. Karl Ludwig begrüßte mich. Ich dachte sofort, sollte diese Begrüßung ein Anwohner sehen, denkt der bestimmt, wir seien schwul.

Meine beiden Cousins hatte sich dies Sache vorher ausgemacht.

Karl Ludwig hatte noch Frühschicht und konnte mich somit nicht abholen, also hatten sie hier auf uns gewartet. Er meinte dann anschließend zu mir: „Du hast dir ja lange Zeit gelassen. Ihr wart gut zwei Stunden später da.

Wir sollten an der Ausfahrt von der Schnellstraße Verkehrskontrolle machen und haben so auf euch gewartet. Zum Glück hatten wir in den zwei Stunden keinen Einsatz."

Nach dieser ungewöhnlichen Begrüßung setzten wir uns wieder ins Auto und fuhren mit Polizei Eskorte zur Wohnung meiner Cousine.

Auch hier wurde die Begrüßung recht herzlich. Ute, meine Cousine und Günter, ihr Angetrauter, waren auch schon auf. Zuerst musste ich mich hinsetzen und bekam eine Tasse Kaffee. Dann holte Günter eine Flasche Sekt und wir stießen am frühen Morgen auf unser Wiedersehen hier in Duisburg an. Günter meinte dann: „Haben die Kommunisten dich wirklich fahren lassen, das hatte ich vorher nicht geglaubt. Als dein Telegramm kam , glaubte ich noch, der verarscht uns. Und jetzt sitzt du hier, unglaublich!

Meine Cousine hatte in der Zwischenzeit ihren Vater angerufen. Es dauerte nicht lange und er war da. Sie hatte dann anschließend den Frühstücktisch in der Küche gedeckt, wir setzten uns in die Küche und frühstückten alle zusammen.

Natürlich war mein Cousin Karl Ludwig mit seinem Streifenwagen wieder losgefahren. Meine Cousine hat reichlich den Tisch gedeckt, es war alles vom Feinsten da. Eine Hälfte Brötchen belegte ich mit Bananenscheiben, ich hörte nur, wie sie aufschrie. „Wat soll dat denn? Nun iss mal schönen Kochschinken oder Leberwurst. Die Banane kannst du dabei essen."

„Nein", sagte ich, „das habe ich bestimmt das letzte Mal gegessen als ich Kind war." Bananenbrötchen hatte ich damals so gerne gegessen, aber wenn es bei uns mal Bananen gab, dann verzichtete ich darauf und lasse die natürlich meinen Kindern. Ich aß dann noch ein weiteres Brötchen mit Kalbsleberwurst.

Dabei musste ich an die Oma im Zug denken. Die Leberwurst schmeckte genauso gut, wie unsere selbst geschlachtete Leberwurst. Ich erzählte der Frühstücksrunde mein Erlebnis mit der Oma und auch von dem Glas Leberwurst, welches die Zöllnerin ihr weggenommen hatte. Mein Onkel sagte nur. „Hoffentlich hat der Fleischer Strychnin dran gemacht."

Als er das so sagte, klingelte es an der Wohnungstür. Das Brautpaar war gekommen. Anna fiel mir um den Hals und ich sagte zu ihr:

„Lass dich anschauen, du italienische Rheinländerin!
" Sie war sehr schlank und hatte halblanges Haar.
Franco, ihr Mann oder Bräutigam, wie man es sehen
wollte, tat ein bisschen schüchtern. Vielleicht deswe-
gen, weil er des Deutschen noch nicht richtig mächtig war. Er verstand zwar alles, aber mit dem Sprechen klappt es noch nicht so gut.

Dann holte ich meine Reisetasche und gab Günter
die Zigaretten, die ich in Magdeburg, gekauft hatte.
Ich sagte zu ihm:

„Hier probiere die einmal."

Er nahm sie und machte gleich eine Schachtel auf.
Im Nu hatte er eine Zigarette angesteckt. Beim ersten
Zug fing er an zu husten. Er konnte gar nicht mehr
aufhören. Als der Hustenanfall zu Ende war, sagte
er:

„Ich rauche ja schon sehr starkes Kraut bei uns, aber
das Kraut hier ist die Krönung", und fing wieder an
mit dem Husten. Franco war auch Raucher und er
wollte die Zigarette auch einmal probieren.

Franco steckte sich eine Karo - Zigarette an, nach
dem ersten Zug bleibt ihm die Luft weg. Er fängt
jämmerlich an zu husten, ab jetzt husteten beide gemeinsam.
    „Ein starker Raucher muss hier durch" ,meinte Gün-
ter.
„Das Kraut habt ihr bestimmt von den Russen im-
portiert ?", fragte meine Cousine. Karo war das Ge-
genstück der roten Hand Zigarette im Westen.

Da klingelte es an der Wohnungstür und ein Duisburger Bekannter meiner Cousine war gekommen. Auch er begrüßte mich sehr herzlich, ich kannte ihn gar nicht. Meine Cousine kochte noch mal frischen Kaffee. Er setzte sich mit an den Frühstückstisch und meine Cousine schmierte auch ihm ein Leberwurstbrötchen. Er tat so, als gehörte er dazu. Auch Klaus, so hieß er, war schwerer Raucher und Günter bot auch ihm gleich eine Karo an. Klaus steckte sie an, nahm einen Zug und nichts passierte. Er hustete nicht und meinte nur:

„Eine leichte Zigarette, natürlich und rein. Schmeckt ganz   gut"

Ich holte noch mal meine Reisetasche raus und gab meinen Onkel und Günter je eine Flasche „Danziger Goldwasser".
„So was Feines hast du mitgebracht?", meinte Günter."
Ich wusste nicht, meinte er es jetzt ironisch oder ehrlich ? Auch Onkel Karl, der Vater meiner Cousine, war inzwischen gekommen und sagte dann: „Lasst uns mit dem Polterabend anfangen" und meine Cousine holte Gläser vor, Günter machte die Flasche auf und schenkte die Gläser voll. Dann rief er: „Auf den Polterabend und auf dein Kommen, prost!"
Onkel Karl und Günter tranken, Franco wir zögerlich, er schaute erst, ob seine Anna in der Nähe war. Als er sie nicht sah, trank er auch ein Glas Goldwasser. Ich wollte kein Goldwasser, konnte noch nicht am frühen Morgen Alkohol trinken. Eine Tasse Krönung war mir lieber, es war schon ein Genuss dieser Kaffee und einen kleinen Schluck Bärenmarke dazu. Bei uns gab es nur 2 Sorten Kondensmilch, in blau-

en dreieckigen Papptüten oder aus Flaschen. Dabei wurde die Kondensmilch in Dresden erfunden, in der Pfunds - Molkerei.

Das war aber schon vor dem Krieg, als Deutschland noch nicht geteilt war.

Günter ging aus der Küche und kam mit einer Rolle Geld zurück, gab er sie mir und sagte:

„Hier, damit du dich auch bei uns ein bisschen bewegen kannst."

Ich freute mich und Onkel Karl machte sein Portmonee auf und gab mir auch einen blauen Schein. Auch er sagte:

„Hier, damit du dich noch schneller bewegen kannst."
Als dass meine Cousine sah, meinte sie: „Gib mir mal das Geld, das ist für die 10 Tage Kostgeld!"
Aber auch sie holte ihr Portmonee und gibt mir einen Schein.

Da war ich noch nicht mal 2 Stunden hier und schon war ich reich. Natürlich bedankte ich mich sehr herzlich. Als ich meine Cousine drückte, machte sie ihr Portmonee nochmals auf und gab mir noch einen Schein. Dann sagte sie: „ Aber dafür möchte ich noch mal gedrückt werden!" Ich drücke sie noch mal. Dann holte ich aus dem Koffer eine der selbst gehäkelten Decken heraus, die mir meine Frau mitgegeben hatte. Diese Decke war schon ein Prachtstück, die Mutter meiner Schwägerin hatte sie gehäkelt. Sie war so um die 50 cm im Durchmesser und meine Cousine freute sich sehr darüber.

Wiederum klingelte es an der Wohnungstür. Der Bulle, so nannten alle meinen Cousin, er hatte nun die Uniform ausgezogen und lief jetzt mit einer Jeans und Hemd herum. Seine Nachtschicht war früh um 10 Uhr beendet.

„Jetzt habe ich erst mal ein paar Tage frei", meinte er und fragte mich, ob wir gemeinsam seine Frau abholen wollten. Sie würde bis 14.00 Uhr arbeiten müssen.

„Bis dahin ist ja noch ein bisschen Zeit", meinte ich. „Ich trinke noch eine Tasse Kaffee und dann fahren wir los. Wir können uns bis um 2 Uhr noch die Innenstadt anschauen."

Dafür war ich natürlich zu haben. Karl-Ludwig hatte seine Tasse Kaffee ausgetrunken und wir machten uns auf den Weg.

Er hatte einen silberfarbenen Mazda. Das Auto war schon etwas Besseres als mein Trabi.

Man saß da drin wie zu Hause im Wohnzimmersessel, super weich gefedert, ich durfte da gar nicht an meinen Trabi denken. Jedes Schlagloch auf der Straße bekam man mit dem mit.

Wir fuhren Richtung Innenstadt in ein Parkhaus, so hatte ich noch nie geparkt. Ich wusste gar nicht, ob es in der DDR Parkhäuser gab? Wir fuhren jedenfalls in das Parkdeck von Karstadt, eigentlich darf es nicht Deck heißen, sondern Parkkeller, unter dem Kaufhaus Karstadt waren 3 solcher Parkdecks. Also, 3 Etagen Parkmöglichkeiten, das muss aber eine tiefe Baugrube gewesen sein, dachte ich so bei mir.

Von diesen Parkdecks war ich einfach begeistert, wir parkten auf Parkdeck 2. und fuhren hoch in das Kaufhaus Karstadt.

Als ich den Verkaufstempel sah, kamen mir gleich die Tränen. Unser Delikat dagegen, erschien mir nun wie ein Hühnerstall. Hier konnte man delikate Sachen vom allerfeinsten kaufen, ich konnte mich gar nicht mehr beruhigen. Immer wieder kamen mir die Tränen und das tollste war, wir hatten Sonnabend und 11.30 Uhr.

Da wurden bei uns im Konsum alle verderblichen Sachen in die Kühlzelle geräumt, hier muss man ja ein großes Kühlhaus haben. Wir gingen an der Fischtheke vorbei, sagenhaft, was da für Fische lagen, viele Fischarten kannte ich gar nicht.

Wenn ich daran dachte, was für eine Jagd es immer zu Weihnachten nach einem Karpfen bei uns war oder wenn wir zu Silvester Heringssalat machen wollten. Man musste sich dafür zwischen Weihnachten und Silvester für Salzheringe gleich früh im Konsum anstellen, damit man welche bekam. Hatte man da keine Zeit, kam erst am Nachmittags in den Konsum, waren alle Messen gesungen, dann gab es eben keine Salzheringe mehr. Auch Fischstäbchen waren Bückware oder FDGB-Ware. (Für den guten Bekannten). Wir machten immer unseren Spaß, wenn etwas eine Mangelware war. Ich sagte zum Abschluss meines Einkaufes öfter zur Verkäuferin:

„Und nun noch einmal Bückware oder FDGB-Ware." Übrigens, FDGB war eigentlich unsere angebliche Gewerkschaft.

Ich muss hier aber sagen, ich hatte des Öfteren Glück. Mal bekam ich eine Flasche „Rosenthaler Kadarka" oder auch schon mal Apfelsinen, natürlich die grün-gelblichen aus Kuba, von denen die Schale nicht abging.

Aber was ich hier zu sehen bekam, überfordert mein Auffassungsvermögen. Wir kamen zum Weinverkaufsstand, es war einfach überwältigend, wie viele Weinsorten hier auf relativ engsten Raum stehen, Weinsorten aus der ganzen Welt. Wir bekamen zu Hause noch nicht mal unseren schönen Harzer Juwel, einen Apfelfruchtwein. Dazu brauchte man schon Beziehungen oder man musste ihn sich an der Schießbude auf den Rummel schießen. Ungarische und bulgarische Weißweine gab es ja zukaufen, mit den Rotweinen war es schon so eine Sache. Rotweine wurden in der DDR nicht so häufig getrunken, war ja auch kein Wunder, es gab ihn ja fast nicht im Angebot.

Und dann kamen wir zu der Fleisch- und Wursttheke. Ich traute meinen Augen, wie gesagt, es war Sonnabend fast 12:00 Uhr.

Hier lag alles in der Auslage, wonach sich unser Herz beim Einkauf in der „H O" oder im Konsum sehnte. Rouladen, Schnitzel, Kotelett, Brauner-Streifen, Schweinebraten roh und bereits gebraten, Steaks jeder Art, Geflügel alle Sorten und dann die Wurst, einfach toll.

Ich sagte zu Karl Ludwig:„Hier möchte ich auch mal Einkaufen   gehen."

Es war für uns Ostbürger unglaublich. Und was mir

noch imponierte, man konnte sich an die Theke setzen und gleich etwas essen, auch an der Fischtheke war es so.

Dann kommen wir zum Obst und Gemüsestand. Was ich hier alles sah, sprengte meine Vorstellungskraft. Zu dieser Jahreszeit Blumenkohl, die herrlichsten Köpfe, sogar grünen Blumenkohl sah ich, so welchen kannte ich gar nicht. Tomaten, Salatgurken und Salate aller Sorten, manche Salate waren schon fertig angerichtet, man brauchte sie nur noch essen. Dann ein riesengroßer Berg mit Spargel, eine Spargelstange wie die andere.

Ich hatte in meinen Garten auch Spargel angebaut.

Als ich das Spargel Beet anlegte, hatte ich nicht die richtige ertragreiche Sorte bekommen, die Sorte, die bei uns am günstigsten wächst, nannte sich „Braunschweiger Ruhm".

Ich musste die ganze Woche den Spargel stechen, damit wir dann zumindest am Sonntag Spargel essen konnten. Die Stangen waren auch nicht so dick, wie diese hier am Gemüsestand.

Dort lagen noch exotische Gemüsesorten, z. B. violette Knollen, solch Gemüse hatte ich auch noch nie gesehen. Und für mich unbegreiflich, Obst in Hülle und Fülle, Bananen, Orangen, Erdbeeren, Pfirsiche, Nektarinen, Äpfel, Birnen, Aprikosen, Pflaumen, aber auch exotische Sorten, wie Mango und vieles mehr. Auch ganz kleine Bananen sah ich dort.

Wenn ich daran dachte, was es jetzt für „frisches" Gemüse bei uns gab, Mohrrüben aus der Miete, Weißkohl, wenn es hoch kam, vielleicht grüner frischer Salat. Aber da musste man auch dazukommen, wenn er geliefert wurde, ansonsten hatte man eben Pech. Als Obst hatte man um diese Jahreszeit nur geschrumpelte Äpfel. In Gläsern gab es noch mehr zu kaufen. Man bekam Erbsen, Erbsen mit Mohrrüben, grüne Bohnen, Sauerkraut, auch Blumenkohl eingekocht. Der sah dann so etwas rötlich aus, war sehr weich gekocht, also für zahnlose Rentner, den brauchte man gar nicht kauen, sondern nur mit der Zunge zerdrücken.

Wir hatten im Garten alles selbst angebaut, jedes Jahr ganz viel Obst und Gemüse für den Winter eingekocht. Salat und grüne Gurken baute ich in einem Folienzelt an. Wir hatten einen großen Kirschbaum und einen Birnenbaum. Beide trugen eigentlich sehr gut. Auch davon hatten wir dann etliche Gläser eingekocht. Untereinander halfen sich die Menschen. Der eine hatte dieses Obst mehr, der andere das andere Obst und so tauschten sie immer. Man konnte sein geerntetes Gemüse oder Obst auch zur staatlichen Aufkauf Stelle bringen. Hier bekam man schönes Geld dafür. Kosteten zum Beispiel die Kirschen so um die 2,80 Mark im Geschäft, dann bekam man für diese dort das Doppelte. Manche Leute brachten ihr gesamtes Obst und Gemüse dorthin und machten dort einen sehr schönen Reibach. Viele kauften dann einen Teil ihres Obsts und Gemüse wieder zur Hälfte des Preises zurück, für den Ladenpreis.

Nur so konnten die DDR - Behörden die Versorgung der Bevölkerung mit Obst und Gemüse , kostete es, was es wollte. Hier liefen aber auch viele Scheingeschäfte ab, man brachte fast gar kein Obst und Gemüse mehr hin, machte die Geschäfte nur auf dem Papier. Aufkäufer und Verkäufer teilten sich dann den Gewinn. Das war so, wie der Witz als Erich Honecker in einer LPG einen Besuch abstattete.

„Man zeigte ihm dort den Schweinestall. Im Schweinestall hatte gerade eine Sau geworfen. Sie hatte nur 10 Ferkel zur Welt gebracht. Erich rief den Schweinemeister und sagte dann zu ihm

„Das muss aber im nächsten Jahr mehr werden." Das Jahr war vorbei und dieselbe Sau ferkelte wieder. Und wieder waren es nur 10 Ferkel. Was machen ich nur, überlegte der Schweinemeister, ich sollte doch meine Produktion steigern. Da kam ihn ein Gedanke: eine andere Sau hatte vor 2 Stunden auch geworfen, nehme ich dort ein Ferkel weg und packe es zu der Sau, dann merkt das keiner und ich habe meine Produktion bei Erichs Sau um 10 % gesteigert. Gedacht, getan, dann meldete er das dem LPG-Vorsitzenden. Der LPG-Vorsitzende musste die Anzahl der geworfenen Ferkel von Erichs Sau zum Kreis melden. Dabei erschienen ihm aber 11 Ferkel immer noch zu wenig. Er meldete also 12 Ferkel und die im Kreis dachten, 2 Ferkel mehr, sei eigentlich immer noch zu wenig, meldeten zum Bezirk 3 Ferkel. Im Bezirk dachte der Beamte, 3 Ferkel mehr, da geht noch was, ich melde zum Politbüro des ZK der DDR 4 Ferkel. Als die Meldung von Erichs Schwein dort oben ankam, erschien dies dem Versorgungsminister immer noch zu wenig. Er machte also die Meldung fertig, meldete 5 Ferkel weiter. Er brachte Erich Honecker persönlich diese positive Bilanz, Erich las die Meldung und schmunzelte. Dann verkündete er:

„Seht ihr, was mein Besuch im Schweinestall eingebracht hat. Die Sau hat ihre Ferkel Produktion um 5

Ferkel gesteigert, also 15 Stück Ferkel. So habe ich es gerne, meldet zurück, dass davon jetzt 10 Ferkel in den Export gehen und die restliche 5 für unsere Bevölkerung bleiben "

Und so war es auch mit der Obst- und Gemüseproduktion an den Aufkauf Stellen, bzw. in der gesamten DDR-Produktion. Die Statistiken wurden immer geschönt nach oben hin, dadurch blieb für uns recht wenig.

Aber jetzt zurück in den Karstadt Delikat-Laden. In der einen Ecke neben der Fahrstuhltür stand ein Verkaufsstand mit italienischem Eis. Karl Ludwig meinte zu mir:

„Lass uns ein Eis essen, dann brauchen wir nicht so viel Parkgebühren bezahlen."

Dann fragte er mich, welche Sorte ich essen möchte? Die war eine echte Überforderung für mich, da man ungefähr zwischen 15 Sorten Eis aussuchen konnte. So konnte ich mich nicht so richtig entscheiden und nahm dann einfach mir bekannte Sorten wie Zitrone, Erdbeere, Pfefferminz. Am liebsten aber hätte ich alle Sorten gekostet.

In Gedanken war ich zu Haus in unserer Eisdiele, mein Gott, da gab es, wenn es hoch kam, 5 Sorten.

Karl Ludwig meinte dann zu mir. „Da musst du erst einmal zum Italiener Eis essen gehen, da gibt es noch mal 10 Sorten mehr." Wir leckten unser Eis und fuhren mit der Rolltreppe nach oben zum Erdgeschoss. Zum Eis essen gingen wir vor die Tür von Karstadt auf die Einkaufstrasse. Gegenüber von Karstadt, lag in einer Parkanlage das Duisburger Theater. Mit seinen 6 Säulen am Eingangsportal fand ich es wirklich wunderschön. Wir liefen so ca. 15 Meter nach links die Einkaufsstraße entlang.Alle Schaufenster an denen wir vorbei gingen, gehörten immer noch zu Karstadt.

Plötzlich standen wir vor einem Bettler, er hatte einen verschlissenen Kampfanzug der Bundeswehr an, vor ihm lag ein Stahlhelm.

Vor dem Stahlhelm stand ein Schild, auf dem stand in Schreibschrift geschrieben: „Ich habe Hunger!"

Da sagte ich zu Karl-Ludwig:

„Ehrlich, das sieht man bei uns in der DDR nicht. Bei uns bekommt jeder eine Arbeit zugewiesen. Und wenn er nicht arbeiten will, wird er bestraft, geht ab ins Gefängnis, wegen asozialem Verhalten." Mein Cousin sagte darauf zu mir: „Bei uns ist das eben anders. Hier ist jeder für sich selbst verantwortlich. Ich kenne den, es ist Hans Otto, im Winter, wenn es draußen sehr kalt ist und er nicht unter freien Himmel schlafen möchte, dann begeht er eine kleine Straftat. Damit er ein paar Tage eingesperrt wird und somit über die kalten Wintertage kommt. Aber die schlimmste Strafe für ihn wäre, wenn man die Straftat nur aufnimmt, ihn aber nicht mitnimmt. Dann musst du ihn mal erleben, wie er ausflippt. Aber Hans Otto ist eigentlich harmlos." Ich antwortete: „Solche Leute heißen wohl alle Otto, wir haben auch einen Otto auf der Arbeit, der nicht ganz echt ist."

Mittlerweile hatten wir unser Eis aufgeleckt, gingen wieder ins Karstadt rein. Was ich auf den einzelnen Etagen zu sehen bekam, konnte man so gar nicht alles erzählen, nur soviel dazu, dass mir des Öfteren die Tränen kamen und mir auch oft der Mund offen stehen blieb. Ich konnte das alles nicht richtig begreifen. Warum gab es hier alles und bei uns nicht? Ich kam zu dem Schluss, dass ich mich vielleicht gerade im Schlaraffenland befinde.

Immer noch tief beeindruckt, ging mit dem Fahrstuhl ab in die Tiefgarage.

Mein Cousin bezahlte das Parkticket, da wir im Karstadt das Eis gekauft hatten, musste er nur die Hälfte zu bezahlen. So hatte er das Geld für das Eis wieder raus.

Wir fuhren dann weiter durch die Innenstadt, von da aus ging es in Richtung Zoo, wir überquerten die Autobahn. Ich sah, dass die Autobahn vierspurig war und ein ganz schöner Verkehr vorherrschte. Man fuhr hier mit einer Geschwindigkeit, bei der ich mit meinem Trabi gar nicht mithalten würde.

Nun fuhren wir in eine bewaldete Gegend, unglaublich, mitten im Ruhrgebiet Wald. So etwas hatte ich mir auch nicht vorgestellt. Mein Cousin hielt an, wir stiegen aus und liefen vom Parkplatz aus über eine Fußgängerbrücke. Unter uns war Wasser, Karl Ludwig meinte zu mir:

„Das ist hier der Wolfssee. Hier war früher einmal ein Tagebau.

Den Tagebau hat man renaturiert und dieses Erholungsgebiet daraus gemacht. "

Ich musste sofort an unseren Braunkohletagebau denken. Für solche Renaturierung hatte man bei uns kein Geld.

Man förderte ja dort noch Kohle, wie die Partei sagte, für des Volkes Wohle.

Es war bei uns wirklich Raubbau an der Natur. Ich wünschte mir, bei uns gäbe es auch eine grüne Partei, das Gewissen der Natur. Warum konnte man bei uns nicht den ausgekohlten Tagebau renaturieren? Gut, man musste Wasserhaltung betreiben, damit die Bergleute keine nassen Füße bekamen, aber man würde bestimmt den ausgekohlten Teil des Tagebaues wieder ökologisch herstellen können. Zum Beispiel die Böschungen schieben und sicher machen, damit man später so etwas nicht alles zu machen brauchte. Ein Teil unseres Tagebaus war ja schon eine Mülldeponie geworden. Dort fuhr man aus zwei Kreisen den ganzen Müll hin. Aus diesem Grunde konnte es keinen See dort geben oder sie mussten den Müll dort wieder rausholen. Aber so etwas konnte ich mir nicht vorstellen bei unserem Staat. Auch könnten sie an den still gelegten Teil des Tagebaues Bäume pflanzen, denn Bäume brauchten ein paar Jahre bis sie groß sind.

Wenn ich mich hier umschaute, sah man nicht mehr, dass hier überhaupt mal ein Tagebau gewesen war. Für mich sah es aus, als wäre dieser See schon immer da gewesen. Alles war wirklich perfekt gemacht. Segelboote sah man auf dem See und wir kamen zu einem Ausflugslokal, hier arbeitete Frauke, die Frau meines Cousins.

Ich sah Frauke heute zum ersten Male, sie ist halb Italienerin väterlicherseits, halb Deutsche mütterlicherseits.

Als sie uns sah, begrüßte sie uns recht freundlich und brachte mir gleich ein Königs Pilsener, für Karl Ludwig einen Kaffee.

Wir saßen auf der Außenterrasse des Ausflugslokals mit Blick auf den See und lassen es uns gut gehen, das Bier schmeckt mir.

Es waren auch schon viele Gäste da, das schöne Wetter hatte sie hergelockt. Wir saßen so eine Stunde, ich trank noch ein Bier, so langsam musste ich gegen die Müdigkeit kämpfen. Da kam Frauke zu uns, das Mittagsgeschäft war vorbei, sie hatte Feierabend gemacht. Wir fahren gemeinsam los, Frauke war heute nicht mit ihrem Auto gefahren, sondern mit dem Bus. Sie hatte es vorher mit Karl - Ludwig ausgemacht. Natürlich hatte Frauke auch ein Auto, einen kleinen Opel, hier hatte fast jede erwachsene Person ein Auto.

Bei uns war das kaum vorstellbar. Die Autos waren so teuer bei uns, dass man sich nur eins in der Familie leisten konnte, wenn man sich überhaupt solch einen Luxusgegenstand leisten konnte.

Karl Ludwig und Frauke setzten mich ab, fuhren aber gleich weiter und ich klingelte an der Haustür. Günter machte mir auf, ich ging in die Wohnung, zog mir wie gewohnt die Schuhe aus und setzte mich zu meiner Cousine in die Küche. Meine Cousine sprang gleich auf und tafelte mir das Mittagessen auf. Bohnendurcheinander, ein typisch rheinländisches Gericht. Meine Mutter hatte dieses Essen auch des Öfteren gekocht, als sie noch lebte, sie nannte es immer Heimatessen. Ich aß das eigentlich gerne, es war auch einfach zu machen.

Für drei Personen nahm man ein halbes Kilo geschälte Kartoffeln, diese wurden zu Salzkartoffeln gekocht. Nach dem Kochen wurden die Salzkartoffeln mit einem Stampfer gestampft und Bohnen aus der Büchse dazu gegeben. Das Wasser der Büchsenbohnen wird vorher abgegossen. Dazu kam noch eine klein geschnittene mittlere Zwiebel, gewürzt mit Pfeffer und mit wenig Salz. In eine Pfanne kam ein bisschen Öl, darin lässt man etwas Schinkenspeck aus, dazu ein gehäufter Esslöffel Mehl. Die entstandene Specksoße wird mit Brühe aufgefüllt, mit etwa 1 Teelöffel Essig abgeschmeckt, je nach Geschmack. Diese Specksoße kam dann über die Kartoffeln und Bohnen, alles wurde gut durcheinander gerührt und noch mal abgeschmeckt. Schon konnte das Gericht serviert werden. - Dazu konnte auch frischer panierter Bauchspeck gebraten werden..

Meine Cousine hatte aber keinen Bauchspeck, sondern Kotelett dazu gebraten. Mir hatte sie gleich zwei Koteletts aufgetan. Bei uns zu Hause gab es das Essen nicht.

Meine Frau und meine Kinder schmeckte es nicht so gut. Sie aßen dafür lieber grüne Bohnensuppe. Doch heute ließ ich es mir schmecken. Das Essen hatte ich das letzte Mal gegessen, als meine Mutter noch lebte und nun musste ich sofort an meine Mutter denken. Sie war schon mit 57 Jahren an einen Schlaganfall gestorben und mein Vater verstarb im vorigen Jahr.

Ich hatte bei uns in der DDR nur noch eine Cousine väterlicherseits. Alle anderen Blutsverwandten mütterlicherseits lebten in Duisburg. Die Verwandtschaft von meinem Vater wohnten in Northeim, Bonn und Stuttgart.

Sie hatten alle in den fünfziger und Anfang der sechziger Jahre die DDR verlassen. Zu dieser Verwandtschaft hatte ich nicht solch großen Kontakt, wie zu meiner Verwandtschaft in Duisburg. Mein Onkel in Stuttgart war im vorigen Jahr 65 Jahre. Da hätte ich die Chance gehabt, dort hin zufahren. Er hatte mir keine Einladung geschickt. Aber heute war ich hier, mir ging es gut und ich war dankbar dafür.

Ich war fertig mit essen und es gab natürlich für jeden noch eine Flasche Königs Pilsener. Nach dem Essen wollte ich mir noch mal die Beine vertreten, ging in das Viertel, in dem meine Cousine wohnte. Zwei Straßen weiter war eine kleine Einkaufsstraße, für meinen Anspruch war sie gar nicht so klein. Eine Einkaufstraße in solcher Größenordnung hatten wir noch nicht mal in unserer Kreisstadt. In dieser Straße hier gab es alles, einen Supermarkt, eine Kaufhalle, in der man von Klamotten bis hin zur Bratpfanne alles kaufen konnte, eine große Drogerie, ein Blumengeschäft, mehrere Boutiquen, Sparkasse und verschiedene andere Banken, eine Apotheke, Gaststätten, mehrere Bäcker, Fleischer, ein Eiskaffee, also alles, was man beim Einkaufen brauchte. Ich ging die Ladenstraße runter und schaute mir die Schaufenster an. Leider war es nun schon Sonnabend Nachmittag, die Geschäfte hatten geschlossen, bis auf das Eiskaffee, die Gaststätten und die Konditorei. Vor dem italienischen Eiskaffee war schon etwas Betrieb.

Auf einem großen Parkplatz, der wahrscheinlich zu der Einkaufstraße gehörte, stand ein Kiosk. Vor dem Kiosk war auch sehr viel Betrieb, doch ich verstand kein Wort.

Für mich hörte sich das wie polnisch an, als ob ich in Polen wäre, doch die Polen sprachen türkisch. Also Türken! Frauen mit Kopftüchern, Kinder spielten hier auf den fast leeren Parkplatz. Gegenüber der Straße stand eine Kirche.

Es war jetzt so gegen 16.00 Uhr und ich ging wieder zurück in die Wohnung meiner Cousine, meine Cousine und Günter hatten sich schmuck gemacht. Um 17.00 Uhr sollten wir in der Gaststätte sein, wo der Polterabend gefeiert werden sollte. Also hieß es für mich, ab ins Bad, schnell waschen, rasieren und umziehen. Meine Cousine hatte kaltes und heißes Wasser. Die Mischbatterie am Waschbecken sah für mich aus wie ein Wasserhahn, nur regulieren ließ sich für mich nichts….. es kam nur sehr heiße Wasser heraus.

Wir hatten zu Hause eine Mischbatterie mit zwei Handrädern, jeweils für kalt und heiß. Hier wusste, welches Rad für warm und kalt benutzt werden musste. Aber hier kam nur heißes Wasser heraus. Ich musste Günter rufen, er erklärte mir dann die Handhabung der Mischbatterie. Eigentlich ganz einfach, wenn man wusste, wie. Günter erklärte mir weiter:

„Das Wasser wird in einen Durchlauferhitzer erwärmt. Der Durchlauferhitzer hat 21 Kilowatt und so wird im ganzen Haus die Warmwasserbereitung gemacht."

Für mich kaum zu glauben. Hätte bei uns in der Straße jeder solch einen Durchlauferhitzer und würden sie ihn in den Abendstunden betreiben, dann würde in der Umgebung das Elektronetz zusammen brechen. In dem Nachbarort, wo mein Schwager wohnte, hatte man noch ein Netz mit 110 Volt. Phase gegen Phase würden erst 220 Volt herauskommen. Dazu noch als Zuleitung eine Freileitung, na denn prost, für mich unvorstellbar. Das Haus mit seinen 10 Wohnungen hatte allein durch die Warmwasserdurchlauferhitzer einen Anschlusswert von 210 KW. Rechnete man noch alle elektrischen Geräte im Haus dazu, kam man auf einen Anschlusswert, wie bei uns in Betrieb. Ich konnte nur den Kopf, schütteln, unglaublich.

Zu Hause machen wir im Winter und in der Übergangszeit Warmwasser mit unserer Heizung, also mit Braunkohlenbrikett. Wir hatten an der Heizungsanlage einen Warmwasserboiler. Im Sommer machten wir unser warmes Wasser mit einer 2 KW Heizpatrone, die ich aus meinem Betrieb gemaust hatte. Erich Honecker hatte ja mal gesagt: „Genossen, aus unserer Betrieben ist noch viel mehr herauszuholen!" Und das hatte ich wörtlich genommen. Aber das machten wir nur am Sonnabend zum Baden, ansonsten war es zu teuer, die Patrone laufen zulassen. Die Heizpatrone war für uns Luxus, ich konnte glücklich sein, dass ich in einen Konfektionsbetrieb arbeitete. Die Heizpatronen, die hier eingebaut waren, erzeugten Dampf, der wurde zum Bügeln benötigt. Offiziell müsste ich für die Heizpatrone zu Hause eine Genehmigung der Energieversorgung haben.

Als wir noch keine Heizpatrone hatten, da musste ich im Sommer immer Feuer machen, damit wir baden konnten. Der Dreck, die viele Asche, die Heizkörperventile hielten nicht dicht, somit wurde das Wohnzimmer mit geheizt, wenn man Feuer im Keller gemacht hatte. Man musste dann ein bis zwei Stunden warten, ehe man baden konnte.

Und hier hing einfach ein kleiner Kasten an der Wand, der das Wasser sofort heiß machte, ein Durchlauferhitzer, fast wie ein kleines Wunder. Man musste das gesehen haben, um es zu glauben.

Es war für mich wie ein Witz, den der Kurze erzählt hatte:
- Ein Flugzeug kommt aus Düsseldorf und fliegt zur Leipziger Messe. Im Landeanflug sagt die Stewardess: „Bitte schnallen Sie sich an, stellen Sie das Rauchen ein und ihre Uhren 20 Jahre zurück!" -

Genau diesen Unterschied fühlte ich gerade, mein Leben in 2 verschiedenen Welten.

Nachdem ich mich geduscht hatte, abgetrocknet war, bediente mich von Günter seinem Rasierwasser. Das roch sehr gut, nahm auch nicht meine Rot/ Weiß-Zahncreme, sondern probierte mal die hier liegende Colgate - Zahnpasta. Der sehr frischen Pfefferminz-Geschmack im Mund war schon besser. Schnell zog ich mich, machte mich für den Polterabend fertig.

Da klingelte es schon an der Wohnungstür.

Die Nachbarn meiner Cousine brachten ein Hochzeitsgeschenk. Meine Cousine bat sie in die Wohnung und gab dem Mann ein Bier, die Frau bekam ein Glas Sekt. Sie wollten aber nicht lange bleiben. Günter fragte seinen Nachbarn, wie es seinen Tiere geht?

„Ich habe für meine Schlangen und Schildkröten das Kinderzimmer umgebaut", erzählte der. „Sie machen sich gut." Günter meinte dann zu mir: „Die Schlangen musst du dir mal zeigen lassen, da ist eine dabei, die ist 2,5 m lang." Der Nachbar sprang sofort auf und sagte zu mir:

„Kommen Sie mit!" Wir gingen in seine Wohnung. Dann zeigt er mir das Kinderzimmer. Er hat dort einige Terrarien eingebaut. Bestimmt war das ein teures und verrücktes Hobby. Ich sagte dann zu ihm: „Bei uns in der DDR gibt es auch sehr viele Schlangen." Er wollte die Art wissen. Doch ich lachte und erzählte ihm dann:

„Wenn ich bei uns eine Schlange sehe, dann stelle ich mich an, es sind die Schlangen beim Einkauf."

Wir hatten aber eine Schildkröte. Er fragte welche? Eine Schildröte im Garten. Ich ging in den Garten und plötzlich merkte ich, das in meinen Gurkenbeet Gurken fehlten, denn ich wollte zum Abendbrot zum Essen ein paar Gurken mit rein nehmen. Als ich den Tag zuvor durch den Garten gegangen bin, habe ich im Beet einige Gurken gesehen, die nicht mehr da waren. Ich fragte meine Frau, ob sie schon ein paar Gurken abgesucht hatte. Doch sie verneinte. Mir kam das alles spanisch vor. Am nächsten Tag kam ich von der Arbeit und setzte mich auf eine Bank im Garten, da sah ich, dass sich im Gurkenbeet etwas bewegte. Ich ging hin und schaute nach und traute meinen Augen nicht, dort saß eine Schildkröte und fraß genüsslich die kleinen Einleger Gurken. Man konnte sogar das Schnropsen des Panzertiers beim Gurken fressen hören. Ich rief meine beiden Jungs und der Älteste holte gleich einen Karton und setzte die Schildkröte in den Karton. An Futter hatten wir ja genug Gurken. Die Schildkröte war bestimmt irgendwo ausgebüchst. Sie hatte es jetzt gut bei uns. Meine Kinder pflegten sie sehr gut und Fressen bekam sie Gurken und Salat. Sie fraß meinen Sohn sogar aus der Hand. Der Sommer ging zu Ende und plötzlich war die Schildkröte wieder weg. Wir suchten sie im ganzen Garten. Zwei Jahre später brauchte ich ein paar Steine. Diese hatte ich im Schuppen unter einen Tisch gestapelt. Als ich die ersten Steine vorholte, lag dort ein Schildkrötenpanzer. Wahrscheinlich war sie aus dem Karton, der damals im Schuppen stand herausgekommen und hat sich dort hinter den Steinen versteckt. Sie war verhungert. Meine Kinder begruben den Panzer im Garten und waren sehr traurig, dass sie gestorben war.

Er lachte mit und wir gingen wieder in die Wohnung meiner Cousine. Beide verabschiedeten sich dann.

Wir machten uns auf den Weg zur Gaststätte in dem der Polterabend stattfinden sollte Als wir dort ankamen, hörte ich eine gewaltige Knallerei, wie am Silvesterabend. Anstatt zu Poltern, wurden hier Böllerschüsse losgelassen. Es waren schon einige Gäste da. Die Kneipe war nicht allzu groß, eine Theke als Bar und etwa 6 Tische zu 4 Personen, der Wirt war der Cousin von Frauke. Zum Essen gab es Mettbrötchen, man saß auf Barhockern um die Bar-Theke herum.

Der Polterabend war nicht vergleichbar mit unserem in der DDR.

Irgendwie kam keine richtige Stimmung auf, obwohl man den Rheinländern ja Feierpotential unterstellt. Aber ein Polterabend ohne Scherben, war für mich schon kein richtiger Polterabend. Kam ein neuer Gratulant, dann gab dieser ein paar Böllerschüsse ab.

Wenn ich da an meinen Polterabend dachte, da waren wir rund 80 Gäste, er lag in der Urlaubszeit. Die meisten meiner Fußballfreunde waren noch im Urlaub, sonst wären es über 100 Personen geworden. Hier waren es vielleicht 30 Personen. Na, unser Hochzeitspaar wohnte ja auch in Italien, somit wussten ja nur die engsten Verwandten von der Hochzeit. Aus dem Grunde die geringe Beteiligung.

An meinen Polterabend hatte ich damals einen vollen Müllkübel voller Scherben. Die musste ich mit meiner angehenden Ehefrau eigenhändig vor der Tür auffegen, so verlangte es der Brauch bei uns. Wir hatten den vollen Müllkübel nicht gut genug versteckt und so hatte man uns dann die Scherben nochmals vor die Tür gekippt. Man hatte uns auch einen alten Kinderwagen aufs Hausdach montiert und es gab noch viele andere Scherze, die sich unsere Freunde für uns ausgedacht hatten. Es war damals trotzdem für uns ein sehr schöner Polterabend.

Aber hier in der Gaststätte kam nicht so richtig Stimmung auf. Für mich persönlich lag es wahrscheinlich daran, dass ich viele Personen nicht kannte, mich somit nicht den Gesprächen beteiligen konnte. Ich saß hier an der Theke, trank mein Königs-Pils, öfter auch mal einen Pflaumenlikör. Der Likör schmeckt gut. Aber irgendwie ging er mir in die Beine, das bemerkte ich aber erst, als ich einen kleinen Spaziergang machte.

Es war noch viel los auf den Straßen. Auf der Hauptgeschäftsstraße von diesem Stadtteil waren sehr viele Menschen unterwegs, meistens Jugendliche.

Auch hier hatte man also das Problem, wohin mit den Jugendlichen. Aber diese Jugendlichen waren zumeist Türken, sie standen am Parkplatz an einer Trinkhalle herum. Auch bei uns zu Hause war es so, nur hatten unsere Jugendlichen keine Trinkhalle, sie saßen auf den Bänken am Rathausplatz. Diese Bänke waren schon Treffpunkt, als ich noch jung war.

Ich bummelte weiter und schaute mir die Schaufenster an, musste immer wieder feststellen, was für ein Überfluss, nicht nur an allgemeinen Dingen, sondern auch an wertvollen und Luxuserzeugnissen.

Sogar den Ampelübergang über die Hauptverkehrsstraße fand gut durchdacht. Wenn auf frei geschaltet wurde für die Fußgänger, kam für Blinde ein Signal. Wenn kein Fußgänger über die Straße gehen wollte, dann bleibt die Ampel für Autofahrer grün. An der Ampel war außerdem ein Knopf angebracht, den man drücken konnte, wenn man über die Straße gehen wollte..

Mittlerweile war ich wieder in der Gaststätte angekommen und die Gäste des Polterabend ließen gerade die junge Braut hochleben. Inzwischen war die

Mutter des Bräutigams gekommen. Da sie aus Italien war, nanntet man sie „La Mamma". Diese recht stabile „La Mamma" war das Oberhaupt einer italienischen Großfamilie, sie trank keinen Alkohol, nur Saft oder Cappuccino.

Je später der Abend wurde, desto lauter wurden die Gäste. Die Rheinländer waren für mich ja im Allgemeinen sehr laut und in Kombination mit Italienern hörte sich alles noch etwas lauter an. Man kam sich vor, wie in einer italienischen Großfamilie. Ich setzte mich an die Theke, trank mein Bier und hörte aufmerksam zu. Es war schon sehr interessant, alles zu beobachten. Ich vermisste meine Frau, hätte so sehr gewollt, dass sie dies mit mir gemeinsam erlebt.

Meine Cousine setzte sich zu mir und wir unterhielten uns. Ein Thema war natürlich die DDR. Sie konnte auch nicht begreifen, dass für meine Frau Karin nicht die Chance auf ein Visum gegeben hatte. Wir waren uns einig, hier trat die DDR die Menschenrechte mit den Füssen..

In einem Lexikon der DDR las ich mal zum Thema Freiheit:
„Absolute Freiheit gibt es nicht, sie ist stets gesellschaftlich bedingt. Freiheit hat Klassencharakter. Maßstäbe der Freiheit bringt erst der Sozialismus." Was für ein Scheiß stand dort drin.

Für mich war die einzige Freiheit „Frei sein wie ein Vogel." Peter Maffay besang die Freiheit für mich in einem seiner Lieder sehr richtig. Ich hatte noch ein paar Zeilen hinzugefügt, was dies für mich bedeutete:

Freiheit

(Liedtext: „Wo ich nie war" Peter Maffay)
„Siehst du den Vogel dort,
den Punkt am Horizont,
er fliegt ganz einfach fort
die Flügel, die tragen ihn
ohne Gefahr
über die Grenze
wo ich nie war!"

Meine Cousine bestellte uns noch einen Pflaumenschnaps, Pflaume in Weinbrand eingelegt, der
Schnaps schmeckte mir gut. Er war in einem
Schnapsglas, auf dem Schnapsglas war ein Plastikde-
ckel.
Der Wirt bekam diese so geliefert, die Schnapsgläser,
waren Einweggläser. Nachdem die Gäste dieses
herrliche Gesöff ausgetrunken hatten, wurden sie
einfach weggeworfen, für mich als DDR Bürger ein
absoluter Frevel.

Als ich ihm das sagte, meinte er zu mir.
„Du kannst gerne die leeren Gläser bekommen."
Und dann suchte er mir alle leeren Gläser aus seinem Müllkübel unter der Theke heraus. Plötzlich
hatte ich 20 leere, schöne Schnapsgläser, schon die
Form der Gläser fand ich sehr ansprechend. Er
wusch sie ab und verpackte mir die Gläser in eine
Plastiktüte. Mir waren sie wirklich zu schade zum
wegzuschmeißen. Ich konnte sie gut für meinen Par-
tyraum zu Hause gebrauchen, darum wollte ich sie
zum Ende der Feier mitnehmen. Es wurden dann
über 30 Gläser, so viel brauchte ich nicht, nahm mir
24, den Rest gab ich zurück. Der Wirt lachte nur und

warf alles wieder in den Abfall unter der Theke. Die Feier wurde, wie bei uns mit dem Streuen des Weges zur Kirche, beendet.

Es wurde aber nur symbolisch ein Stück von ca. 10 Meter, vom Straßenrand bis zum Kircheneingang, gestreut. Der Weg von der Wohnung meiner Cousine bis zur Kirche wäre zu lang gewesen.

Als ich dann gegen 1.00 Uhr im Bett lag, war ich froh, denn ich war völlig kaputt. Mit der Zugfahrt war ich ja nun 43 Stunden auf den Beinen. Die ganze Aufregung an der Grenze, die ersten Eindrücke hier im Westen, mein Körper und mein Gehirn mussten dies erst einmal verarbeiten.

Ich schlief auch relativ schnell ein, gegen Morgen wurde ich von einem Traum wach, unsere Kinder und meine Frau waren auch hier, leider war es nur ein Traum. In der Küche hörte ich meine Cousine herumkramen. Ich stand auf und ging zu ihr, sie machte das Frühstück.

„Du kommst mir gerade richtig", meinte sie, „du kannst aus der Fischerstraße frische Brötchen holen. Ich schaute sie verdutzt an. Heute ist Sonntag", sagte ich.

„Na und, der Bäcker hat bis 10.00 Uhr geöffnet", sie gab mir 5 DM. Ich ging ins Bad, putzte schnell die Zähne, schmiss mir zwei Hände voll Wasser ins Gesicht, zog Hose und Pullover an. Mit den 5 Mark in der Tasche ging zur Fischerstraße, alle anderen Geschäfte hatten geschlossen

Die Kirchenglocken läuteten. Ich ging die Fischerstraße rechts herunter, genauso, wie es mir meine Cousine erklärt hatte. Dann kam ich zu einem Bäcker, der wirklich geöffnet hatte. Es waren ungefähr 5 Personen drin.

Ich ging rein und stellte mich an, vor mir ein altes Mütterchen. Sie wollte 2 Schnitten Kürbiskern Brot. Ich glaubte, mich trat ein Pferd, ich stellte mir vor, ich würde bei uns nur ein paar Scheiben Brot und kein halbes oder ganzes Brot verlangen. Unmöglich!!

Doch die Verkäuferin holte 2 Schnitten, legte sie auf eine Waage und wickelte die beiden Schnitten ein, ich staunte nicht schlecht. Sie gab die Schnitten der alten Dame und sagte dann zu ihr:

„Na dann bis morgen Frau Schmitz."

Eine andere Verkäuferin öffnete gerade einen Backofen und holte die frischen gebackenen Brötchen heraus.

Wieder konnte ich nur staunen, einen Backofen im Verkaufsraum hatte ich bisher noch nie gesehen. Dann bestückte sie den Ofen wieder mit Blechen, die voller Brötchenrohlinge waren. Mir verschlug es die Sprache und wahrscheinlich auch die Ohren, denn ich höre nicht, als mich eine andere Verkäuferin nach meinen Wünschen fragte. Ich bat schnell um meine 15 Brötchen und sie reichte sie mir in einer sehr schönen Bäckertüte über den Ladentisch. Ich bezahle 3,75 DM für die 15 Brötchen. Eigentlich viel, wenn ich an unseren Preis für ein Brötchen dachte. Bei uns kostet ein Brötchen 5 Pfennige. Doch ich fand, die hier waren bedeutend größer, als unsere DDR - Semmeln.

Als ich bezahlt hatte, fragte mich die Verkäuferin: „Sie sind wohl nicht von hier?"

„Sieht man das?"; fragte ich zurück.

„Na ja, ein bisschen", meinte sie.

„Stimmt", sagte ich, „ich komme aus der DDR".

„Das habe ich an ihrer Reaktion gesehen, als Frau Schmitz zwei Schnitten gekauft hat. Sie kauft jeden Tag zwei Schnitten. Das ist ihr morgendlicher Spaziergang. Danach frühstückt sie zu Hause. Eine Schnitte isst sie früh und die andere zum Abend. Aber warten Sie mal", meint sie dann noch. Sie wickelte mir noch zwei Zuckerschnecken ein und sagte dann zu mir: „Probieren sie die einmal, das ist ein kleines Geschenk." Dann gab sie mir die Tüte und lächelte mich an.

Ich nahm die Tüte, bedankte mich und ging sprachlos aus dem Laden. Unterwegs kam ich mir vor, wie der eine Russe, der aus 1945 aus dem Krieg aus Deutschland nach Hause gekommen war und seine Verwandtschaft ihn fragten, wie es in Deutschland gewesen war?

Lachend antwortete er: „Deutschland schönes Land, in Deutschland schöne Häuser mit viele Zimmer. Ein Zimmer für Schlafen, ein Zimmer für Kochen, ein Zimmer für Kind, ein Zimmer für Essen und ein Stripp – Zimmer."

Sein Vater fragte nun: „Nun sag, was ist Stripp - Zimmer?"
„Na, an Strippe ziehen und Scheiße weg." -

Ich hatte genau solch einen Kulturschock hier, wie der Russe.

Wieder zurück in der Wohnung meiner Cousine, erzähle ich ihr, was ich alles erlebt hatte. Sie lachte nur und erklärte mir:

„Die Brötchen backen bei uns die Verkäufer selbst. In jedem Bäckerladen steht solch elektrischer Backofen und du bekommst zu jeder Tageszeit frische Brötchen. "

„Das würde bei uns nicht klappen", sagte ich. Um das zu realisieren, müssten sie an der Grenze das Licht vom Todesstreifen ausschalten, den Strom dann für´s Backen nehmen und somit wird es das auch in 50 Jahren immer noch nicht geben. "

Es war jetzt 8.15 Uhr, wir frühstückten dieses Mal nicht so lange wie gestern. Wir mussten uns alle noch fertig machen, denn um 11.00 Uhr sollte die Trauung sein. Auch die Braut war schon da, mein Cousin hatte sie mitgebracht. Nach dem Frühstück wurde es hektisch in der Wohnung meiner Cousine. Die Frisörin war gekommen, half der Braut auch beim Brautkleid anzuziehen. Es war ein wunderschönes, mit Perlen besticktes weißes Kleid. Meine Cousine erzählte mir, dass, das Kleid vom Hochzeitausstatter für 500 D-Mark für den einen Tag nur geliehen war. Die Frisörin steckte den Schleier wunderschön, im Schleier waren dieselben Perlen wie auf dem Kleid und auch in den Haaren waren diese noch mit eingearbeitet.

Die italienische Rheinländerin war schon eine wunderschöne Braut. Ihr Vater Günther hatte einen schwarzen Smoking an, der auch für diesen Tag vom Hochzeitsausstatter geborgt war. Günter als Vater, war auch der Brautführer, er musste seine Tochter zur Kirche bringen. Franko, der Bräutigam, wurde von seiner Mutter zur Kirche gebracht. Diesen Brauch kannte ich nicht, bei uns in der Region gingen Braut und Bräutigam gemeinsam zur Kirche.

Mittlerweile war es 10.30 Uhr geworden, alle warten auf das Fahrzeug mit dem Günter seine Anna zur Kirche fahren sollte. Die Braut hatte sich dafür einen offenen 300-er Mercedes gewünscht. Sie war schon ganz aufgeregt, weil er noch nicht da war, doch da klingelt es an der Wohnungstür. Meine Cousine machte auf und rief laut, dass der Wagen nun da sei. Alle waren erleichtert.

Günter und seiner Tochter gingen zuerst aus der Wohnung, zwei Nachbarkinder tragen die Schleppe und zwei Streukinder gingen voran.

Der Wirt, bei dem wir gestern den Polterabend gefeiert hatten, filmte mit seiner neuen Videokamera.

Als Anna aus der Haustür kam, staunte sie erst mal, es stand kein

300-er Mercedes vor der Tür, sondern eine offene weiße Kutsche mit 4 Schimmel. Das war schon ein schönes Bild, als hier mitten in einem Wohngebiet, in dem sonst nur Autos auf der Straße parken, nun eine Kutsche mit 4 Schimmeln zu sehen war. So etwas hatte ich auch noch nicht in Natura gesehen, sondern nur in Film gesehen, wahrscheinlich, im Film „Sissi".

Anna und Günter, die Streukinder, die beiden, die die Schleppe trugen, stiegen mit in die Kutsche und dann ging es endlich für alle los. Wir fuhren mit dem Auto vor und stellten uns schon zum Spalier von der Straße zum Kircheneingang. Vor der Kirche wartete Bräutigam Franko mit seiner „La Mamma", dann kam die Kutsche vorgefahren. Auch Franko staunte nicht schlecht. Nachdem er seine angehende Frau von der Kutsche abgeholt hatte, gingen beide gemeinsam in die Kirche. Eine Fotografin hielt alles in unzähligen Bildern fest. Sie machte beim Fotografieren richtige gymnastische Übungen. Die Fotografin war eine sehr schöne Frau, sie hatte 2 Fotoapparate umgehängt und fotografierte damit immer im Wechsel. Ich verstand das nicht, warum sie das so machte, es konnte mir auch keiner erklären, war ja eigentlich ja auch egal. Auch der Wirt Horst hielt alles noch auf Video fest. Bei ihm sahen die gymnastischen Übungen beim Filmen sehr lustig aus, denn er trug um die 2 Zentner Gewicht mit sich.

Wir nahmen alle in der Kirche Platz, es war eine ziemlich große katholische Kirche. Ich war noch nie in einer katholischen Kirche. Beim Hineingehen in die Kirche läuteten die Kirchenglocken.

Wir nahmen auf den schlichten Holzbänken Platz. Annas Eltern, ihr Großvater mit seiner neuen Frau, sowie die Geschwister meiner Cousine saßen in der ersten Reihe.

Ebenso „La Mamma", mit der gesamten italienischen Verwandtschaft. Ich saß in der zweiten Reihe, konnte das gesamte Geschehen vor dem Altar gut einsehen, hier standen der Priester und das Brautpaar. Für mich war es sehr interessant, eine kirchliche Trauung zu erleben..

Ich war zwar getauft, doch bei uns sah man nicht gern, wenn man in die Kirche ging. Ich hatte bis zur fünften Klasse Konfirmationsunterricht gehabt. Ich war also nicht katholisch, sondern evangelisch. Meinen Eltern hatte man damals in der Schule ganz offen gesagt, dass man es in einem sozialistischen Staat nicht gerne sehen würde, wenn man in die Kirche geht. Danach brauchte ich nicht mehr zum Konfirmationsunterricht. Der war immer zweimal die Woche, je zwei Stunden, ich freute mich natürlich, weil mir somit mehr Zeit zum Fußballspielen blieb. Demzufolge wurde ich auch nicht konfirmiert. Und nach der Lehre trat ich wegen der ziemlich hohen Kirchensteuer aus der Kirche aus. Sie wollten damals von mir 10 % vom damaligen Lohn haben, das war sehr viel Geld. Ich ging dann zur Gemeindeverwaltung, füllte ein Austrittsformular aus, unterschrieb es, bezahlte 3,- Mark Gebühren und war dann kein Kirchenmitglied mehr. Die Verwaltung hatte alles mit der Kirche geregelt, ich selbst brauchte mich um nichts weiter zu kümmern. Bei uns im Ort kannte ich die Kirche nur von außen. Und wir hatten eine schöne neue Kirche. Vielleicht war es die einzige Kirche in der DDR, die man überhaupt neu gebaut hatte. Als Kind hatten wir auf der Baustelle der Kirche gespielt. Der Rohbau stand, wenn ich mich recht erinnere 2 Jahre, bis es mit dem Innenausbau weiter ging. So war die Kirche ein schöner Spielplatz zum Verstecken spielen. Dieser Neubau hatte wahrscheinlich mit dem Kohlebergbau zu tun. Unseren alten Ort hatte man weggerissen, dort war jetzt Braunkohletagebau. Unser Ort war ungefähr 4 km von altem Ort wieder aufgebaut worden, die oberste evangelische Kirchenleitung hatte auf einen Neubau bestanden. Dieser Neubau war dann in den fünfziger Jahren realisiert. Eine Kirche gehörte einfach, wie eine Kneipe, in jeden Ort-egal, ob der Ort schon alt, oder erst neu war.

Mittlerweile hatte die Trauung angefangen, alles ging sehr feierlich zu.

Meine Frau wollte damals auch kirchlich heiraten. Da wir beide nicht in der Kirche waren, hätten wir erst wieder eintreten müssen und dann unseren Kirchenbeitrag nach bezahlen müssen. Auch hätten wir im Nachhinein konfirmiert werden müssen. Der Aufwand dafür war uns finanziell und zeitlich zu groß, also ließen wir es bei der Idee und heirateten nur standesamtlich. Übrigens, ohne Musik, denn zur Zeit der Trauung war der Strom im Ort ausgefallen. Dies war der Grund, warum die ganze Trauung nicht nur für uns, auch für unsere Gäste einfach nicht feierlich genug war.

Wenn ich über den Glauben nachdachte, musste ich für mich bekennen, dass ich nur an Dinge glauben konnte, die ich sehen, oder die ich anfassen konnte.

Doch ich musste zugeben, die kirchliche Trauung hier war sehr feierlich. Nur eins musste ich bemängeln, diese Bettelei um Spenden. Der Spendenkorb war 3- bis 4-mal durch die Reihen gegangen. Eigentlich dachte ich, das gab es nur bei uns im Sozialismus, wir mussten auch für jeden Pups spenden, das hatte aber was mit dem Begriff Solidarität zu tun. Ich hatte nichts dagegen, das man für Naturkatastrophen und für Bedürftige spendete. Doch war ich mir nie sicher, ob das Geld dort auch immer ankommt!

Wenn ich mir hier die Kirche so anschaue, dann war das schon ein ganz schöner Prunk. Das hatte bestimmt ganz schön viel gekostet. Die Kirche nahm in der BRD eigentlich durch ihre Mitglieder viel Geld ein. Hatte sie es da nötig, um Almosen zu bitten und das noch so aufdringlich! Reichte nicht am Ausgang eine Kollekte? Aber warum mache ich mir eigentlich darum einen Kopf, es war doch nicht mein Problem. Ich wohnte in der DDR und musste da mit den Verhältnissen zu Recht kommen. Übrigens hatte ich auch 5,- Mark bei dieser Trauung für die Kirche gespendet, aber 5 Mark Ost. Ich fand das angebracht, weil mir die Trauung wirklich gut gefallen hatte.

Die Fotografin war auch in der Kirche sehr viel herumgelaufen und hatte das Hochzeitspaar in allen Situationen fotografiert. Ich wollte gar nicht wissen, was das kosten würde, wollte aber die Bilder unbedingt einmal sehen.

Bei uns dauerte das Entwickeln der Bilder ca. 8 bis10 Tage. Wenn es auch hier auch so lange dauern würde, würde ich sie nicht mehr zu Gesicht bekommen. Der Videofilm von Horst sollte schon morgen zu sehen sein.

Nach der Trauung stiegen das Hochzeitspaar und die beteiligten Kinder wieder in die herrliche Kutsche mit den 4 Schimmeln, um im Duisburger Tierpark noch einige Bilder zu machen. Wir anderen gingen alle zu der Gaststätte, wo die Hochzeitsfeier stattfinden sollte, diese lag nur ungefähr 1000 Meter von der Kirche entfernt. Wir brauchten uns nicht so beeilen, es würde bestimmt noch eine Stunde dauern, ehe Anna und Franko aus dem Tierpark zurück sein würden.

Schließlich mussten sie mit der Kutsche durch den Wochenendverkehr zum Tierpark und zurück. Wir vertrieben uns die Zeit, unterhielten uns über alles Mögliche, als Günter plötzlich zu schimpfen anfing. Er schimpfte über Horst, der musste in der Kirche irgend etwas mit der Kamera falsch gemacht haben. Bis zum Hineingehen in die Kirche war alles in Ordnung, aber die ganze Trauung fehlte auf der Kassette. Das war natürlich sehr ärgerlich, da konnte ich Günter echt verstehen. Aber was sollte es, es war passiert und man konnte es nicht rückgängig machen, nicht die Hochzeit einfach noch mal wiederholen
Ich hätte mich trotzdem schon gern mal auf einem Film gesehen, so wie im Fernsehen.

Wir warteten weiter auf das Brautpaar. Sie sollten gegen 13.00 Uhr vom Tierpark wieder zurück sein. Ich vertrieb mir die Zeit, in dem ich mir Autos anschaute. Gegenüber der Gaststätte war ein Autohaus für Jaguar, für mich schon eine besondere Automarke.

Es waren sehr schöne Autos. Doch ich wusste auch, ich würde ich nie in den Genuss kommen, solch Auto mal zu fahren. Aber ich gab mich damit zufrieden, mir die Autos einfach anzuschauen.

Das Brautpaar kam mit einer Stunde Verspätung zurück. Der Koch der Gaststätte war sehr aufgeregt, denn er hatte das Essen irgendwie warm halten müssen. Zuvor bekam das Brautpaar, wie es auch bei uns Sitte war, einen Teller mit Brot und Salz gereicht. Ein Symbol der Zusammengehörigkeit in schlechten und guten Zeiten.

Nach dieser Zeremonie wurde nun endlich mit dem Essen begonnen, der erste Gang war eine Hochzeitssuppe.

Dann gab es halb Rinderbraten und halb Schweinebraten mit Gemüse und Klößen oder Kartoffeln und zum Nachtisch Eis mit frischen Erdbeeren. Es war ein Essen, welches es so auch bei uns zur Hochzeit geben würde. Vielleicht nicht immer mit frischen Erdbeeren, aber ansonsten auch wie bei meiner Hochzeit.

Nach dem Essen tranken wir erst einmal ein Königs Pilsener, das schmeckte immer gut. Ich saß neben meinem Cousin, dem Polizisten Karl Ludwig, die Verwandtschaft sagte hier zu ihm, der Bulle. Wir unterhielten uns über Autos, über seine Arbeit bei der Polizei und über manch andere Dinge.

Die Gaststättentür ging auf und die Fotografin kam herein. Ich konnte es kaum glauben, sie brachte schon die ersten Bilder von der Trauung in der Kirche und vom Tierpark. Dies wollte wieder nicht in meinen Kopf herein, dass die Bilder schon fertig sein sollten.

Natürlich schaute sich die ganze Hochzeitgesellschaft jetzt die Bilder an. Die Fotografin bekam noch eine gute Portion vom Hochzeitsessen und verabschiedete sich dann mit den Worten: „Sehen sie sich in Ruhe die Bilder an, notieren sie für mich auf einem Zettel, welche sie bestellen oder vergrößert haben möchten. Die Bestellnummern stehen hinten auf dem Bild. Den Zettel können sie mir dann faxen." Sie gab meiner Cousine ihre Visitenkarte mit der Faxnummer und verabschiedete sich.

Mittlerweile bauten der Koch und der Kellner ein Kuchenbüfett auf.

Der Mittelpunkt des Kuchenbüfetts war eine große Hochzeitstorte, diese war dreistöckig . Solch eine Torte hatte ich bis jetzt nur in Filmen gesehen. Das Hochzeitspaar musste die Torte gemeinsam anschneiden. Auch solch ein Symbol, bei uns sägten sie dafür gemeinsam einen Baumstamm durch.

Jeder stellte sich dort an und holte sich sein Stück von der Hochzeitstorte. Das Hochzeitspaar musste jedem dieses Stück Torte abschneiden und auf den Teller servieren. Geschmeckt hatte sie, wie eben Torten so schmecken. In einer Ecke baute ein älterer Herr seine Musikanlage auf, ein Keyboard und eine Disko Anlage. Er war ein Alleinunterhalter und lies sich von den Kaffeegästen überhaupt nicht stören. Mit einem lauten Tusch wurde dann das Brautpaar aufgefordert, in die Mitte des Raumes zu kommen. Der Alleinunterhalter spielte dann den Hochzeitswalzer und das Brautpaar musste tanzen. So richtig konnte der Bräutigam Franko aber diesen Walzer nicht tanzen. Nachdem das Hochzeitspaar den Tanz eröffnet hatte, tanzten auch Günter und „La Mamma" miteinander. Meine Cousine holte mich und auch wir tanzten.

Auch hier vermisste ich wieder meine Frau, mit der konnte ich am besten tanzen. Ich tanzte dann noch einmal mit der Braut und das war es dann für mich, viel getanzt wurde bei der ganzen Feier nicht. Der Alleinunterhalter gab sich sehr viel Mühe, doch er wurde nicht so richtig angenommen.

Ich saß die meiste Zeit mit Karl Ludwig, dem Bullen zusammen, wir hatten viele Themen. Ein Thema war sein Besuch von vor 13 oder 14 Jahren bei uns in der DDR. Er erkundigte sich nach Elke, die er damals kennengelernt hatte. Sie war jetzt Lehrerin für Russisch bei uns im Ort und natürlich glücklich verheiratet. Er war damals mit seinem Vater zu Besuch bei meinen Eltern, seine Mutter war gerade vor einem Jahr verstorben. In unserem Ort feierte man das Heimatfest, da war eigentlich immer viel los. Am 1. Tag des Festes waren wir im Kulturhaus auf dem Saal.

Wir hatten einen schönen großen Saal, da passten 200 -300 Menschen rein. Es gab hier eine Bühne, die sogar tauglich für Theateraufführungen war. Träger des Saales war das Braunkohlenwerk. Da die Braunkohle so langsam am Auslaufen war, hatte man bei uns im Ort ein Aluminiumwerk angesiedelt. Dieses Werk nannte man kurz LMW.

Auf dem Heimatfest fand Karl Ludwig schnell Kontakt zu allen. Angetan hatte es ihm dieses Mädchen Elke. Mit ihr hatte er sich fast den ganzen Abend unterhalten. An diesem Abend saß an unserem Tisch auch ein ehemaliger Klassenkamerad von Elke.

Mit dem verstand sich Karl Ludwig auch ganz gut. Ich war mit meiner Frau natürlich auch dort, wir ließen keine Tanzveranstaltung aus, wobei an diesem Tag noch unsere Lieblingskapelle spielte.

Es ergab sich nun, dass Karl Ludwig und Elke sich ein bisschen näher gekommen waren, es hatte bei Karl Ludwig richtig gefunkt. Er brachte Elke auch nach Hause, was so abgelaufen war, erfuhr ich natürlich nicht. Aber schon am nächsten Abend war wieder Tanz und natürlich waren wir alle wieder da. Karl Ludwig freute sich schon, doch wer nicht kam, war Elke. Von ihrem Klassenkameraden erfuhr er, Elke musste bis 22.00 Uhr arbeiten. Sie lernte damals im LMW. Da sie schon über 18 Jahre und im letzten Lehrjahr war, wurde sie in den Produktionsprozess eingebunden, musste auch zur Mittagsschicht, dort fuhr sie den Kran. Gegen 21.00 Uhr kam Karl Ludwig auf eine Idee. Er fragte beim Klassenkameraden von Elke, der auch im gleichen Betrieb in der Lehre war: „Wollen wir Elke abholen?

Der sagte in seinem jugendlichen Leichtsinn natürlich sofort zu und sie gingen zu Fuß zum Betrieb. Sie nahmen eine Abkürzung und gingen direkt ins Werk hinein. Beide dachten sich nichts dabei, der Klassenkamerad zeigte noch seinen Arbeitsplatz. Er machte dort eine Lehre als Schlosser und dann holten sie Elke von der Waschkaue ab. Dann ging es zu Dritt gemeinsam zurück durchs Werkstor, an der Werkspolizei vorbei. Ein Werkspolizist wollte auf einmal Karl Ludwigs seinen Betriebsausweis sehen, der redet sich heraus, dass er ihn zu Hause vergessen hat. Bei der nächsten Frage, in welcher Abteilung er arbeiten würde, erkannte der angehende Schlosser die Brisanz der Fragen, zeigte schnell seinen Ausweis. Schon im weitergehen erklärte er, dass sie in der Hauptwerkstatt arbeiten würden, nun Feierabend hätten. Zum Glück war der Polizist damit zufrieden und ließ sie passieren.

Die Tragweite dieses harmlosen Besuches im LMW wurde Karl Ludwig erst hinterher bewusst. Wenn der Polizist herausbekommen hätte, wer er war und woher er in Wahrheit kam, hätte er ihn bestimmt festgenommen. Was wäre dann passiert? Da Karl Ludwig als Bürger der BRD unbefugt in einen sozialistischen Betrieb herumgelaufen war, hätte man ihm Werksspionage angehängt. Er war dazu noch Polizist der Bundesrepublik, der wäre locker 5 Jahre nach Bautzen ins

„Gelbe Elend" gewandert.

Als er mir das den nächsten Tag erzählte, machte ich ihm diese brenzlige Situation im Nachhinein erst bewusst.
Auch uns hätte man in den Fall mit reingezogen. Wir wären Mitwisser gewesen, auch wenn wir davon nichts gewusst hatten, da sie bei uns gemeldet waren, in der Zeit ihres Besuches. Vielleicht wäre ich auch noch ins Gefängnis abgegangen.

Darauf, dass damals alles glimpflich abgelaufen war, tranken wir bei der heutigen Hochzeit erst einmal ein schönes kaltes Königs Pilsener. Onkel Karl hat alles mit angehört. Er nickte nur und fragte mich, ob es noch den Orts- Sheriff- Depp bei uns gab? Ich konnte ihn beruhigen, „Depper", so nannten wir ihn mit Spitznamen, war schon fast 10 Jahre nicht mehr im Amt. Er hatte die Altersgrenze für Polizisten erreicht und war in Rente gegangen. Wir hatten jetzt einen neuen Abschnitt- Bevollmächtigen, so hieß der Ortspolizist bei uns.

„Depp, der hat mich in den fünfziger Jahren einmal verhaftet", erzählte Onkel Karl. „Damals war ich noch in der Gewerkschaft aktiv und die DDR hatte uns zur Leipziger Messe eingeladen. Nach dem Besuch und dem Seminar, welches dort veranstaltet wurde, wollte ich dann deine Eltern besuchen, hatte aber für euren Ort keine Aufenthaltsgenehmigung. Die Aufenthaltsgenehmigung galt damals Kreisweise, es war ein Versäumnis von mir, hatte es nicht ins Visum eintragen zu lassen. Ich bin also zu deinen Eltern gefahren. Abends war ich dann mit deinem Vater im Kulturhaus, die einzige Kneipe in eurem Ort. Wir haben dort ein paar Bier getrunken und Skat gespielt, an unseren Tischen saßen zwei Studenten. Ich habe zu denen gesagt, dass ich auch studiere, das war natürlich Spaß. Meine Fachrichtungen waren Fickologie und Lochkunde, die beiden hatten sich köstlich amüsiert. Am Nachbartisch saß bestimmt ein Stasispitzel, der mich bei Depp verpfiffen hatte. Depp hatte dann sicher sofort überprüft, ob ich eine Aufenthaltsgenehmigung für euren Ort hätte und mich dann am anderen Morgen verhaftet. 12 Stunden hat er mich dann verhört. Zum Schluss sollte ich ein Protokoll unterschreiben. Das habe ich wegen der vielen Fehler nicht getan.

Ein Polizist vom Kreispolizeiamt hatte mich dann erlöst und besorgte mir für noch 2 weitere Tage die Aufenthaltsgenehmigung. Depp hatte während des Verhörs immer mit seiner Pistole vor mir herumgefuchtelt. Zu Essen bekam ich nichts, nur Wasser zu trinken. Depp war bestimmt davon ausgegangen, er hätte einen großen Fisch gefangen und träumte schon von der Beförderung. Wenn ich Depp heute in die Finger bekommen würde, aber dann."

Ich unterbrach Onkel Karl in seinen Redeschwall und erzählte nochmals den Witz mit der Kennzeichnung der Polizisten in der DDR.

„Polizisten, die einen Winkel am Ärmel hatten, konnten lesen. Die zwei Winkel am Ärmel hatten, konnten lesen und schreiben. Polizisten die sogar drei Winkel am Ärmel hatten, konnten schreiben, lesen und noch zusätzlich rechnen. Aber Polizisten, die keinen Winkel am Ärmel hatten konnten nichts. Polizisten in rosa Uniform hätten Abitur. Und ich.... hätte noch keinen Polizisten in rosa Uniform gesehen.“

Onkel Karl lachte und sagte dazu: „Depp war der Letztere.“ Ich setzte noch einen Spaß hinterher.

„Warum geht ein Streifenpolizist mit einem Hund auf Streife?“, lautete meine Frage an den Bullen und Onkel Karl. Beide zuckten mit den Achseln. „Ich sage es euch, dass wenigstens einer von beiden eine abgeschlossene Ausbildung hat.“

Meine Cousine unterbrach uns, der Alleinunterhalter machte gerade die Durchsage, dass für uns das Abendbrot als kaltes Büfett im Nachbarraum aufgebaut wäre und der Koch zum Essen bat. Die Hochzeitsgäste gingen alle in den Nachbarraum, es war das Vereinszimmer der Kegelfreunde, man sah das an den Bildern und der Vereinsfahne.

Vereinsfahnen waren bei uns in der DDR nicht erwünscht gewesen Als Jugendlicher war ich in einer Clique, wir waren Motorradfans. Alle fuhren eine 350er „Jawa“, welche in der CSSR hergestellt wurde.

Diese Motorräder hatten einen Kultstatus in der DDR. Wir hatten uns einen Jawa -Wimpel gemacht.

Auf den Wimpel war nur das Jawa - Emblem drauf, wir hatten dann alle unterschrieben. Das sollte sich als großer Fehler erweisen. Für die DDR war das schon eine Zusammenrottung mehrere Personen und das war untersagt. Zum 1. Mai hatte dann mein Freund Uwe, noch den 1. Sekretär der Kreisleitung der SED, auf diesen Wimpel unterschreiben lassen. Der 1. Sekretär der Kreisleitung wohnte in unserem Ort und hatte im Kulturhaus den 1. Mai gefeiert, ein bisschen zu viel gefeiert und hatte in seinem Suff unterschrieben.

Für Uwe erwies sich das auch als ein Fehler und brachte ihm 3 Tage Bau mit Verhör ein. Wir sollten den Wimpel vernichten und Uwe musste noch 250 Mark Strafe zahlen, die wir aber gemeinsam erbrachten. Nebenbei, diesen Wimpel gab es heute noch. Er war und ist ein Teil unserer Geschichte und Freundschaft.

Da war nun das kalte Büfett. Neben dem Büfett stand der Koch und teilte gegrillten Hinterschinken mit Sauerkraut aus. Dazu konnte man sich noch Erbsen Püree nehmen.

Ich holte mir erst mal ein Stück Hinterschinken, ging danach nochmals zum kalten Büfett. Es waren schon leckere Sachen drauf, aber für mich waren die beiden Fischplatten das Beste. Ich holte mir Fisch in allen Varianten. Lachs, Aal, Heilbutt und sogar ein Stück Hummer, dazu aß ich natürlich zum ersten mal Kaviar, auch die kleinen dunklen Körner Brötchen schmeckten sehr gut dazu. Als ich fertig war, stellte mir meine Cousine den Rest der Fischplatte an meinen Platz und verkündete:

„Hier, da kannst du den ganzen Abend noch ein bisschen naschen."

Ich beobachtete dann weiter die Hochzeitsgäste und musste immer wieder an meine Frau und Kinder denken. Warum ließ die DDR sie nicht mitfahren? Im Traum hatte ich nicht daran gedacht, hier zu bleiben, auch wenn die Versuchung sehr groß war. Doch ich hatte mir in der DDR eine Existenz aufgebaut, hatte ein eigenes Haus und das würde ich und natürlich auch meine Frau mit unseren Kindern, nie in Stich lassen.

Der Uhrzeiger rückte immer mehr auf Mitternacht und es wurden hier genauso wie bei uns die Hochzeitspielchen gemacht, zum Beispiel das Schleier - Ab - Tanzen. Hier bekamen Braut und Bräutigam historische Nachtwäsche angezogen, Franko erschien mit Zipfelmütze, Anna hatte eine Haube aufbekommen.

Alle hatten ihren Spaß, um Mitternacht musste Anna ihren Brautstrauß über die Schulter schmeißen und eigentlich sollte eine ledige Frau den Strauß auffangen, davon gab es nur 3. Gefangen hatte den Strauß dann die Tochter von Onkel Karls neuer Frau.

So gegen 2.00 Uhr wurde es etwas laut in der Gaststätte. Die Hochzeitsgäste rüsteten zum Aufbruch. Wenn Rheinländer und Italiener diskutierten, hatte das schon einen ganz schöne Lautstärke. Ich verstand nicht so richtig worüber sie diskutierten. Ich hörte nur immer Zahlen, von 8 bis12 war jede Zahl dabei. Dann bekam ich aber mit, sie wollten Taxis bestellen. Ich hörte gespannt zu und fragte mich, was wohl da jetzt herauskommt. Man hatte sich geeinigt und bestellte nun 10 Taxis. Für mich als DDR Bürger fast unvorstellbar.

Doch schon nach 10 Minuten standen bereits 4 Taxis vor der Tür, unglaublich.

Weitere 5 Minuten später, standen 8 Taxis vor der Tür und zusätzlich noch ein Bustaxi. Wenn ich es nicht mit eigenen Augen gesehen hätte, würde ich es nicht glauben.

Bei uns in der Kreisstadt gab es 2 private Taxiunternehmen und den Kraftverkehr, ein staatliches Busunternehmen. Die hatten vielleicht noch 3 Taxi, also hochgerechnet insgesamt 5 Taxis für eine Einwohnerzahl von ungefähr 50 000 Einwohner. Wollte man Silvester ein Taxi haben, musste man dies bereits 3 Jahre vorher bestellen, nur dann hatte man vielleicht die Chance, berücksichtigt zu werden.

Und hier standen 9 Taxis innerhalb von einer Viertelstunde nach Bestellung vor der Tür, unglaublich für einen DDR Bürger. Das Bustaxi hatten sie geschickt, weil sie nicht 10 Pkw-Taxis gleichzeitig zur Verfügung hatten. Innerhalb von 20 Minuten waren alle Hochzeitsgäste auf dem Weg nach Hause. Meine Cousine, Günter und ich blieben allein zurück, wir konnten zu Fuß nach Hause laufen. Das Brautpaar schlief bei meinem Cousin Karl Ludwig, sie waren schon etwas früher gefahren, eine Stunde nach Mitternacht. Anna hatte aufgepasst, dass Franko nicht so viel trank, hieran ließ sich schon klar erkennen, wer in dieser Ehe die Hosen an hatte. Zu sehen war dies auch schon beim Anschneiden der Hochzeitstorte, ihre Hand lag oben auf dem Messer. Sicher wollte sie sich ihre Hochzeitsnacht nicht durch einen betrunkenen Ehemann versauen lassen. War ja eigentlich auch egal, seit ihrer standesamtlichen Trauung waren sie ja schon offiziell verheiratet und hatten die Hochzeitsnacht somit schon weg.

Bei uns in der Region war es üblich, den Beischlaf in der Hochzeitsnacht mit kleinen Scherz zu stören, darum hatten wir keinem erzählt, wo wir die Hochzeitsnacht vollziehen wollten.

Oft baute man bei uns eine Gummi-Tröte unter das Bett, diese war dann bei Beginn der ehelichen rhythmischen Bewegungen zu hören. Oder die „lieben Freunde" montierten das Bett auseinander, so dass die Jungverheirateten das Bett erst wieder zusammenbauen mussten.

Auf den Heimweg zur Wohnung meiner Cousine hatte ich ganz schön mit Günter zu tun. Bei der frische Luft wurden seine Beine zu Pudding.

Doch meine Cousine und ich hakten Günter ein, dann ging es heim.

Am nächsten Morgen war ich wie üblich wach, meine Zeit zu Hause war 5 Uhr. Ich versuchte noch mal einzuschlafen, aber es ging nicht, mein Bio- Rhythmus war darauf programmiert. Ich schlief hier auf der Couch im Wohnzimmer. Unter dem Fernsehen stand ein Videorekorder, daneben standen einige Filme. Gestern Morgen hatte ich gesehen, wie Günter den Rekorder angemacht hatte und ich erinnere mich daran. Ich nahm mir einen Film und schaute Video, bis meine Cousine gegen 10. 00 Uhr aufstand.

„Mensch hab ich einen dicken Kopf", meinte sie: „Ich mache uns erst einmal Kaffee und du kannst uns Brötchen holen oder wir frühstücken mit Brot. "

Da ich Brötchen gerne aß, ich mich nach frischer Luft sehnte, war ich schnell im Bad und sprang kurz danach ganz ungestüm in die Sachen. Wo der Bäcker war, wusste ich ja schon. Ich ließ mir Zeit dabei. Beim Bäcker begrüßte man mich sehr freundlich. Hier roch es wieder wunderbar nach frischem Brot und Brötchen, es sah alles einfach lecker aus. Ich schaute mir noch mal in Ruhe den Brötchenbackofen an. Eine digitale Anzeige zeigte noch 4 Minuten an, dann sollte alles fertig sein.

In der Auslage war heute sehr viel Kuchen und in der rechten Ecke standen 2 Tische mit jeweils 4 Stühlen. Man konnte hier also auch frühstücken oder Kaffee trinken. Das hatte ich gestern gar nicht so mitbekommen. Belegte Brötchen mit Mett oder Wurst lagen in einer Vitrine. Auf dem Rückweg wünschte ich mir wieder, das meine Frau Karin dies alles einmal sehen müsste.

Es war schon ein böses Spiel, was die DDR mit uns spielte. Warum gab es denn so etwas nicht auch bei uns? Aber dafür hatten wir ja den Sozialismus.

Das haben die Menschen hier nicht. Aber ich persönlich konnte gern auf den Sozialismus verzichten.

Als ich bei meiner Cousine ankomme, war dort schon wieder die Bude voll. Karl Ludwig war mit dem jungen Ehepaar da, auch Onkel Karl war bereits mit seinem dicken Mercedes eingetroffen. Sie warteten schon auf mich, denn sie wollten alle frühstücken. Die Kaffeemaschine glühte schon. Auch Günter war aufgestanden, ihm ging es nicht so gut. Eins der Bierchen von gestern Abend wäre bestimmt schlecht gewesen, meinte er. Ich sagte zu ihm: „Da musst du durch".

Die Hochzeitsfeier wurde jetzt von allen Anwesenden ausdiskutiert. Ute und die Jungvermählten wollen nach dem Frühstück zur Gaststätte und die Hochzeitsfeier bezahlen. Ich machte mich auf in die Geschäftsstraße des Stadtviertels. Ich wollte mich ein wenig umschauen, Karl Ludwig begleitete mich. Er hatte sich diese Woche extra Urlaub genommen und wollte mir Duisburg und Umgebung zeigen. Das Wetter war gut und wir fahren zur Fischerstraße, sie lag vielleicht 300 Meter von der Wohnung meiner Cousine entfernt. Aber hier in Duisburg wurde alles mit dem Auto gefahren, wenn man könnte, sogar bis auf die Toilette. Wir suchten einen Parkplatz, in der Zeit, als wir den Parkplatz suchten, wäre ich zweimal von der Wohnung zur Fischerstraße gelaufen. Aber es war doch gut gemeint, dass mein Cousin sich so um mich so kümmert. Wir bummelten die Straße rauf und runter, Karl Ludwig holt uns ein Eis vom Italiener.

Das schmeckte sehr fruchtig, nicht so künstlich wie bei uns. Er erklärte mir, dass der Italiener nur in der Zeit von Mai bis Oktober hier Eis verkauft. In der übrigen Zeit wäre dort ein Plätzchen Bäcker drin, Plätzchen Bäcker kannte ich nicht, so was gab es bei uns nicht. Wir backten unsere Plätzchen zu Hause selbst.

Ich ging in eine Drogerie und schaute mir die Auslagen an.

Meine Schwiegermutter arbeitete bei uns auch in einer Drogerie, zu vergleichen war dies aber nicht . Bei uns wurde man hinter einen Ladentisch noch richtig bedient, hier gab es nur Selbstbedienung. Die Verkaufsfläche der Drogerie war mindestens 20 mal größer als die bei uns, auch die angebotenen Artikel hier überschritten die bei uns ums Vielfache, die Fülle des Angebotes beeindruckte mich schon sehr Unsere war dagegen wirklich noch eine Tante Emma Drogerie.

Wir fuhren dann 5 Minuten mit dem Auto ins Wedau-Sportzentrum. In dessen Zentrum lag das Wedau - Stadion, die Heimat des MSV Duisburg. Der Parkplatz alleine war so groß wie drei Fußballfelder. Neben dem Stadion war die Eissporthalle und eine sehr große Mehrzwecksporthalle. Weiter rechts war die Sportschule des DFB.

Angeschlossen war ein 8 Sektoren Platz, d.h. 8 Fußballplätze hinter- und nebeneinander.

Ging man an der Sportschule links weiter, so kam man zu einem kleinen Schwimmbad mit Wasserskianlage. Dahinter das Schwimmstadion und davor das Wedaustadion.

Und dann der See, die Wedau, früher mal ein Baggerloch und jetzt beherbergte der See eine internationale Regatta Bahn. Es war schon sehr beeindruckend, das alles zu sehen. Damals war gerade 10 Jahre alt. Meine Eltern und ich wohnten in der Bergarbeitersiedlung am Rande des Harzes direkt im Bahnhof. Unter dem Dach hatten wir zwei Zimmer. Mein Vater arbeitete auf dem Bahnhof. Ich hatte einen Freund, den Klaus. Er war ein Jahr älter als ich. Mit Klaus lieferte ich mir sehr viele Fußballspiele. Wir spielten nach der Schule auf dem Bahnhofvorplatz immer Fußball. Neben dem eigentlichen Bahnhofgebäude war das Stückgutlager. Vor dem Stückgutlager war eine Rampe. Hier holten die Betriebe ihre bestellten Materialien ab. Damals gab es in der DDR noch nicht so viele Lastautos. Es wurde noch fast alles als Stückgut über die Reichsbahn verschickt. Da die Betriebe ihr Stückgut meist am frühen Morgen abholten, konnten wir nach der Schule dort Fußball spielen. Die Hälfte der Rampe diente als Tor. Gegenüber der Rampe in 25 Meter Entfernung stand ein kleines viereckiges Gebäude, aus rotem Backstein. Es war das Schmierlager der Eisenbahner für den Bahnhof. Hier waren Petroleum für die Signallampen und Schmierstoffe für die Weichen drin. Der Güterbahnhof war für unseren kleinen Ort ziemlich groß. Hier standen immer die Kohlezüge mit Briketts von dem Braunkohlenwerk des Ortes, die dann in die gesamte DDR verschickt wurde. Die Briketts brannten sehr gut und gaben wenig Asche. Ich musste des Öfteren dort, zwischen den Gleisen, Briketts suchen und brachte sie dann in den Keller. Beim Rangieren und beim Zusammenstellen der Züge ging schon einmal eine Waggontür auf und es fielen Briketts auf die Gleise. Manchmal half auch der Rangierer etwas nach. Die Briketts suchten dann die Eisenbahner des Bahnhofes auf und brachten sie nach Hause als Wintervorrat. Briketts gab es damals nur auf Karten. Wenn man mehr haben wollte, waren diese sehr teuer. Das konnte sich kaum einer leis-

166

ten. Also das Schmierfetthaus aus Backstein war das andere Tor. Zum Glück für uns, war das Fenster in Schmierhäuschen zugemauert, sodass wir dort keine Scheiben zerschießen konnten. Hier spielten Klaus und ich immer Fußball. Wir lieferten uns regelrechte Fußballduelle. Es ging heiß her. Wehe, man ließ einen Ball abprallen, es wurde meistens ein Tor für den Gegner. Der Platz war gepflastert, darum hatten wir oft Schürfwunden. Auch machte ich sehr viele Strümpfe kaputt. Damals hatte man in der kalten Jahreszeit, als Kinder, „Kurze Hosen" und „Lange Strümpfe" an. Abends bekam ich von meiner Mutter meistens Schimpfe. Es blieb nicht aus, dass man bei einem Spiel hinfiel und sich ein Loch in einen Strumpf riss. Sie kam mit dem Stopfen der Löcher in den Strümpfen gar nicht nach. Ich musste mich, nachdem ich aus der Schule kam und auf der Straße spielen wollte, immer gestopfte Strümpfe anziehen. Wir hatten ja damals nicht soviel Geld, um immer neue Strümpfe zu kaufen. Übrigens bekam man sie im Geschäft auch kaum. Oma und Opa wohnten im Westen und schickten uns des Öfteren ein Päckchen, darum ging es uns auch etwas besser. Von Oma hatte ich auch den Lederball. Ein Lederball zu haben, das war schon ein großer Luxus für ein Kind. So spielten wir jeden Tag auf unserem Bahnhofvorplatz oder besser gesagt vor dem Stückgutlager, Fußball. Zuschauer hatten wir auch. Gegen 14.30 Uhr kamen die Arbeiter, die Kumpels vom Braunkohlenwerk und wollten mit dem Zug nach Hause in ihre Orte fahren. Der nächste Zug fuhr aber erst nach 15.00 Uhr. Viele schauten zu und feuerten uns an. Ein großer Teil der Kumpels gingen auch in die Bahnhofkneipe. An einen Abend, wir spielten wieder auf dem Bahnhofsplatz Fußball, da kam ein kleiner E-Karren aus dem Braunkohlenwerk und wollte aus dem Stückgutlager Materialien abholen. Der Fahrer des E-Karrens fragte uns, ob wir nicht einmal am nächsten Tag auf den Fußballplatz kommen wollen. Die Schülermannschaften des Ortes hatten dort Training. So kam ich in den Fußballverein des Ortes. Schluss war es mit den Strümpfen zerreißen. Meine Mutter gab mir gerne die 20 Pfennige Monatsbeitrag für den Verein, denn sie brauchte viel weniger Strümpfe zu stopfen.

Der E-Karrenfahrer war der Betreuer der Schülermannschaft. Ich war glücklich und spielte ab sofort in der 2. Schülermannschaft. Aber ich hatte ein Problem und mit mir viele andere Kinder meiner Mannschaft. Wir hatten keine Fußballschuhe. Wir spielten mit Turnschuhen oder mit ganz normalen Straßenschuhen. Keine Eltern konnten sich Fußballschuhe für ihre Kinder leisten. Ich hatte Volleyballschuhe. Meine Oma aus dem Westen hat sie mir geschickt. Diese Schuhe zog ich immer an, wenn ich auf den Fußballplatz Fußball spielte. So trainierten wir 3 Mal in der Woche und die anderen Tage spielten wir auf der Wiese hinter den Fußballplatz, Fußball. Ich war in meiner Freizeit nur noch auf dem Fußballplatz. Eines Tages, ich war vielleicht ein knappes Jahr in den Verein und es war kurz vor Pfingsten, da fragte mich unser Betreuer, ob ich Pfingsten Zeit hätte. Er sagte zu mir, ich könnte mit der 1. Schülermannschaft mitspielen. Es ging Pfingsten in die Kreisstadt zu einem Fußballturnier. Die 1. Schülermannschaft wurde für das nächste Jahr neu aufgestellt. Als er das fragte, schlug mein Herz immer schneller. Es war für mich ein Traum in der 1. Schülermannschaft zu spielen. Natürlich sagte ich mit Freuden ja. Welch eine Frage? Doch ich hatte das Problem mit den Fußballschuhen. Meine Mutter musste mir meine Volleyballschuhe waschen, da die Schnürsenkel aus Sackband bestanden, borgte ich mir von Klaus, aus seien Skischuhen, die Schnürsenkel. Er wollte sie mir erst gar nicht geben, denn Herr Schmitt, der Betreuer, hatte Klaus zu den Pfingstturnier nicht eingeladen. Doch er gab sie mir nach einigen betteln. Ich zählte die Tage. Die Zeit verging nicht. Ich wurde vor Aufregung richtig krank. Doch dann war es so weit. Pfingstsonntag, frühmorgens um 8.00 Uhr sollten wir uns auf den Sportplatz treffen. Ich war natürlich schon um Halb acht da. Gefrühstückt hatte ich nichts. Meine Mutter machte mir zwei belegte Schnitten mit selbst geschlachteter Leberwurst. Die Wurst aß ich für mein Leben gerne, aber ich hatte keinen Hunger. Die Schnitten packte ich in Papas Brotbüchse und nahm sie mit. Kurz vor 8.00 Uhr waren alle meine Fußballfreunde da. Auch Herr Schmitt, unser Betreuer, mit seiner Frau. Dann kam ein LKW mit Plane. Der kam vom Braunkohlenwerk. Auf den LKW waren ganz einfache Holzbänke. Wir stiegen alle auf. Herr Schmitt hatte noch einen großen Koffer und einen zugebundenen Sack. Schmiss diese auf den LKW! Frau Schmitt und Herr Schmitt setzten sich an die Enden der Bänke zur Ladefläche, dann machte der Fahrer die Ladeluke zu und abging es.

Unser Verein war eine Betriebssportgemeinschaft. Der Träger war das Braunkohlenwerk. Darum stellte das Werk auch den LKW. Wie lange wir gefahren sind, weiß ich nicht. Es kam mir ziemlich lang vor. Dann kamen wir auf den Lok-Fußballplatz in der

Kreisstadt an. Für mich einfach toll. Lok, so hieß der Fußballklub der Kreisstadt. Es war auch wunderbares Wetter. Kein Fritz-Walter-Wetter. Es war sogar ein Rasenplatz, auf den gespielt wurde. Wir zogen uns auf einer kleinen Wiese neben den Fußballplatz um. Diese Wiese lag in der Einzäunung des Fußballplatzes. Zuerst machte Herr Schmitt den Koffer auf und gab jeden ein Trikot. Ich fand das einfach herrlich. Wir hatten schwarze Hosen, gelbe Hemden und gelb schwarz geringelte Stutzen. Die Trikots hatte auch das Werk spendiert. Für mich alles ein bisschen zu groß, denn ich war klein. Aber die Trikots waren wunderschön. Frau Schmitt half mir beim Anziehen der Stutzen und gab mir zwei Bändchen, damit ich diese binden konnte. Ich wollte gerade meine Volleyballschuhe anziehen, als Herr Schmitt den Sack aufmachte. Dann kippte er den Sack aus. Es kamen richtige Fußballschuhe zum Vorschein. Er fragte jeden nach seiner Schuhgröße und verteilte dann die Fußballschuhe. Ich bekam auch ein Paar. Sie waren mir zwar auch eine Nummer zu groß, aber das machte nichts. Ich war einfach stolz. Es waren zwar keine neuen Fußballschuhe, aber Fußballschuhe. Ich hatte richtige Fußballschuhe an. Ich lief ein bisschen hin und her, was für ein Gefühl zu spüren, Fußballschuhe anzuhaben.

Dann mussten wir gegen eine Mannschaft aus dem Nachbarkreis spielen. Herr Schmitt stellte mich als Linksaußen auf. Es war mein erstes richtiges Fußballspiel. Wir verloren 13:0 Alle waren sehr niedergeschlagen. Nur Herr Schmitt sagte zu uns: „Aller Anfang ist schwer"! Das zweite Spiel spielten wir gegen Lok. Auch hier verloren wir 8:0. Wieder war unsere Stimmung im Keller.

Aber Herr Schmitt meinte zu uns: „Es waren schon 5 Tore weniger, als das erste Spiel". Dann spielten wir gegen eine Mannschaft aus dem Harz. Das Spiel endete 0:0. Herr Schmitt gab uns allen eine Brause aus. Wir hatten, das erste Mal nicht verloren. Das letzte Spiel ging dann um Platz 7 und 8. Es gab bei diesem Turnier zwei Staffeln. Wir waren Letzter in unserer Staffel und spielten gegen den Letzten der anderen Staffel. Das Ergebnis war nach Abschluss des Spieles 2:2. Meine Klassenkameraden Uwe und Dieter hatten je ein Tor geschossen. Beide Mannschaften wurden auf Platz 7 gesetzt. Wir redeten uns ein, nicht Letzter zu sein. Nach diesem Spiel mussten wir die Trikots und Fußballschuhe wieder abgeben. Die Schuhe kamen in den Sack und die Trikots in den Koffer. Am späten Nachmittag waren wir zu Hause. Meine Eltern fragten mich, wie es gewesen sei. Ich sagte nur, wir haben den Platz 7 erreicht, dass wir eigentlich Letzter waren, verschwieg ich. Im Sommer trainierten wir fleißig. Herr Schmitt hatte viel Geduld mit uns. Wenn ich jetzt darüber so nachdenke, muss ich Herr und Frau Schmitt ein hohes Lob zollen. Alle Tätigkeiten für den Fußball in ihrer Freizeit und dann noch am Wochenende zu den Spielen von uns. Frau Schmitt wusch unsere Trikots. Wir gaben es ihnen aber zurück. Wir entwickelten uns zu einer sehr guten Schülermannschaft. Herr und Frau Schmitt betreuten uns noch bis zu A-Jugend. Dort standen wir sogar im Finale zum Bezirkspokal. Leider hatte der Verein von uns nicht viel. Als wir die 1.Männermannschaft verstärken sollten, wurden von unserer Mannschaft 10 Mitspieler zur Armee gezogen und somit die gute Arbeit des Herrn Schmitt kaputt gemacht. Aber eine Genugtuung hatte das Ehepaar Schmitt doch. Uwe schaffte es bis in die Oberliga. Oberliga war damals die höchste Spielklasse in der DDR.

Wir gingen wieder zurück zum Auto und fuhren dann zum Duisburger Hafen, auch hier war ich beeindruckt. Bei dieser Besichtigung vergaßen wir ganz das Mittagessen. Es war ja auch nicht so schlimm, wir hatten ja gestern genug gegessen. Karl Ludwig zeigte mir dann noch das Polizeipräsidium, in dem er arbeitete. Er war dort in der Einsatzzentrale, hatte sich hochgearbeitet, vom kleinen Streifenpolizist. Dann fuhren wir wieder zu meiner Cousine, sie hatte uns noch nicht vermisst. Dort war wieder so viel los, das sie zum Mittagessen kochen gar nicht gekommen war. Wir aßen dann von den Resten, die der Wirt vom gestrigen kalten Büfett vorbei gebracht hatte. Dann verabredeten wir uns für den Abend in der Stammkneipe meiner Cousine, denn da sollte heute die Nachfeier stattfinden, dort wollten Günter und meine Cousine ihre Kneipenfreunde einen ausgeben. 20:00 Uhr gingen wir dorthin, es war keine große Kneipe, mehr eine Bar.

Der Tresen war als Bar aufgebaut und davor standen bestimmt ungefähr 10 Barhocker. Weiter hinter standen noch zwei Poolbillard Tische, diese Billardtische interessierten mich, leider spielte dort noch keiner. Ich hätte gern zugeschaut, habe selber schon Billard gespielt, aber immer nur Karambolage.

Bei uns im Ort in der Sporthalle stand ein Karambolage Tisch, dort hatten wir ab dem 15 Lebensjahr, bis wir 18, 19 Jahre alt waren, fast jeden Tag gespielt. Unser alter Fußballtrainer leitete uns hier an, er war mal hauptamtlich Trainer der Betriebsfußballmannschaft des Braunkohlenwerkes, bis sie in wegen seinem Alkoholproblem entlassen hatten. Wir spielten nur Karambolage, er spielte damals einen Durchschnitt von 7 bis 8 Bällen.

Ich hatte es nur so zwischen 1- 2 Bällen gebracht,war aber auch schon gut. Günter rief mich zu sich, er stand an zwei Spielautomaten. Stolz erzählte es mir, dass er die zwei Spielautomaten hier hat aufhängen lassen. Er war bei einem Unternehmer angestellt, der diese Spielautomaten verleiht, er betreibt Spielhallen, stellt auch Musikboxen auf. Er arbeitet da als Techniker, wartete diese Automaten, bestückte die Musikboxen mit neuen Schallplatten, kurz, er war das Mädchen für alles. In dieser Firma arbeitete Günter schon über 20 Jahre. Er hatte uns bei seinen Besuchen immer ausrangierten Schallplatten aus den Musikboxen mitgebracht, dadurch hatten wir schon eine ganz schöne Sammlung.

Heute wollte mir Günter einen Spielautomaten erklären. Er steckte 5,10 DM in den Automaten und erklärte mir, wie es abläuft. Von den drei erscheinen Symbolen, mussten möglichst zwei gleich sein. Am günstigsten, vorn und hinten, dann hatte man gewonnen. Zuerst würde man nur Freispiele gewinnen, dann erzielt man bei den Freispielen einen Gewinn. Ich spielte, hatte aber kein Glück, bis zum vorletzten Spiel.

Da ertönte plötzlich aus dem Automaten eine dreifache Fanfare. Alle Kneipengäste kamen zu mir an den Automaten gelaufen, um zu schauen. Günter kam auch und er erklärte mir, dass ich 100 Freispiele gewonnen hätte. Das war schon ein sehr hoher Gewinn.

Ab jetzt sollte ich den Automaten allein laufen lassen. Ich würde, wenn alles durch sei, nur zum Abkassieren hingehen müssen. Ich machte es auch so und setzte mich vor den Automaten, trank mein Bier und der Automat spielt. Bei jedem Gewinn erklang eine Fanfare. Es hörte sich ganz gut an, denn bei fast jedem zweiten Spiel kam die Fanfare.

Nach einer dreiviertel Stunde war das letzte Freispiel durch und Günter sagte zu mir: „Jetzt kannst du dir dein Gewinn auszahlen lassen!".

Auf dem Display standen 156,00 DM. Ich sagte: „Günter mache du das, du hast ja bezahlt, es ist dein Gewinn."
Doch Günter sagte zu mir:

„ Du hast gespielt und hast gewonnen, also gehört es dir."

Da fing der Automat an zu klimpern. Es kamen wirklich 156,00 DM heraus. Der Wirt wechselte mir das Kleingeld in Scheine und alle freuten sich. Dabei hörte ich, wie ein Gast sagte, dass es einmal den Richtigen getroffen. Ich fragte Günter erneut, ob er das Geld nicht haben möchte. Doch er lachte und sagte zu mir:

„Dafür werde ich dir morgen für deinen Sohn einen Kassettenrekorder mitbringen. Stecke das Geld ein!" Innerlich freute ich mich sehr.

Nun fingen die Gäste an zu sticheln, eigentlich musste man eine Saal Runde schmeißen, wenn man soviel gewonnen hat. Doch der Wirt hinter der Theke sagte:

„Heute übernehme ich die Runde, lasst dem Jungen sein Geld" und schon fing er mit Zapfen an

Wir feierten dann wieder bis um ca. eine Stunde nach Mitternacht.

Als mein Cousin dann ein Taxi rief, meinte er zu mir: „Ich komme Dich morgen nach dem Frühstück abholen. Wir wollen Balkonpflanzen für meinen Balkon holen, da kannst du mich ja beraten! Du kommst doch vom Dorfe!"

Wir verabschiedeten uns, ein Bekannter von Günter - der Manfred - war voll wie tausend Russen. Karl Ludwig nahm ihn in seinem Taxi mit. Mir wurde erzählt, dass Manfred Diabetiker wäre. Ich meinte zu meiner Cousine:

„Das ist doch bestimmt nicht gut, bei seiner Krankheit, wenn er so viel Alkohol trinkt." „Ach", meinte er, „Manfred hat eine Insulinpumpe, da nimmt sich der Körper soviel Insulin, wie er braucht." Eddie, der Totengräber sagte dann zu uns: „Manfred ist schon eine Marke".

Wir fachsimpeln weiter über Fußball, dabei verging die Zeit und meine Cousine drängelte, sie wollte heim.
Spät war es geworden und war froh wieder auf meiner Couch zu liegen. Ich war auch gleich eingeschlafen, wachte erst im Hellen auf. Es ist bereits um halb Neun, rasch stand ich auf und ging ins Bad Meine Cousine hantierte bereits in der Küche, als ich dort hineinkomme, sagte sie zu mir:

„Hier hast du Geld, du kannst wieder 20 Brötchen holen!   "

Ich machte mich sofort auf dem Weg. Beim Bäcker traf ich wieder die alte Frau vom ersten Tag. Sie holte wieder nur 2 Schnitten, aber dieses Mal nahm sie noch 3 Stück Kuchen mit.

Ich beeilte mich, damit wir noch in Ruhe Frühstücken konnten. Karl Ludwig wollte mich um 10 Uhr mich abholen. Als ich wieder zurück war und in die Küche kam, saß Karl Ludwig schon am Tisch.

„Bist ja schon da?", frage ich.

„Denkst du, ich will allein Frühstücken. Meine Frau ist schon zur Arbeit. Hier in Gesellschaft schmeckt es besser und ist billiger."

Ich setzte mich, meine Cousine gab uns Kaffee, Günter war bereits zur Arbeit. Meine Cousine erklärte uns:
„Heute war ihm das Aufstehen tüchtig schwergefallen."
Dann setzt sie sich mit hin und wir frühstückten in aller Ruhe. Doch diese Ruhe dauerte nicht lange, schon klingelte das Telefon. Ute nahm den Hörer ab und   sagte:
„Du kannst gerne kommen!" Dann legte sie auf und meinte zu Karl Ludwig: „Dein Vater kommt gleich!"
„Na, dann müssen wir uns beeilen, denn er will bestimmt mit uns mit und das möchte ich nicht."
Ute antwortet darauf:

„Nimm ihn ruhig mit, dann habe ich meine Ruhe."
Doch wir stehen schnell auf, gingen zum Auto und fuhren los. Wir fuhren in Richtung Stadtautobahn und ich fragte Karl Ludwig, wo wir denn überhaupt hinfahren wollten?

„Du wirst schon sehen, es ist ein großer Pflanzen- und Obstmarkt!"

„Ich lasse mich überraschen" und schaute aus dem Fenster des Autos.

Wir fuhren von der Stadtautobahn auf die A2 in Richtung Venlo. Es war ganz schöner Betrieb auf dieser Strecke, es ging über den Rhein. Karl-Ludwig erklärte mir, dass unser Opa an dieser Brücke mit gebaut hatte. Er war hier Bauführer gewesen. Auch hat unter seiner Leitung der Ausbau des Duisburger Rathauses stattgefunden. Ich hörte aufmerksam zu und bemerkte nicht, dass wir bereits 130 km/h fuhren.

Als ich meinen Blick nach vorn richtete, las ich an einem Schild so was wie letzte Tankstelle vor der Grenze. In dem Augenblick bekam ich mit, wo Karl-Ludwig hinfuhr, nämlich nach Holland. Ich fragte ihn:
„Wo willst du denn hin?"

„Hinter Venlo ist ein riesengroßer Blumenmarkt", meinte er „Und da wollen wir hin."

Ich sagte zu ihm: „Das darf ich nicht, wenn sie uns erwischen, kann ich große Schwierigkeiten bekommen."
Doch meine Worte nutzten nichts, wir fuhren bereits über die Grenze, kein Grenzbeamter war weit und breit zu sehen.

Es war gerade so, als ob ich zu Haus von einem Ort in den anderen fuhr. Für mich unglaublich. Dann las ich ein Schild, welches Richtung Amsterdam anzeigte.

„Eigentlich haben wir doch den ganzen Tag Zeit", sagte mein Cousin.

„Na dann, lass uns nach Amsterdam fahren!"

Ich konnte vor Schreck überhaupt nichts sagen, mir stand der Kupferbolzen in der Hose oder anders gesagt, mir lief der Arsch auf Grundeis. Karl-Ludwig drückte aufs Gas und wir fuhren nach Amsterdam. Ich musste gleich wieder an den Grenzübertritt zwischen Ost und West denken und hier - weder Grenzbeamter noch Zollbeamte waren zu sehen.

Ich bin jetzt der Vogel dort, am Horizont und flog ganz einfach fort, über die Grenze wo, ich nie war. Es wird ganz einfach schön Amsterdam mal zu sehen.

Die Zeit verging wie im Fluge, wir fuhren im Durchschnitt 120 km/h. Da sah ich schon die Vororte von Amsterdam, aber zuerst fuhren wir zum Flughafen von Amsterdam. Beim Anschauen dachte ich, es war einfach überwältigend, dagegen war der Flughafen in Berlin-Schönefeld oder Leipzig ein Mückenschiss. Auch die Zahl der Starts und Landungen war verblüffend.
Vom Himmel kamen die Flugzeuge wie an einer Perlenschnur aufgereiht. Ich sah auf die Uhr, wir hatten jede 2 Minuten einen Start und dann wieder eine Landung. Eigentlich war es für mein Gehirn einfach zu viel, dies zu Begreifen.

Vom Flughafen aus fuhren wir in die Innenstadt. Wir suchten uns dort einen Parkplatz und gingen zu Fuß weiter. Amsterdam war wirklich eine schöne Stadt, mitten auf den Marktplatz stand eine sehr große Drehorgel. Sie spielte ein Lied, da kamen mir die Tränen. Es war natürlich: „Tulpen aus Amsterdam."

Wenn ich daran dachte, dass ich vorige Woche noch nicht wusste, ob ich in den Westen fahren durfte, heute aber hier in Amsterdam war, wie gesagt, mir kamen die Tränen. Die vielen kleinen Kanäle, die Amsterdam durchliefen und auch die sehr schönen Häuser, alles war für mich neu und aufregend.

Wir suchten uns ein nettes Lokal. Mein Cousin hatte eine Ansichtskarte gekauft, die wollten wir an meine Frau schicken. Karl Ludwig schrieb, dass er meine Frau recht herzlich grüßt, auch sein Cousin ließ Grüße ausrichten. Mit dem Cousin war natürlich ich gemeint. Meine Frau würde es ja bestimmt mitbekommen.

Nach dem Lokalbesuch suchten wir einen Briefkasten für die Karte und schlenderten weiter durch die Stadt. Dann meinte mein Cousin zu mir, da drüben fängt das Rotlichtviertel von Amsterdam an. So etwas gab es in der DDR nicht. Nur zur Leipziger Messe wurden Puffs in größeren Hotels von der Stasi betrieben, um Westgeld abzuschöpfen. Ich erzählte Karl Ludwig, dass man in Moskau auch einen Puff aufgemacht hatte. Er hörte mir aufmerksam zu und fragt:

„Gibt es dort auch so etwas?" Ich antworte mit einem klaren: „Nein."

Doch ich erzählte den Witz von Moskau weiter: „ Der Puff war nun ein Vierteljahr offen, aber es kamen keine Freier. Da musste der Puff Manager zur Parteileitung kommen und erklären, warum der Puff nicht lief. Er berichtete, dass es nicht an der Einrichtung liegen könnte, denn sie waren in Westdeutschland und hätten sich die Einrichtung dort abgeschaut. Von Paris hätten sie die Küche mit den Speisen übernommen. Aus Italien hätten sie sich die knappe Bekleidung der Nutten abgeschaut. Und an den Nutten könnte es auch nicht liegen, denn die hätten alle wenigstens 50 Jahren Parteizugehörigkeit!"

Karl Ludwig verstand und lachte, meinte aber dann zu mir: „In solch einen alten Saal möchte ich auch nicht tanzen!"

Wir bummeln noch ein bisschen durch Amsterdam, gingen zurück zum Auto und fuhren wieder in Richtung Deutschland. Kurz vor der Grenze machten wir in einem riesengroßen Blumencenter halt und kauften die Balkonpflanzen. So viele Blumen und Pflanzen hatte ich noch nie auf einer Fläche gesehen, das war schon eine Augenweide. Von dort aus fuhren wir weiter Richtung Duisburg und wieder standen an der Grenze keine Grenzsoldaten oder Zollbeamte. Mir wollte das nicht in den Kopf, es waren doch auch 2 verschiedene Staaten. Karl Ludwig erklärte mir, dass hier nur die Außengrenzen von Europa bewacht wurden und dass man nur dort Kontrollen machen würde. Am Abend gegen 19.00 Uhr waren wir wieder bei meiner Cousine angekommen, es gab gleich Abendbrot. Sie hatte frische Brötchen geholt und Thüringer Mett dazu.

Das schmeckte allen sehr gut, dazu hatte sie uns eine Tasse Krönung aufgebrüht.

Auch Günter war schon von seiner Arbeit zurück, er zog sich um und sie meinte: „Beeile dich, heute ist „Happy Hour" in unserer Stammkneipe, da kostet jedes Getränk nur 80 Pfennige".

Also nichts wie hin, schon um 20:00 Uhr saßen wir wieder an der Theke.

So langsam trudelten alle wieder ein, Onkel Karl, Tommy, Karl Ludwig kam mit seiner Frau, Ute, meine Cousine kam etwas später. Es ging wieder heiß her, es wurde diskutiert und debattiert, auf die Regierung und auf die Arbeit geschimpft, das alles so teuer wäre und dass der Wirt seine Bierpreise an jedem Tag, so wie heute, verkaufen könnte. Dann ging es wieder um das liebste Thema der Deutschen, den König Fußball. Sie schimpften über Bayern München, dass die alle Fußballclubs in Deutschland kaputt machen und jeden besten Spieler weg kaufen würden. Ein weiteres Thema war die DDR.

Eddi meint zu mir: „Ihr könnt uns wirtschaftlich nie einholen." Da meldete ich mich zu Wort und gebe eine Losung unserer Partei der SED zum Besten: „Wir werden euch Überholen, ohne Einzuholen!" Die ganze Kneipe lachte, Eddi fragte:

„Wie geht das denn?" Ich antwortete: „Das werdet ihr schon irgendwann noch sehen!" Alles lachte und ich lachte auch mit.

Aufgedreht, wie ich nun war, erzählte ich den Witz, in dem sich drei Länder stritten, wer den besten Gummi hat:

„Der Engländer meinte, wir haben das besten Gummi. Neulich war ein Tourist von der Brücke des Tower gefallen, schnell hatte er geistesgegenwärtig seine Hosenträger um einem Stuhlsitz gehängt, ein Meter über dem Erdboden war er ausgependelt.

Der Ami sagte, das war doch nichts. Bei uns ist einer aus einem Wolkenkratzer gefallen, der hatte auch geistesgegenwärtig sein Kaugummi an die Wand des Wolkenkratzers geklebt, er pendelte dann ebenfalls ein Meter vor der Straße aus.

Der Ostdeutsche lachte nur und meinte, das war alles nichts. Als man hier den Fernsehturm in Berlin gebaut hatten, war ein Bauarbeiter von ganz oben heruntergefallen. Der Bauarbeiter war sofort tot, aber die Gummistiefel waren noch tadellos in Ordnung."

Wiederum lachte die Kneipengesellschaft mit und Onkel Karl meinte nur: „So kann man das auch sehen."

Heute waren die Billardspieler am Tisch und ich schaute zu, diese Art Billard kannte ich jedoch nicht. Diesen Sport hatte ich zwar schon einmal im Fernsehen gesehen, aber nie im Original. Man merkte mir das Interesse sicher an, denn einer der Spieler sprach mich an: „Möchtest du mitspielen?"

Natürlich bejahte ich sofort und durfte mitspielen, hatte jedoch keine Chance zu gewinnen, obwohl ich mich nicht dumm anstellte.

Heute gingen wir schon früh wieder nach Hause. Es war erst kurz nach Mitternacht.

Am anderen Morgen holte ich wie immer Brötchen, heute war ich mit meiner Cousine allein. Ich half ihr beim Aufräumen, sie fragte mich, ob ich das Altpapier in den Keller, in den vorgesehen Papierbehälter, bringen würde. Als ich am Behälter ankam und ihn öffnete, lagen in dem Behälter Unmengen von Zeitungen.

Ich holte sie heraus und schaute sie mir erst einmal an. Dann kam mir der Gedanke, diese mit nach Hause zu nehmen. Meine Frau las gern Zeitungen und Westzeitungen im Besonderen. Also suchte ich mir die schönsten Zeitungen heraus und nahm sie mit nach oben in die Wohnung meiner Cousine. Meine Cousine schimpfte über den Dreck, den ich angebracht hatte, doch ich war ganz stolz, dass auch Pornozeitungen „die Praline" dabei waren.

„Die nehme ich mit", meinte ich.

„Las dich man erwischen!", antwortete meine Cousine.

„Du hast ja Angst, wie meine Frau. Es wird schon nichts passieren!", war meine Antwort und ich brachte die Zeitungen zu meinem Koffer.

Heute wollte ich meinem anderen Onkel einen Besuch abstatten, es war der Bruder meiner Mutter. Er wohnte im selben Stadtviertel wie meine Cousine, aber irgendwie waren sie sich nicht grün. Sie hatten sich über das Erbe meiner Großeltern gestritten.

Ja, wenn es um das liebe Geld ging und dabei war dort auch nicht viel zu holen gewesen. Meine Mutter hatte ja auch etwas bekommen, es waren gerade mal 300 DM gewesen Über so wenig Geld braucht man sich nicht streiten, war meine Meinung dazu..

Ute meine Cousine meinte zu mir: „Das waren damals Lappalien, aber dein Onkel könnte ja den ersten Schritt machen, warum immer ich?"

Ich zog mich an und ging über die Fischerstraße zum Haus meines Onkel Hans. Er wohnte dort in einem Siedlungsblock, dieser Block war um 1900 aus Backstein gebaut worden und alles stand nun unter Denkmalsschutz.
Jede Wohnung hatte ihren eigenen Eingang, 15 Wohnungen hatte der Block. Der ganze Block war zweistöckig, alle Fenster und Türen waren grün gestrichen.

Hier lebte schon meine Mutter mit ihren Eltern, 1938 waren sie dort hingezogen. Wehmütig dachte ich daran, dass es für mich Erinnerung und auch ein Stück Heimat war. Als ich noch Kind war, besuchte ich meine Großeltern jedes Jahr, manchmal auch zweimal.
Als ich dann 14 Jahre alt wurde, machte die DDR die Grenze dicht und die Besuche hier fanden ein jähes Ende. Es war schon ein dummes Gefühl , nach 36 Jahren in die Wohnung zukommen, in der ich meine Wurzeln hatte.
Ich klingelte, doch es hörte keiner es. Plötzlich ging die Nachbartür auf, ich dachte, Frau Zech stand nun dort, ich konnte mich noch genau an sie erinnern. Sie hatte Zwillinge, Jungen, die waren vielleicht ein Jahr jünger als ich, mit denen hatte ich hier immer gespielt. Ich durfte sogar mit ihrem luftbereiften Roller fahren.

Die Frau sagte zu mir:

„Der Hans ist da, er sitzt bestimmt in seinem Keller. Gehen sie mal hinten durch den Garten, da steht bestimmt die Kellertür auf."

Es war eine jüngere Frau, sie musste dann wohl einen der Zwillinge geheiratet haben. Also ging ich hinten herum, in den Garten, wenn man das dazu überhaupt sagen konnte. Es war ein kleiner Garten, aber sehr aufgeräumt. Es war ein 5x 15 Meter großes Rasenstück mit einer kleinen Blumenrabatte dran. Auf der Rabatte blühten ein paar Tulpen. Am Haus stand eine Hollywoodschaukel und davor ein Tisch. Es war Südseite, also hatte man fast den ganzen Tag Sonne, zum Sitzen ein idealer Fleck.

Zu den Nachbarn hin war links, wie rechts eine Hecke, ein schmaler Gartenweg führte zum Kellereingang, den man über eine Treppe erreichte. Ich machte das Gartentor auf, neben dem Gartentor standen, genau wie früher, die Müllkübel. Ich ging auf dem Gartenweg weiter zum Kellereingang, der offen war und ich sah Onkel Hans dort sitzen. Er drehte sich Zigaretten, war so in seine Tätigkeit vertieft, dass er mich gar nicht bemerkte.

Ich rief: „Hallo!"

Ein kurzes: „Ja!" kam zur Antwort.

Ich sagte: „Guten Tag Onkel Hans."

Doch ich bekam keine Antwort, stattdessen starrten mich zwei Augen ungläubig an. Es dauert eine Weile, bis er antwortete:.

„Willi, wo kommst du denn her?"
Ich begrüßte meinen Onkel erst einmal, drückte ihn.

Wir hatten uns vielleicht schon 17 Jahre nicht mehr gesehen. Das letzte Mal war er zu silbernen Hochzeit bei meinen Eltern zu Besuch. Ich hatte da gerade meine Frau kennengelernt. Mein großer Sohn war ja jetzt schon 16 Jahre alt.

Er hatte sich gefangen und fragte mich sehr erstaunt:

„Wo kommst du denn her? Bist du abgehauen?"

„Nein", sagte ich.

„Ich bin auf der Hochzeit von Anna. Das ist der Grund, dass sie mich aus der DDR haben fahren lassen. "
„Von der Hochzeit weiß ich nichts", meinte er. „Ist auch egal, Hauptsache man hat dich mal nach Duisburg fahren lassen."

Er fragte dann, wie lange ich noch bleibe würde.

„Bis nächsten Montag!. "

„Na, da können wir ja noch etwas unternehmen", bekam ich zu Antwort. Er holte mir sofort ein Bier und fragte, ob ich was Essen wolle. Ich hörte, wie oben die Wohnungstür aufging. Waltraud, seine Frau und sein Sohn Hansi kamen. Mein Onkel hatte sie gehört und rief sie sofort, auch sie waren verblüfft, mich dort sitzen zu sehen.

Ich erkläre wieder, dass ich bei Anna zur Hochzeit eingeladen war.

Waltraud ging dann in die Wohnung und packte den Einkauf weg. Hansi setze sich zu uns, wir erzählen alle, was in den Jahren bei jedem so geschehen war. Hans schüttelt zwischendurch immer wieder den Kopf, er konnte es gar nicht glauben, dass ich hier saß. Dann rief uns Waltraud hoch, schimpft mit Onkel Hans, dass man keine Gäste im Keller empfängt. Ich muss dazu sagen, es sah gar nicht wie ein Keller aus. Es war eine kleine Fischerstube, ein Netz hing an der Decke, die Wände waren getäfelt, eine schöne Eckbank mit einem Tisch und 2 Stühlen standen im Raum. Ein Fernseher stand auf einer Konsole, die an der Wand angeschraubt war. Links steht ein Büfett, in dem Andenken von der Nordsee waren. In den Ecken waren zwei Schiffspositionslampen angebracht. Wie gesagt, eine kleine originelle Fischerstube.

Wir gingen hoch, Waltraud hatte Kaffee gekocht und auch noch Mettbrötchen gemacht. Wir gingen in das sehr schön eingerichtetes Wohnzimmer. Als ich das so sah, versuchte ich zu überlegen, wie es hier ausgesehen hatte, als Oma und Opa noch hier noch lebten. An der Wand entdeckte ich sogar noch das Bild mit den Schusterjungen, das hing damals schon im Wohnzimmer meiner Großeltern.

Die Stube kam mir jetzt ziemlich klein vor, früher fand ich sie riesig. Es lag wohl daran, das ich Kind und klein war und Kinder sehen die Verhältnisse anders. Mein Onkel kam noch immer nicht darüber hinweg, dass ich hier in Duisburg war. Er wundert den ganzen Besuch über herum.

Ich blieb vielleicht zwei Stunden dort, dann ging ich los und wir verabredeten uns für den übernächsten Tag. Ich sollte zum Mittag kommen und dann den ganzen Nachmittag bleiben.

Auf den Rückweg ließ ich mir Zeit. Ich schaute mir das Wohnviertel genauer an. Ich dachte so bei mir, hier war also die Wurzel meiner Mutter, hier war sie aufgewachsen.

Ich erkannte die kleine Kneipe an der Ecke, sie hieß Sportecke. In der war ich am ersten Weihnachtstag 1960 mit meinem Opa zum Frühschoppen gewesen. Ich wusste das noch so genau, weil es der letzte Besuch vor dem Mauerbau 1961 in Duisburg war. Wir wollten im Juli 1961 wieder fahren, meine Mutter und ich und da hatte man uns nicht fahren lassen. Als ich nun so vor der Kneipe stand, überkam mich die Erinnerung und ich ging hinein. Es war ziemlich leer, nur ein Spieler saß vor dem Spielautomaten und spielte. Ich setzte mich an die Theke, bestellte ein Bier und einen „Steinhäger ", genauso, wie es Opa damals gemacht hatte. Opa hatte dazu immer gesagt, er möchte einen Steinpilz. Ich bekam von ihm dann immer ein Malzbier und einen Kinderschnaps, der Schnaps war wohl Fanta oder Zitronen Brause, war aber auch in einem Schnapsglas. Genau so ein Schnapsglas, woraus mein Opa seinen „Steinhäger" trank.

Ich frage den Wirt, wie die Geschäfte so laufen. Er meinte schlecht, seitdem der MSV Duisburg aus der ersten Bundesliga abgestiegen sei, kämen nicht mehr so viele Zuschauer, logischerweise auch nicht mehr so viele Gäste. Das Wedau-Stadion lag vielleicht eine halben Kilometer entfernt. Wir kamen ins Gespräch und ich erzähle ihm von meinem Opa und warum ich gerade hier sitze.

Er erzählte mir dass er die Kneipe erst 5 Jahre hätte und darum meine meinen Opa nicht kennen gelernt hätte. Doch als er hörte, dass ich aus der DDR war, schenkte er noch mal ein Bier ein. Er bot mir auch einen „Steinhäger" an, doch der schmeckt mir nicht. Er erzählte mir noch, dass Verwandtschaft von ihm in der DDR wohnen würde.

Es war gar nicht so weit von meinem Wohnort entfernt, vielleicht 30–40. Kilometer. Er war mit seiner Familie auch während des Krieges in den Harz evakuiert worden.

Er war damals aber noch ein Kind, könnte sich deshalb nicht mehr daran erinnern. Sein Bruder war Soldat, hatte sie dort besucht, dabei seine große Liebe gefunden und so hat es ihn dort hin verschlagen. Ich erzählte ihm, dass es bei meiner Mutter ähnlich war, auch sie hatte meinen Vater dort kennengelernt.

Und so unterhielten wir uns noch ein wenig, genau genommen ungefähr 5 Biere lang

Ich merkte, Wilhelm du musst jetzt aufhören, ansonsten bist du besoffen. Ich wollte bezahlen, doch der Wirt meinte zu mir:

„Es ist schon gut." er gab mir noch einen Bierdeckel, darauf war die Sportecke abgebildet.

Ich verabschiedete mich und ging. Doch ich kam nicht weit. Da war plötzlich noch der alte Tante Emma Laden, der sah genau wie früher aus, „Mocken", hieß er. Hier musste ich immer für Oma einkaufen gehen. Aber nur das, was Oma noch so fehlte. Sie ging ja selbst zweimal die Woche auf den Markt und dort wurde alles ganz frisch gekauft. Ich musste höchstens mal ein Stück Butter oder eine Tüte Mehl holen. Dazu gab sie mir immer passend Geld mit. Das hasste ich, manchmal fehlten 1 oder 2 Pfennige, ich musste dann gleich noch mal hinlaufen und das restliche Geld hinbringen.

Ich ging in den Laden, es war so, als wäre ich noch einmal Kind. Bis auf ein paar Kleinigkeiten hatte sich die Einrichtung nicht verändert. Ich glaubte, es war sogar noch die gleiche Verkäuferin, nur ein bisschen älter, mir erschien sie uralt. Ich holte mir wie früher zwei Kugeln Kaugummi und ich frage die Verkäuferin, ob sie noch die alte Frau Reusch kannte? „Natürlich kannte ich noch die Frau Reusch, ich habe jetzt fast über 40 Jahre dieses Geschäft." „Dann kennen sie mich auch", sagte ich, „Ich bin der Enkel aus dem Osten, der Sohn ihrer ältesten Tochter."
Sie meinte dann sofort:

„Der Enkelsohn aus dem Osten! Das hat ihre Großmutter immer bedauert, dass ihre Tochter im Osten wohnt. Ihre Großmutter war eine sehr gute Frau und sie hat sehr darunter gelitten, dass ihre Tochter sie in den letzten Jahren nicht besuchen konnte. Es ist ja auch Scheiße was die da drüben machen."

Wir unterhielten uns noch ein bisschen und dann ging ich weiter.

Plötzlich stand ich an dem kleinen Fluss Beeck. Bach hieß auf rheinländisch Beck. Hier habe ich immer gespielt, hier war ich auch beim Fische fangen des Öfteren ins Wasser gefallen. Ertrinken konnte man nicht, denn es war wirklich nur ein Bach. Auch der alte Spielplatz mit der Schaukel war noch da. Zwar nicht mehr mit denselben Spielgeräten, nein, natürlich waren sie andere. Aber der Platz war noch an der selben Stelle. Ich ging ganz bewusst durch das Stadtviertel, erkannte noch vieles. Es war etwas Besonderes, es war eben Vergangenheit und das hat mir die DDR 27 Jahre verwehrt. Man darf darüber gar nicht nachdenken. Es war gerade so, als wäre man 27 Jahre im Knast gewesen.

Das Urteil lautete: „Lebenslänglich DDR".

Ich kam an die Hauptverkehrsstraße, um sie zu überqueren, musste ich zu einer Ampel gehen. Die Ampel hatte rot und sprang nach einiger Zeit auf gelb und dann auf grün. Auch das fand ich sehr durchdacht, die Ampel machte ein scharendes Geräusch, wenn sie auf grün für Fußgänger, umschaltete. Das war bestimmt für Blinde gedacht, damit auch sie akustisch erkannten, wann grün war. Man konnte sich an jeder Ecke nur wundern. Ich kam dann wieder zur Geschäftsstraße, in die Fischerstraße.

Dort ging ich in die Kaufhalle für tausend Sachen und ließ mir auch hier bewusst Zeit. Ich schaute nach Geschenken für meine Frau und für meine Kinder. Ich fand viele Dinge, über die sie sich bestimmt freuen würden und kaufte Jeans für beide Kinder, für jeden noch einen Pulli und Turnschuhe. Die Geschenke für meine Frau mussten noch ein bisschen warten, denn ich wollte auch noch in die Innenstadt, auf die Königsstraße. Die Königsstraße war die Einkaufstraße von Duisburg, hier waren alle großen Kaufhäuser angesiedelt. Das wollte ich am Ende der Woche machen. Ich ging nach dem Einkaufen wieder zu meiner Cousine und zeigte ihr meinen Einkauf. Sie schaute sich alles ganz genau an und meinte dann.

„Gut gekauft."

Sie war am Saubermachen und bat mich wieder das Altpapier in den Keller zu bringen und in die dafür vorgesehene Kiste zu legen. Ich ging in den Keller, fand auch gleich die Kiste und wollte das Papier hineinlegen. Doch was sahen da meine Augen, vor mir musste ein Mitbewohner des Hauses seine neuen Illustrierten entsorgt haben. Das war doch mal wieder ein super Fund für mich. Ich nahm mir die illustrierten Zeitungen aus der Kiste, schaute sie schnell durch und sortierte sie dabei, die wollte ich für meiner Frau mitnehmen. Es waren sehr viele Zeitungen der „Bunten" dabei, aber auch die „Praline", die war natürlich für mich. Ich entsorgte unser Altpapier und ging dann mit den aussortierten Zeitschriften nach oben in die Wohnung. Meine Cousine schlug die Hände über den Kopf zusammen und sagte „Was bringst du denn da für einen Müll wieder mit? Du bringst mir noch die Krätze in die Wohnung." „Ach was, das sind doch nur Zeitschriften, die möchte ich mit nach Hause nehmen", sagte ich. „Na, lass dich man an der Grenze erwischen, dann geht es ab nach Sibirien", meinte sie. „Mehr als wegnehmen, können sie mir die auch nicht", war meine Antwort!

Karl Ludwig war inzwischen gekommen, nahm sich eine Praline und blätterte sie durch.

„Guck mal", sagte er, „die hat ganz schöne Titten!" Und zeigte mir eine Seite aus der Zeitung. Nun wurde es meiner Cousine zu bunt, sie nahm ihm die Zeitung aus der Hand und schimpfte vor sich her. Sie legte die Zeitschrift auf den Zeitungsstapel und sagte zu mir:

„Die kannst du dir mit deiner Frau zusammen anschauen."

Das Thema war damit abgeschlossen. Karl Ludwig lud mich ein, mit ihm nach Düsseldorf auf die KÖ zufahren, da würden wir das in Natura sehen. Ich lache und Karl Ludwig sagte dann: „Komm, wir fahren und ich zeige dir mal die längste Theke der Welt."

Und so kam ich nach Düsseldorf und sah hier die längste Theke der Welt. Wir hielten uns vielleicht zwei Stunden dort auf und fuhren dann wieder zurück. Bei meiner Cousine war keiner zu Hause, Karl Ludwig meinte, lass uns noch beim Türken etwas essen gehen und dann gehen wir zur Stammkneipe von Günter, dort finden wir sie bestimmt.

Wir holten uns vom Türken einen Döner und ich aß das erste Mal im meinem Leben einen Döner. Mein Geschmack war es nicht, denn der Türke hat eine weiße Knoblauch Sauce darüber gemacht. Ich ließ mir aber nichts anmerken und aß den Döner auf. Dann fuhren wir zu Neuss, so hießt die Stammkneipe und wirklich dort waren sie alle wieder.

Ich bekam sofort ein Pilsener und Eddie fragte gleich, ob ich einen neuen Witz kenne? „Ja", meine ich, „aber es ist ein Polizeiwitz und ob mein Cousin Karl Ludwig ihn hören möchte weiß ich nicht. Ich möchte es mir nicht mit Karl-Ludwig verderben."
Der lachte und meinte: „Erzähle, zwischen unserer Polizei und eurer Polizei ist ein himmelweiter Unterschied, darum fühle ich mich nicht angesprochen."

Ich fange an:

„In unserer Kreisstadt saß auf der Bahnhofstreppe am Bahnhof ein Polizist.

Dieser Polizist war am Weinen und konnte gar nicht mehr aufhören.

Ein altes Mütterchen ging die Bahnhoftreppe herunter und sah das.

Sie fragte den Polizisten, warum er weint? Dieser antwortete ihr dann:

„Mein Hund ist weggelaufen." Das Mütterchen antwortete:
„Das ist doch nicht schlimm, der findet allein nach Haus, darum brauchen sie doch nicht weinen." Der Polizist antwortete: „Das stimmt, der findet allein nach Haus, aber ich nicht." -

Eddie und die anderen Gäste lachten und der Wirt stellte mir sofort ein neues Bier hin. Es wurde noch ein lustiger Abend. In der Ecke saßen noch drei Gäste, die spielen Skat. Und ich frage Eddie, wer der schlechteste Skatspieler auf der ganzen Welt war? Der zuckte mit den Achseln und ich antwortete.
„Na, Walter Ulbricht." Warum, fragte Karl-Ludwig? Ich darauf:

„Weil der nur bis 13 reizt und dann anfängt zu mauern." Eddie hatte den Witz nicht richtig verstanden und musste nachfragen ob noch etwas kommt. Karl-Ludwig meinte: „Du Jack, verstehst du nicht? 13. August, Mauerbau!" Nun lachte auch Eddie, er hatte jetzt den Witz verstanden.

Es wurde wieder um 1.00 Uhr bis wir zu Hause waren. Am nächsten Morgen stand ich mit Günter zusammen auf, ich wollte mit ihm in die Innenstadt. Er nahm mich im Auto mit, setzte mich in der Königsstraße ab und fuhr weiter zur Arbeit. Ich wollte mir mal einen Tag alleine gönnen und dabei meiner Frau ein schönes Mitbringsel kaufen. Da stand ich nun auf der größten Einkaufsmeile Duisburgs. Es war 11.00 Uhr und ich ging langsam die Allee herunter oder vielleicht auch hinauf. Ich schaute mir dabei die Schaufenster an, als mich plötzlich ein kleines Mädchen am Arm fasste. Sie war vielleicht 10 oder 11 Jahre alt und gab mir einen Zettel. Auf dem Zettel stand in Druckbuchstaben:

„Ich komme aus Rumänien und habe Hunger. Mein Vater ist tot und meine Mutter hat keine Arbeit. Ich habe noch 5 Geschwister und bitte um eine milde Gabe."
Ich las den Zettel und gab ihn der Kleinen zurück. Dann kramte ich in der Tasche, holte ein Fünfzigpfennigstück heraus und gab es ihr. Sie nahm das Geld, drehte sich herum und weg war sie, nur „Danke" hatte sie nicht gesagt. Ich schaute noch hinterher, als mich ein älterer Mann ansprach. „Da haben sie aber Glück gehabt, dass sie das Geldstück lose in der Hosentasche hatten, die Kinder hier sind spezialisiert Portmonees zu klauen. Schauen Sie lieber gleich nach, ob sie ihres noch haben!"

Mein Griff ging sofort an die Gesäßtasche und mir fiel ein Stein von Herzen, es war noch da. Das wäre schlimm gewesen, wenn die Kleine mir das Portmonee geklaut hätte. Mein Geld war da drin, was ich geschenkt bekommen hatte.

Ich ging weiter und hörte auf einmal Musik in der Fußgängerzone, es spielte eine südamerikanische Gruppe. Es war eine reine Panflöten-Gruppe, es hört sich unheimlich gut an. Sie hatten ihre südamerikanische Trachten an, ich blieb einige Zeit stehen und hörte zu. Auch diese Musiker bettelten um Geld, aber dieses Mal gab ich nichts.

Ich bummelte weiter und kam dann zu C&A. Neben den Eingang saß wieder ein Bettler. Er saß regungslos da und hatte einen Armeekampfanzug an, als Bettelschale diente ein alter Stahlhelm von der Armee. Vor ihn lagt ein Schäferhund und ein Schild, auf dem man lesen konnte:

„Ich habe Hunger und mein Hund auch!"

Ich schaute nur kurz und ging dann in das C&A hinein. C&A, so nannten wir in der DDR die sowjetische Armee, weil sie die Abkürzung C&A an ihren Fahrzeugen zu stehen hatten. Das C stand für ein S (Sowjetunion), denn in der russischen Schreibweise war das C ein S und das A stand für Armee. Wir sagten im Spaß immer Camping in Alemannia, aber so sah es hier nicht aus. Dieser West C&A war ganz etwas anderes.

Ich kam vor Staunen gar nicht richtig weiter. Solch einen Warenüberfluss an Textilien hatte ich noch nie gesehen. Es war wie ein Traum für mich, durch die einzelnen Abteilungen zu gehen.

Ich blieb bestimmt zwei Stunden in dem Geschäft , fand auch etwas für meine Frau und für mich und kaufte ich noch einige Sachen für meine Kinder. Ich dachte für mich, hier war eine Traumfabrik im Schlaraffenland. An Textilien gab es alles, was das Herz

196

begehrte. Natürlich war mir klar, dass man auch im Schlaraffenland Arbeit haben musste, um sich all die schönen Dinge leisten zu können. Doch zum Vergleich zu uns, hatten wir kein gleichwertiges Textilgeschäft. Dagegen fand ich nun, dass selbst das Kaufhaus am Alex in Berlin, nicht mit diesem hier vergleichbar war und das war eins der besten Warenhäuser in der DDR. Und wieder wünschte ich mir, dass das meine Frau einmal sehen müsste. Doch die Realität war, sie würde das erst im Jahre 2013 sehen können, 2013 würde sie in Rente gehen und wir hätten erst dann die Möglichkeit, zusammen in den Westen zu fahren.

Wir hatten jetzt 1987, was bedeutete, in 26 Jahren wäre es so weit.

Nach dem Einkauf bei C&A bekam ich Hunger. Meine Cousine hat mir dafür extra 20,-DM gegeben, ich sollte essen gehen.

Doch 20,- DM waren für einen DDR-Bürger viel zu wertvoll, um damit essen zu gehen. Also beschloss ich, mir nur ein paar Bananen zu holen, dazu ging ich in einen Supermarkt. Dort lagen so viele Bananen, damit konnte man unseren kleinen Ort reichlich versorgen. Ich ging zu dem Obststand, machte mir 3 Bananen ab. Ich legte die Bananen auf die dort stehende Waage, denn das hatte ich bei anderen Kunden vorher beobachtet. Also machte ich es auch so, doch woher bekam ich das Etikett? Auf der Waage tat sich nichts, ich nahm das Obst wieder runter und versuchte es noch mal, alles in allem versuchte ich das bestimmt 3-4 mal. Dann nahm ich die Bananen, legt sie zurück auf den Obststand und wollte losgehen.

Eine Frau hatte mich beobachtet und fragte mich leicht   lächelnd: „Sie sind wohl nicht von hier?" Ich schaute sie verdutzt an und antwortete: „Nein! Ich bin aus der DDR und bin zu Besuch hier."

„Sie haben wohl da drüben nicht solche Waagen?", meinte sie dann.

Auf mein „Nein" hin, sie fand sich dann bereit, mir diese Waage zu erklären. Sie nahm meine 3 Bananen und legte sie auf die Waage. Auch bei ihr tat sich erst einmal nichts. Dann sagte sie:

„Sehen sie hier oben die Symbolleiste?" „Ja!", „Sie brauchen nur auf das entsprechende Symbol zu drücken und dann kommt das richtige Etikett aus dem Schlitz der Waage. Sehen sie?"

Sie klebte das Etikett auf die Bananen und gab sie mir zurück.

Ich hätte mich am liebsten in die äußerste Ecke verkrochen, so peinlich war mir das.

Das musste man sich mal vorstellen, in der DDR ein Ingenieur und hier so etwas!!!! Zu doof eine Waage zu bedienen, dabei war die Symbolleiste sogar etwas für Kinder und Analphabeten, man brauchte noch nicht mal lesen zu können. Nur auf die abgebildete Frucht zu drücken.

„Nein, Wilhelm, nein, bist du doof", dachte ich. Ich bedankte mich sehr höflich, machte mich so schnell es ging an die Kasse, ich wollte nur noch raus hier. Solch eine Blamage aber auch, ich wäre am liebsten im Boden versunken.

Draußen angekommen, ging ich die Straße wieder zurück, setzte mich auf eine Bank und aß nun meine Bananen. Als ich da so saß, traute ich meinen Augen nicht, ich muss noch mal hingucken.

War er es oder war er es nicht? Es schien mir so, als wäre es mein ehemaliger Klassenkamerad Dieter Graf. Ich stand auf und wollte näher an ihn heran, er kam auf der Königsstraße direkt auf mich zu. Ich sprach in an: „Das gibt es doch nicht! Dieter bist du es?" Und wirklich, ich bekam nach einigem Zögern seine Antwort:
„Ja Willi, ich bin es!"

Und wir lagen uns in den Armen. Dann gingen wir zu der Bank, auf der ich vorher gesessen hatte, ich hatte ja all meine Tüten vom Einkauf dort liegen gelassen. Wir setzten uns erst mal dorthin und ich erzählte ihm, warum ich hier in Duisburg war.

Dieter hatte im ersten Moment auch gedacht, dass ich aus der DDR abgehauen war. Er selbst war vor ein paar Jahren, bei einer Reise nach Kuba abgehauen.

Er hatte das Glück, eine Fahrt mit der Völkerfreundschaft zu bekommen. Die Völkerfreundschaft, war das einzige Luxusschiff, welches die DDR hatte.

Mit ihr durften nur verdiente Arbeiter und Angestellte fahren, sie bekamen das meistens als Auszeichnung, aber die Auszeichnung musste man bezahlen. Dieter hatte diese Reise für hervorragende Arbeit von seinem Betrieb bekommen. Es war eine kombinierte Reise. Flug nach Kuba und Rückreise mit der Völkerfreundschaft. Er hatte Kuba dann aber nie zu Gesicht bekommen. Dieter war damals geschieden und arbeitete in einem Maschinenbaubetrieb der DDR. Sein Betrieb TAKRAF, sie bauten hier **Ta**gebauausrüstungen, **Krä**ne und **F**örderanlagen, war ein sehr wichtiger Betrieb für die DDR.

Aber jetzt wieder zu Dieter. Dieter flog also nach Kuba. Irgendwo gab es eine Zwischenlandung, denn der Tank der Flugzeuge sowjetischer Bauart reichte nicht für die gesamte Strecke.

Bei der Zwischenlandung wurden die Türen des Flugzeugs auf gemacht und da stand plötzlich eine Gangway am Flugzeug. Über diese Gangway versorgte man in solchen Fällen, das Flugzeug mit Essen und Getränke. Dieter saß unmittelbar bei der Tür, nahm die Chance sofort wahr. Er stand auf, war mit nur einem Schritt bei der Tür, drängelte den Steward bei Seite, der hier als Aufpasser stand und rannte die Treppe herunter.

Auf dem Flugfeld lief er dann zu einem Mann vom Wachschutzpersonal, der nur wenige Meter von der Gangway entfernt stand und schrie diesem das Wort:

„Asyl!"zu.

Dieser verstand das Wort auch gleich und orderte sofort über Funk ein Polizeiauto. Zwei Stewards aus dem Flugzeug kamen die Gangway herunter, sie wollten Dieter überreden, wieder in das Flugzeug einzusteigen.

Doch dieser rückte dem Wachmann nicht von der Seite und ließ sich auch nicht von den Stewards beeinflussen. Dies war seine einzige Chance in den Westen zukommen und die wollte er nutzen. Eine weitere Chance würde es nicht mehr geben, wenn er zurückginge.

Er hatte genau im Kopf, was in der DDR mit ihm passieren würde, wenigstens 3 bis 5 Jahre Bautzen, also Gefängnis, wegen schwerer Republikflucht und Verunglimpfung der DDR.

Das Polizeiauto war auch schnell da und transportierte Dieter weg. So kam er später hier her nach Duisburg.

Da wir uns viel zu erzählen hatten, gingen wir in das nahe liegende Restaurant „Nordsee", hier setzen wir uns auf die Terrasse. Dieter bestellte erst mal zwei Bier.

Dort fragte er mich auch, ob ich was essen wollte. Ich hatte schon Hunger und so bestellten wir uns beide eine Portion Nordseescholle. So kam ich doch noch zu meinem warmen Essen.

Dann erzählte Dieter von sich, er wollte eigentlich heute für sich eine neue Jeans kaufen, doch die alte Hose musste nun noch bis morgen halten. Wir beide konnten es immer noch nicht fassen, dass wir uns hier zufällig getroffen hatten. Eigentlich war die Welt doch so groß, aber auch so klein und der Zufall hatte dafür gesorgt, dass wir uns wieder sahen. Wir saßen ca. 2 Stunden dort, es wurden auch noch einige Biere, auch die Sonne meinte es gut mit uns.

Dieter arbeitete jetzt in Bochum, es war ein Energieunternehmen und er verdient gutes Geld.

Dieter war Ingenieur für Kraftwerkstechnik. Er meinte dann zu mir, dass er in zwei Monaten eine Baustelle in Berlin bekommt, traute sich aber immer noch nicht mit dem Auto durch die DDR zu fahren.

Er hatte Angst, dass man ihn an der Grenze fest nimmt und er dann doch noch nach Bauten käme. Das konnte ich gut verstehen, mir würde es genau so gehen, wenn ich in seiner Lage wäre. Und dann sagte er: „Irgendwie werde ich es schaffen, es gibt ja auch Flugzeuge und dann suche ich mir in Berlin eine Wohnung."

Nach zweieinhalb Stunden brachen wir auf. Dieter holte ein Taxi und er fuhr mit mir zu meiner Cousine, dort stieg ich aus und er fuhr allein weiter. Wir hatten uns für Sonntag zum Fußball ins Wedau Stadion verabredet. Hier sollte der Meidericher SV gegen Fortuna Köln spielen, ein Spiel in der dritten Bundesliga. Dieter wollte mich dann bei meiner Cousine abholen.

Ich hatte noch kein Bundesligaspiel live gesehen. Darum freute ich mich. Lieber wäre ich natürlich zu einem Spiel der 1. Bundesliga gegangen, aber der MSV war leider ja abgestiegen.

Als Jugendliche hatten ich früher auch Fußball gespielt, sogar mit Dieter zusammen. Wir waren als Dorfverein eigentlich ganz gut.

Bei den Junioren hatten wir sogar Bezirksliga gespielt. Das war sozusagen die höchste Spielklasse, die es damals für Junioren in der DDR gab. Nur die Oberligavereine hatten für die Junioren eine Junioren-Oberliga.

Wir hatten sogar unsere 1. Mannschaft, die damals Bezirksklasse A spielte, in einem Testspiel mit 7:1 geschlagen.
Das Rückspiel verloren sie dann nochmals mit 2:1.

Als ich dann später in der 1. Mannschaft mit Dieter spielte, hatten wir einmal ein Punktspiel in Halle gegen die 2. Mannschaft vom HFC und zwar im Kurt Wabbel Stadion. Wir spielten hier im Vorspiel für das Pokalspiel zwischen HFC und dem 1. FC Lok Leipzig. Am Ende unseres Spiels waren so ca. 30 000 Menschen im Stadion. Das war schon sehr imponierend. Wir hatten zwar mit 4:1 verloren, aber immer wenn wir am Ball waren, dann tönte die Zuschauerkulisse mit dem Ruf: „Hauruck!" Irgendwie war das deprimierend. Dabei fand ich uns wir gar nicht so viel schlechter, als die 2. Mannschaft vom HFC.

Dafür hatten wir der 2. Mannschaft des HFC im Rückspiel bei uns den Aufstieg vermasselt. Sie hätten es gewinnen müssen, doch es ging unentschieden aus.

In der Wohnung meiner Cousine musste ich alles zeigen was ich gekauft hatte. Sie begutachtete alles und befand auch alles Eingekaufte für gut. Mittlerweile war es fast 17.00 Uhr geworden, als es an der Wohnungstür schellte. Ich ging zur Tür und Karl Ludwig stand dort. Er wollte mich abholen, hatte privat in Köln zu tun und lud mich dazu ein. Natürlich war ich sofort dazu bereit, nur schnell den Kaffee ausgetrunken und dann konnte es losgehen Es ging mit dem Auto über die A3 nach Köln, hier wollte er mit mir zum Kölner Dom.

Was für ein Erlebnis?

Zu dem Dom da,

nach Colonia

da möchte ich hin

ganz einfach hin.

Nach Colonia,

zu dem Dom da

ja der ist schön,

den muss ich sehen.

Kennst du den Fluss da,

bei Colonia,

das ist der Rinn

da möchte ich hin,

nach Colonia,

der ist so schön,

den muss ich sehen.

Zum Fastelovend

und diese Mode,

ja hier am Rhinn,

da möchte ich hin,

das möchte ich sehen

und auch verstehen.

In diese Stadt ja

nicht zu dem Dorf da,

da möchte ich hin

ganz einfach hin.

Die Stadt möchte´ ich sehen,

dort ist so schön.

Unterwegs auf der Autobahn, das war schon gigantisch. Ich staunte über Karl Ludwig, wie er dieses hohe Verkehrsaufkommen hier beherrschte.

Überhaupt am Leverkusener Kreuz, die vielen Spuren, hier musste man gewaltig aufpassen, dass man sich nicht verfuhr. Doch dank Karl Ludwig passierte uns das nicht, wir kamen gut in Köln an.

Ich sah den Kölner Dom schon von weitem und freute mich, ihn dann aus der Nähe zu sehen.

Karl Ludwig erledigte seine privaten Dinge, ich blieb so lange im Auto sitzen. Danach fuhren wir in die Innenstadt, er parkte wieder in einem Parkhaus. Von dort aus gingen wir zu Fuß in die Innenstadt. Dann stand ich vor dem Kölner Dom. Davon hatte ich vor 8 Tagen noch nicht mal geträumt, es war schon ein imponierendes Bauwerk. So hoch hatte ich mir den Dom gar nicht vorgestellt. Wir gingen einmal um den Dom herum, für mich war es wie ein Traum.

Der Hauptbahnhof lag mitten in der Innenstadt, direkt gegenüber vom Dom. Auch dort schauen wir vorbei, es hielt gerade ein Intercity. Mit solch einem Intercity wollte ich irgendwann auch einmal fahren. Vom Bahnhof aus schlenderten wir in die Altstadt, ein Kölsch trinken. Karl Ludwig meinte zu mir:

„Kölsch ist kein gutes Bier, Pils schmeckt besser", doch ich sollte es einmal probieren. In der Kneipe mit Namen „Papa Jo" , machten wir halt. Es war eine sehr schön hergerichtete Gaststube, alles war auf alt gemacht. Wir saßen kaum, da kam schon der Köbes und brachte uns ein Kölsch, eine Bestellung hatten wir noch gar nicht abgeben. Ich war erstaunt, wie schnell das hier ging, im Kulturhaus in unserem Ort dauerte das wenigstens 10 Minuten, bis der Kellner kam.

Aber das konnte man so nicht vergleichen. Diese Einrichtung war privat und ein Privatmann musste verdienen, um leben zu können. Unsere Einrichtungen gehörten dem Konsum oder der H O, dem Kellner dort war es egal, ob ein Gast kam oder nicht. Denn ihr Geld bekamen sie am Monatsende, ob sie viel oder wenig gemacht hatten. Bei jedem Gast, der in die Gaststätte kam, rümpften sie erst mal die Nase.

Das Kölsch war wirklich nicht mein Geschmack. Es schmeckt mir einfach nicht besonders. Da zog ich ein gutes Glas Pils vor.

Am liebsten trank ich „Wernesgrüner" Pils, das war nicht so herb und auch nicht zu fade, es war einfach sehr süffig. Leider bekam ich es nicht bei uns im Ort. Unsere „Plempe" aus dem Harz trank ich nicht gerne. Ich konnte mir vorstellen, dass man zum Brauen für unser Harzer Bier nicht die richtigen Zutaten, wie Hopfen und Malz, nahm. Vielleicht nur irgendeinen Ersatzstoff , denn so schmeckte es auch. Nach drei Tagen im Sommer, war das Bier in den Flaschen trübe oder die Hefe schwamm auf dem Boden der Flasche. Darum kaufte ich mir gar kein Flaschenbier mehr. Im Delikat gab es ab und an Lagerbier, da kaufte ich mir dann schon mal öfter ein paar Flaschen.

„Wernesgrüner" Pils brachte ich mir immer von der Messe aus Leipzig mit. Da ich im Frühjahr und im Herbst immer zur Messe musste, holte ich mir dort einen Kasten, da wir meistens mit dem Dienstauto zur Messe fuhren, was das problemlos. Für die Messestände gab es einen Messeshop. Hier durften nur die Aussteller mit ihrem Messeausweis einkaufen, das gewöhnliche Volk nicht.

Dort im Messeshop gibt es auch andere gute Sachen, man konnte hier im März, wenn Messe war, schon Tomaten, Gurken und vor allem für meine Kinder Bananen kaufen. Wenn ich zur Messe fuhr, warten meine Kinder jeden Abend bis ich nach Hause komme, denn ich hatte für sie immer schöne Sachen mitgebracht. Tomaten und Gurken bekam man, wie ich schon vorher schrieb, erst ab Juni, Juli bei uns zu kaufen. Ich versorgte uns dann aus unserem Folienzelt und dem Garten

So brauchte ich mich nicht im Konsum anstellen, wenn es die frühen Tomaten und Gurken gab. Wir mussten in der DDR lange alte Kartoffel essen, die DDR importierte kaum neue, nur in Berlin bekam man sie bestimmt. Darum waren auch die meisten DDR-Bürger auf die Berliner nicht gut zu sprechen. Die DDR zog ihre Hauptstädter schon vor. So gab es für Berlin auch extra vor Weihnachten die „Berlin Versorgung", dafür musste auch unser Betrieb zweimal wöchentlich nach Berlin und die Fertigwaren, also Klamotten, dort hinbringen.

Die Menschen der übrigen DDR waren der Regierung völlig schnuppe, egal, ob da ein Feiertag war oder nicht, Hauptsache Berlin war gut versorgt.

Der Köbes kam sofort, als wir ausgetrunken hatten, an den Tisch, wollte uns ein neues Kölsch hinstellen, doch wir wollten lieber bezahlen. Auf dem Weg zum Auto, schaute ich mir nebenbei die Kölner Altstadt an. Irgendwie fand ich sie sehr schön. Meine Gedanken waren wieder bei mir wieder zu Hause , warum durfte ich nicht mit meiner Frau nach Köln fahren und mit ihr den Kölner Dom anschauen? Was war hier politisch dabei, wer sollte hier mein Klassenfeind sein? Hier liefen Menschen herum, wie du und ich. Sie hatten genauso zu kämpfen, wie ich in meinem Alltag, es war einfach Dummheit, was die DDR mit uns machte. Es war wirklich das größte Gefängnis der Welt und dort drin waren 17 Millionen Menschen eingesperrt. Uns allen könnte es viel, viel besser gehen. Wenn man sich nur ausrechnete, was die DDR für Geld ausgab, um ihre sogenannte Staatsgrenze zu sichern, welchen finanziellen Aufwand sie dafür betrieb?

Am Auto angekommen, fragte ich Karl Ludwig, wie weit ist es bis zur Glockengasse sei.

Es wäre nicht so weit, war seine Antwort, er hatte den Motor schon gestartet und wollte losfahren. „ Dazu muss ich aber irgendwie auf die andere Straßenseite", meinte er.

Kurzer Hand drehte er und schon waren wir auf der anderen Straßenseite. Wir fuhren so ca. 500 Meter, als sich plötzlich ein Polizeistreifenauto vor uns setzte und uns mittels der roten Kelle zum Anhalten zwang.

Karl Ludwig fuhr rechts heran und stieg aus, das Polizeiauto stellte sich so hin, dass wir nicht mehr wegfahren konnte. Aus dem Polizeiauto stiegen ein Polizist und eine Polizistin.

Der Polizist ging auf Karl Ludwig zu : „Allgemeine Verkehrskontrolle, bitte zeigen Sie mir ihre Fahrzeugpapiere und ihren Führerschein! "

Die Polizistin blieb hinter dem Polizeiauto, hatte die Hand an der Pistolentasche. Ich saß im Auto und beobachtete das Spiel.

Mein Cousin kannte diesen Vorgang aus eigenem Erleben, gab dem Polizisten alles, was der von ihm gefordert hatte. Er gab ihm sogar noch etwas mehr, nämlich seinen Dienstausweis von der Polizei. Der Polizist sah sich alles an und meinte dann zu Karl Ludwig:
„Alles in Ordnung, aber reparieren Sie bitte einmal ihr Rücklicht und beim nächsten Mal gilt auch für Sie hier das Wende Verbot, Kollege."

Als er Kollege sagte, nahm auch die Polizistin beruhigt ihre Hand von der Pistole, kam zu Karl Ludwig und dem anderen Polizisten herüber. Sie meinte dann noch: „Auf eine Alkoholprüfung können wir ja bei einem Kollegen verzichten, da kennt sich ja jeder damit aus und fährt nicht unter Alkohol". Sie lachte dabei. Mein Cousin meinte dazu nur „Ich bin schon lange nicht mehr auf Streife, daher hatte ich die Gepflogenheiten bei einer

Verkehrskontrolle schon vergessen." Der Polizist gab Karl Ludwig seine Papiere wieder und betonte abschließend noch mal: „Auch Polizisten dürfen im Wende Verbot nicht wenden, beim nächsten Mal besser aufpassen."

Dann verabschiedeten sich die beiden und fuhren los, auch wir fuhren weiter. Nach einigen Minuten kamen wir in der Glockengasse in Köln an.

Und da lag das Haus „4711" vor uns. Außer einem Geschäft war nichts Besonderes zu erkennen, aber die kurze Geschichte dieses Hauses kannte sogar ich. Dieses Haus war damals von einem französischen Soldaten mit der Nummer 4711 versehen worden und das war es schon dazu. Jeder hier kannte 4711 als Parfüm. Leider war es schon spät am Abend, das Geschäft war schon geschlossen. Ich konnte dort nichts mehr einkaufen, dabei hätte ich gerne für meine Schwiegermutter eine kleine Flasche „4711" und für meine Frau ein Fläschchen „Meine Melodie" gekauft.

Dies war auch ein Parfüm von „4711", es roch nur nicht so aufdringlich wie das Original von „4711".

Ich nahm mir aber vor, für beide ein Fläschchen in der Drogerie zu kaufen. Zu Hause würde ich dann flunkern, es wäre direkt von hier. Vielleicht schätzt das dann meine Schwiegermutter so besonders, sprüht sich nicht mit ein, sondern behält diese Flasche einfach als Andenken. Für mich persönlich riecht „4711" zu aufdringlich, besonders immer noch lange in meinem Auto, wenn ich mein Schwiegermutter mitgenommen hatte. Ist eben was für ältere Leute, denn meine Mutter liebte „4711" auch sehr.

Nachdem wir uns die Glockengasse angeschaut hatten fuhren wir wieder in Richtung Duisburg. Es war schon dunkel und beim Umdrehen sah ich noch lange den erleuchteten Kölner Dom. Es sah schon recht beeindruckend aus. In Duisburg angekommen, ging ich gleich ins Bett, das waren heute aber auch so viele verschiedene Eindrücke und Erlebnisse gewesen.

Der Freitag war angebrochen und es waren nur noch 3 Tage, die ich hier in der Freiheit sein würde. Heute sollte Markttag in dem Stadtteil im Duisburg sein, hier wollte ich für zu Hause Obst kaufen. Onkel Karl kam gegen 9:30 Uhr zu seiner Tochter.

Ute und ich saßen noch am Frühstückstisch, Onkel Karl trank auch noch eine Tasse Kaffee. Ute ging immer dienstags und freitags auf dem Markt, es war für sei wie ein Ritual.

Hier hatte sie verschiedene Marktstände, wo sie Obst, Kartoffeln, Fisch und Fleisch einkaufte.

Ute meinte: „Hier kann ich das Obst sogar erst kosten, bevor ich es kaufe und ich weiß dann, ob es frisch ist. Das Einkaufen steht an zweiter Stelle. "

Der erste Weg führt sie immer zuerst ins „Pellegrini", einem italienisches Eiskaffee. Hier kaufte sie sich mit ihren Vater immer Eisbecher, das Eis hier sollte besonders lecker sein

Auch heute war es so. Wir gingen ins Eiskaffee und jeder bestellte sich einen Eisbecher. Wir blieben draußen im Freien sitzen, von hier aus konnte man das ganze Treiben auf dem Markt und in der Einkaufstraße beobachten.

Nach dem Eisbecher gab es für alle noch einen Cappuccino und Ute rauchte eine HB. Ihr Vater rauchte auch, aber anderes Kraut. Es sollte für ihn im Hals richtig kratzen, „Rote Hand" so hieß seine Marke, war jedoch ohne Filter. Onkel Karl hatte vor Jahren Kehlkopfkrebs gehabt. Man hatte ihn operiert und die ganzen Stimmbänder mit weggenommen. Um seine Worte verstehen zu können, benötigte er dafür nun einen speziellen Tonverstärker mit Lautsprecher.

Dies war ein Gerät, welches er an den Hals hielt und nur so konnte man ihn wirklich verstehen. Ich würde an seiner Stelle, mit dieser Vorgeschichte, trotzdem nicht mehr rauchen.

Doch er meinte nur:

„Die Erkrankung kam nicht vom Rauchen, sondern auf Grund einer Berufserkrankung, die wurde mir auch anerkannt. " Onkel Karl arbeitete zuletzt als erster Mann beim Abstich am Hochofen bei Mannesmann in Duisburg Hüttenheim, eine sehr schwere, gesundheitsschädliche Arbeit.

Jetzt war er Invalidenrentner und bekam auch noch eine gute Betriebsrente, mit diesem Geld konnte er gut leben.

Bei seiner Erzählung musste ich sofort an unsere Oma denken, die von meiner Frau, die mit uns im Haus zusammenlebte.

Sie hatte bis zu ihrem 65. Lebensjahr schwer gearbeitet und bekam jetzt gerade mal 160,- DDR-Mark Rente. Wenn sie nicht bei uns wohnen würde, käme sie mit dem Geld überhaupt nicht aus. Was sich da unsere Regierung dabei überhaupt dachte, viele Alleinstehende Frauen im Rentenalter bekamen nur so wenig Rente und hatten doch ihr ganzes Leben gearbeitet. Oma war noch nie im Urlaub oder mal im Theater gewesen, sie saß jeden Abend in ihrem Zimmer ohne Licht, hier sparte sie. Wenn wir sie darauf ansprachen, zeigte sie auf die Straßenlaterne, die genau in ihr Zimmer leuchtete. Essen nahm sie mit uns zusammen ein. Frühstück machte sie sich allein, wir waren da schon arbeiten. Aber ich nahm stark an, sie trank nur eine Tasse Muckefuck, Imnu - Instand Kaffee. Zum Mittagessen machte sie sich in der Woche oft nur Haferflockensuppe oder mal Pellkartoffeln mit Quark.

Das Abendessen nahmen wir wieder alle zusammen ein und am Wochenende aßen wir auch gemeinsam. Montag und Dienstag aß sie zu Mittag die Reste vom Wochenende.
Wenn ich in ihren Kühlschrank guckte, dann war hier bis auf ein Marmeladenglas und ihrer Arznei nichts drin, die Mäuse würden dort wunde Beine bekommen beim Suchen.

So möchte ich meinen Rentenabend nicht verleben. Da wir eine Heizung hatten, war es wenigstens immer warm in ihren zwei Zimmern.

Und so ging es mindestens der Hälfte aller Rentner in der DDR. Die andere Oma meiner Frau war schon verstorben. Sie hatte auch so wenig Rente gehabt und musste davon noch Miete, Essen, Heizung und Energie bezahlen. Da kann man sich vorstellen, wie sie gelebt haben muss.

Wir hatten den Vorteil, dass die Oma jeden Tag das Feuer für die Heizung anmachte, somit hatten wir es beim Heimkommen immer schön warm So halfen wir uns gegenseitig und lebten sehr friedlich miteinander.

Wenn ich die Rente und das Leben hier von Onkel Karl und unserer Oma vergleiche, dann lebte Onkel Karl hier nicht nur im Schlaraffenland, sondern in der Luxusabteilung des Schlaraffenlandes.

Aber dafür hatte ja unsere Oma den Sozialismus und der Onkel Karl nicht.

Es war fast eine Stunde vergangen und wir saßen immer noch im „Pellegrini". Mittlerweile hatten wir schon den zweiten Cappuccino getrunken.

Ute meinte, dass wir nun aber los müssten, denn jetzt hätten sie bestimmt auf dem Markt schon die Preise herunter gesetzt, da der Markt gegen 13.00 Uhr beendet sein würde. Was wir jetzt hier verzehrt hätten, würden wir auf dem Markt mit den heruntergesetzten Preisen wieder herausholen.

Und es war wirklich so. An Utes Obst- und Gemüsestand hatte man schon die Preise heruntergesetzt. Ich kaufte über 3 kg Bananen, sie waren noch nicht ganz gelb. Sie mussten ja auch noch bis nächste Woche Montag und Dienstag nachreifen. Ich sah schon unsere beiden Söhne und auch meine Frau vor mir, beim Futtern von dem Obst, welches es bei uns so selten zu kaufen gab. Neben den Gemüsestand war auch ein Stand mit Bekleidung, wunderschöne Blusen und Pullis. Hier schlug ich auch noch mal zu.

Eine rote Bluse für meine Schwiegermutter und eine Spitzenbluse für meine Frau, auf diesem Markt gab es eigentlich alles zu kaufen.

Wir gingen dann zu meiner Cousine, sie machte schnell das Mittagessen. Es gab Wirsing - Durcheinander mit Kassler-Kotelett. Ich schaute genau zu, wie sie es machte.

Sie nahm den Wirsingkohl und putzte ihn. Dann schnitt sie die Rippen aus den Wirsing Blättern heraus und alles wurde kleingeschnitten. Nun schälte sie Kartoffeln, viertelte sie, diese Viertel schnitt sie nochmals durch. Von einem Kassler - Kotelett schnitt sie den Knochen ab und teilte das Fleisch in kleine Würfel, die wurden in der Pfanne leicht angebraten. Nun gab sie den gewaschenen Wirsingkohl zu den Kartoffelstücken. Füllte alles mit einer großen Tasse Brühe auf, Pfeffer und auch noch Kümmel hinzu. Dann brachte sie alles zum Kochen, ließ es 20 Minutenlang köcheln. Die Flüssigkeit war nach 20 Minuten schon fast reduziert.

Nun kamen noch 2 Becher Schmand an das Gericht, alles wurde noch mal kurz aufgekocht.

Zwischendurch wurden in einer anderen Pfanne die panierten Kassler-Kotelett gebraten.

Das ganze Gericht war in knapp einer dreiviertel Stunde fertig. Geschmeckt hatte es mir wirklich sehr gut.

Nach dem Essen ging ich noch mal in die Fischerstraße und kaufte noch Geschenke für meine Frau und meine Kinder. Für mich selbst kaufte ich eine Armbanduhr.

Zum Schluss kaufte ich mir noch eine große Reisetasche, denn ich hatte so viel gekauft, dass mein Koffer und die kleinen Reisetasche nicht mehr reichen würde.

Zum Kaffee trinken war ich wieder zu Hause. Meine Cousine hatte vom Bäcker Teilchen geholt. Teilchen waren weiter nichts als Kuchenstücke, sie waren aber alle sehr mächtig, entweder mit Sahne oder Creme.

Zum Kaffee kam auch das frisch, nun auch kirchlich verheiratete Ehepaar. Plötzlich war auch noch Onkel Karl mit seiner Frau da und auch Karl Ludwig kam hinzu. Die Bude, diese Drei-Zimmerwohnung, war wieder voll.

Ich saß in der Küche und trank dort mit meiner Cousine Kaffee. Alle anderen waren in dem nicht gerade großem Wohnzimmer. Die Wohnung war recht klein, die 400 DM Miete dafür fand ich viel zu teuer. Mit meinem Haus zu Hause durfte ich diese Wohnung nicht vergleichen. In dieser Wohnung hier bekam man regelrecht Platzangst, wenn so viel Menschen hier waren.

Mein Vater hatte auch solch eine Betriebswohnung gehabt, wie die von Ute.

Ute hatte ihre von der Bundespost und mein Vater von der Deutschen Reichsbahn, nur hatte er ein Zimmer mehr, aber dafür hatte er kein Bad. Seine Küche und das Wohnzimmer waren aber größer gewesen, als Ute ihre.

Er bezahlte für die Wohnung damals 21,24 DDR-Mark Miete, zur Wohnung gehörten noch ein Stall mit Heuboden und ein Garten von 200 qm.

Der Standard in der Wohnung war aber von 1950, meine Eltern hatten sich alles allein modernisiert. Die Wohnung hatte nur Ofenheizung, ich weiß noch, als ich Kind war, gab es in meinem Zimmer keinen Ofen. Wenn ich im Winter schlafen ging und draußen war es bitterkalt, zog mir meine Mutter immer einen Trainingsanzug an und ich bekam eine Pudelmütze auf. Die Wände in meinem Zimmer glitzerten, im Raum waren dann immer einige Minusgrade.

Der tägliche Dreck, den meine Eltern beim Feuermachen hatten, wenn sie die Asche aus den Öfen zu holten, das verteilte sich als feiner Staub überall. Im Wohnzimmer hatten meine Eltern nur einen Kachelofen. Aus diesen Erlebnissen heraus, war ich so froh, dass mir mein Schwiegervater eine Heizung ins Haus gebaut hatte. Übrigens, meine Eltern wohnten seit 1956 in der Wohnung.

Nach dem Tode meiner Mutter wohnte mein Vater bis zu seinem Tode 1986 allein in der Wohnung. Seit 1956 hatte die Bahn, als Vermieter, an der Wohnung, nichts daran gemacht. Alles was erneuert worden war, hatten meine Eltern selbst bezahlt. Vermieter setzten in der DDR nur zu, bei dieser geringen Miete war es kein Wunder, dass die Mietshäuser so verfallen aussahen, jeder wollte auch lieber eine Plattenneubauwohnung haben .

Nach dem Kaffee fuhr ich mit Karl Ludwig zum Friedhof. Dort kaufte ich zwei Rosen, besuchte das Grab meiner Großeltern und meiner Tante, der Mutter von Ute und Karl Ludwig. Es war ein sehr großer Friedhof, angelegt wie ein Park. Wir sahen sogar zwei Eichhörnchen spielen, dieser Friedhof war eine würdige Ruhestätte der Toten.

Als wir wieder zurückkamen, brach die gesamte Meute auf und ging mal wieder in die Stammkneipe meiner Cousine. Ute lud uns zum Mitkommen ein.

Natürlich gingen wir mit, mir fiel auf, dass ich in den letzten 5 Jahren nicht so oft in der Kneipe war, wie hier in Duisburg, in einer Woche.

Und was ich mir auch noch auffiel, dass die Kneipen am Abend immer voll waren. Völlig anders als bei uns, bei uns würde kein Kneipier reich werden. In unserem Kulturhaus, der einzigen Kneipe im Ort, standen sich die Kellner oft die Beine in den Bauch.

Ich könnte mir vorstellen, wenn solche wirtschaftlichen Verhältnisse wie in unserem Kulturhaus, hier in Duisburg in einer solchen Kneipe vor herrschen würden, wäre die nach einer Woche pleite. Aber als Pluspunkt für uns muss ich sagen, dass das Bier bei uns nicht so teuer war : 40 Pfennige für ein 0,25 l Bier und 0,49 Pfennige für ein 0,25 l Pilsener Bier. Und das Gegenargument von hier, unser einfaches Bier wäre nicht stark genug, dann fragt einmal Onkel Karl. Nach dem zehnten Bier bei uns zu Hause, musste ich ihn nach Hause schleppen.

Am nächsten Tag meinte er: „Ich habe nur einen schlechten Tag gehabt."

Der Sonnabend war angebrochen, am Montag früh um 9.00Uhr ging schon wieder mein Zug Richtung Heimat. Die Fahrkarte hatte ich schon bei uns gelöst. Ich durfte gar nicht dran denken, am Dienstag wieder auf der Arbeit zu sein. Die vielen Fragen, die ich dann beantworten sollte und dann die viele Post, die in den 10 Tagen meiner Abwesenheit, liegen geblieben war.

Aber heute war erst Sonnabend und somit mein vorletzter Tag in der Freiheit, also wollte ich erst gar nicht an morgen und schon gar nicht an übermorgen denken.

Heute war ich bei Onkel Hans, dem Bruder meiner Mutter, eingeladen. Ich sollte schon zum Frühstück kommen, doch es wurde 11:00 Uhr, ehe ich hier los kam.

Meine Cousine war irgendwie eifersüchtig oder sah es vielleicht nicht so gerne, dass ich schon so früh dorthin gehen wollte.

Es war ein sehr schöner Tag, die Sonne schien und ich ging zu Fuß dort hin. Ich musste ca. 15 Minuten laufen und das tat mir irgendwie gut. Ich schätzte, dass ich in den 8 Tagen hier, schon ein wenig zugenommen hatte.

Die vielen Biere hier, die ich zu Hause nie im Leben trinke, hatten sich bestimmt auf meinen Hüften schon etwas verewigt. Wenn ich so heimkomme, wird meine Frau bestimmt mit mir schimpfen.

Ich war sowieso aus der Familie mütterlicherseits, einer der „Schlankesten", bei mir konnte man trotzdem keine Rippen zählen. Meine ganze Verwandtschaft lag so um die 2 Zentner und mehr.

Als ich bei Onkel Hans ankam, war dieser in seiner Küche, er war beim Buletten braten.

Wir wollten heute Abend alle zum Eishockey gehen, Duisburg gegen den HSV, ich war noch nie beim Eishockey gewesen. Ich hatte so etwas bisher nur im Fernsehen gesehen und das nun live zu erleben, war bestimmt noch interessanter.

Für mich sah so aus, als würde Onkel Hans für das halbe Eisstadion Buletten gebraten. Bestimmt waren es an die 50 Stück.

Als ich ihn fragte, wer die denn alle essen würde, meinte er nur:

„Warte es nur ab, die werden schon alle."

Waltraud, die Frau von Hans und Hansi, klärte mich dann auf. Wir würden gleich zum Mittagessen zu „Bruno" in die Innenstadt fahren, dies war eine italienische Gaststätte. Für mich war das wieder etwas Neues, eine italienische Gaststätte kannte ich noch nicht.

Wir saßen dann alle im Wohnzimmer, als es klingelte. Onkel Hans machte die Haustür auf und vor der Haustür stand eine jüngere Frau. Ich kannte die Frau nicht, bei ihr war noch ein kleiner Junge .

Es stellte sich heraus, dass es Monika war, eine angeheiratete Cousine von mir. Mein anderer Onkel Friedel hatte nochmals geheiratet und seine neue Frau hat Monika mit in die Ehe gebracht. Sie hatte uns sogar einmal im Osten besucht, da war ich so ungefähr 14 Jahre alt, Monika musste damals 7 Jahre gewesen sein.

Sie hatte Hans gestern in der Stadt getroffen und der hatte ihr erzählt, dass ich heute bei ihm zu Besuch sei.

Nun war sie neugierig und platzte so einfach bei uns rein. Sie wollte alles von mir wissen, ich erzähle ihr meine ganze Lebensgeschichte im Schnelldurchlauf. Monika war früher sehr oft bei meinen Großeltern gewesen, daher kannte sie uns alle. Von der Seite ihrer Mutter gab es keine Verwandtschaft mehr und wir waren ja eigentlich miteinander auch nicht blutsverwandt.

Hans sagte aber gleich „Monika gehört zu Familie."

Monika erzählte, dass es ihr gut ging, sie sah auch super aus. Sie hatte eine gute Figur und auch ihre Bluse war ganz schön voll.

Monika wusste, dass sie aufreizend aussah, man merkte ihr das an. Ihr Auftreten war sehr selbstbewusst. Sie arbeitete als Verkäuferin in einer Fleischerei, verheiratet war sie nicht. Den Sohn hatte sie sich auf der Wildbahn ein gefangen, wie man hier sagte. Sein Vater hatte drei Autohäuser in Duisburg, aus diesem Grunde stimmte die Alimente, erzählte sie ungefragt. Sie würde sich gerade ein Haus bauen lassen, es schien ihr also nicht nur gut, sondern sehr gut zu gehen. Selbstverständlich finanzierte der Autohändler das Haus mit, erzählte sie. Es sollte ja auch für seinen Sohn sein, für den machte er alles. Mit seiner Frau hatte er nur 3 Mädchen.

Ich konnte mir schon gut vorstellen, dass der Autohändler sie nicht aus dem Bett geschubst hat.

Dann plauderte Monika aus ihrem Nähkästchen: „Als Fleischverkäuferin kann man nicht so viel verdienen, um sich ein Haus damit bauen und auch leisten zu können. Da das verdiente Geld nicht ausreicht, muss man eben etwas dazu verdienen. Ja, wenn es die Männer nun mal so gerne möchten, dann müssen sie dafür bezahlen. Nur so könne man sich als Alleinstehende eine gesicherte Existenz aufbauen und der Spaß, ja der bleibt dabei nicht auf der Strecke.

Man darf eben nicht mit jeden Dahergelaufenen in die Kiste steigen, nein, man muss sie sich schon aussuchen."

Nun hatte sie mich aber neugierig gemacht: „Hast du nicht ein bisschen Angst dabei, dass du dir etwas wegholst?"

„Nein, ohne Gummi geht da nichts oder es muss der Mann fürs Leben sein. Reich, alleinstehend und ehrlich. Aber die findet man nicht. Glaube mir, ich gehe nicht mit jeden ins Bett, ich schaue mir die Männer erst richtig an. Dann mache sie einige Zeit scharf, bis bei ihnen der Verstand aussetzt und ich sie um den Finger wickeln kann, finanziell, aber auch zeitlich, erst dann geht es ins Bett. Und das hat bis jetzt immer geklappt. So kann man gut leben und einen Mercedes fahren. Mein Sohn war ein Berufsunfall, da war ich noch nicht so clever. Aber nun haben wir beide ausgesorgt, sein Vater ist immer großzügig und deshalb darf er auch des Öfteren mal mit mir ins Bett. Das erhält für beide Seiten die Freundschaft."

Sie schaut mich dann genauer an und meinte:

„Mit dir könnt ich auch mal ins Bett gehen, ich weiß nämlich bisher noch nicht, wie es ostdeutsche Männer machen."

Monika war sehr direkt und ich wurde bestimmt puterrot.
„Du brauchst keine Angst zu haben, das war nur ein Scherz."
Ihr Sohn war inzwischen draußen im Garten und spielte dort mit meinem Cousin Hansi.

Monika wollte sich verabschieden.
„Wir müssen weiter, ich habe jetzt noch eine Verabredung im Autohaus. Ich will mir einen neuen Mercedes schenken lassen."

Sie lachte bei diesem Satz..

Ich muss wohl ziemlich seltsam geguckt haben.
„Das war nur Spaß", sagte sie dann.

„Ich will meinen Sohn zu seinem Vater, jeden Sonnabend verbringt er immer mit ihm zusammen. Sie stand auf, rief ihren Sohn und wir brachten sie vor die Tür.

Und wirklich, da stand ein schwarzer Mercedes vor dem Haus. Sie verabschiedete sich und sagte noch zu   mir:
„Komm her und lass dich mal drücken".

Sie nahm mich in den Arm und ich konnte ihren Körper spüren.

Es fühlte sich gut an, ihre beiden Brüste an meiner Brust. Dazu verströmte sie auch noch einen sexy Geruch.

Ich sagte zu ihr.

„Du riechst aber gut. "

Gleich kramte sie in ihrer großen Umhängetasche und holte eine Flasche Parfüm hervor. Die Flasche war noch dreiviertel voll. Sie gab sie mir und sagte dazu: „Hier, für deine Frau, dann riecht sie auch so gut wie ich. "

Ab da wusste ich, warum die Männer so verrückt nach ihr waren und sie wusste es sicher auch. Sie setzte sich in ihr Auto, winkte mir beim losfahren noch mal zu und hielt dann noch mal an. Sie winkte mir zu und ich ging zu ihrem Auto, da schob sie mir 50,- DM in die Hand.

„Kauf dir noch eine schöne Flasche Whisky", sagt sie und fuhr los. Onkel Hans hatte alles mit angesehen und angehört und sagte dann:„Das ist schon eine verrückte Schönheit. Die macht alle Männer toll, und sie bekommt immer, was sie will.

Ich weiß noch, als sie ein Kind war, da war sie wie ein Mauerblümchen, konnte kaum bis 3 zählen. Und heute…..wie sich ein Mensch zum Positiven ändern kann!"
Wir gingen wieder rein und setzen uns ins Wohnzimmer. Hansi brachte für jeden von uns eine Flasche Königs Pilsener.

Ich nahm erst mal einen tiefen Schluck und träumte vor mich hin.Da klingelt es schon wieder an der Haustür.

„Monika hat wohl was vergessen", meinte Waltraud.
Hansi machte die Haustür auf und rief dann zu mir.
„Wilhelm, es ist für dich!"

„Das kann doch nicht sein, mich kennt doch hier keiner."
Ich stand auf und ging zur Haustür. Dort steht ein Mann, ungefähr so alt wie ich, ich kannte den Mann nicht.

Dann fragte er :" Erkennst du mich denn nicht?"
„Nein!"
„Wir hatten doch als Kinder immer in den Ferien zusammen gespielt".

Da endlich dämmerte es bei mir, er kam mir bekannt vor, aber mir fiel kein Name zu diesem Gesicht ein.
Es stellte sich dann heraus, das er Klaus-Dieter war. Er wohnte damals hier um die Ecke und wir hatten immer zusammen Fußball gespielt. Wir hatten auch gemeinsam in der Beek, dem kleinem Fluss nicht weit von hier, Fische gefangen.

Hans kam auch an die Tür und sagte zu Klaus-Dieter;
„Komm erst mal rein, Jung!"

Ich musste lachen, dass er zu Klaus-Dieter noch „Jung" sagte.

Doch das war ein rheinländischer Ausdruck. Hans nannte mich ja auch so. Alle, die jünger waren als er, nannte er so.

Klaus Dieter kam mit rein und Hansi brachte ihm auch sofort ein Königs-Pilsener.

Er wollte natürlich wissen, wie es mir ging und was zu Hause los wäre? Da fiel es mir wieder ein, Klaus-

Dieter war in der DDR im Nachbarort geboren. Seine Mutter war mit den Geschwistern von Klaus-Dieters im Krieg dorthin evakuiert worden. Sie war hoch schwanger dort hingekommen, Klaus-Dieter wurde dort geboren.

Ich kenne meinen Geburtsort nicht und war auch niemals wieder da", sagte er zu mir.

„Da hast du auch nichts verpasst.

Die Kleinstadt sieht noch genau so aus wie früher, außer das ein paar Neubauten am Rande der Stadt hinzugekommen sind. Sie hat teilweise noch keine Kanalisation und 40 Jahre wurde kaum was an den Häusern gemacht. Na, da kannst du dir ja vorstellen, wie es dort aus sieht", ist meine Antwort.

„Aber trotzdem möchte ich mal dorthin!"

„Kannst du gerne haben. Ich besorge dir die nötigen Papiere dazu und du kannst bei uns schlafen. Dann zeige ich dir deine Heimatstadt." Klaus-Dieter lachte und meinte dann zu mir:

„Auf das Angebot komme ich zurück. Nur, in diesem Jahr ist mein Urlaub schon ausgebucht. Vielleicht im nächsten Jahr."

„Wohnst du immer noch hier um die Ecke, fragte ich ihn dann?"

„Ja, aber nicht in derselben Wohnung. Fünf Häuserblock weiter wurde nach unserer Hochzeit gerade die Wohnung frei und da haben wir dann zugeschlagen.

Hier habe ich meine Bekannten und mein vertrautes Umfeld, hier bin ich groß geworden, hier ist meine Heimat, aber nicht mein Geburtsort. Ich habe 2 Jungs und die spielen in dem gleichen Fußballclub, wie wir damals."

„Ja, das waren noch Zeiten, als wir beide zusammen in einen Fußballclub gespielt hatten. "

Ich war ja oft in den Ferien bei Oma und Opa in Duisburg, da hatte ich mich in dem Fußballclub Duisburg 1900 angemeldet und in den Ferien immer mitgespielt, wenn ich zu Besuch war.

Klaus-Dieter hatte auch ganz schön zugelegt. Wir beide hatten einen ganz schönen Ranzen bekommen.

Wir erzählen uns noch einiges über unsere Kindheit. Manches fiel mir dann auch wieder selbst ein. Es waren auch fast 30 Jahre vergangen, da konnte man schon einiges vergessen. Hans meinte dann: „Jung, du kannst heute Abend doch mit zum Eishockey gehen, dort könnt ihr euch doch noch was aus eurer Vergangenheit erzählen."

Übrigens hatte Hans, den Klaus-Dieter getroffen und von meinem Besuch hier erzählt, sie hatten sich diese Überraschung für heute ausgedacht

Klaus-Dieter sagte zu und meinte dann zu Hans: „Das klingt ja nach einem Rauswurf!"

„Ja", meinte Hans, „wir wollten jetzt auch zum „Bruno", dort wollen wir Mittagessen"

„Na dann trinke ich noch schnell mein Köpi aus und verabschiede mich bis heute Abend." sagte Klaus-Dieter

Ich brachte ihn noch bis zu Tür und wir verabredeten uns noch mal für heute Abend.

Waltraud saß schon wie auf Kohlen.

Sie meinte: „Es ist schon spät, wir müssen los, sonst wird es bei Bruno enge".

Hansi hatte sich bereits angezogen und Hans ging schnell noch mal ins Schlafzimmer, um sich umzuziehen.

Ich saß einen Moment allein im Wohnzimmer, schaute mich nochmals um, erinnere mich, wie es früher hier ausgesehen hat, als Oma und Opa hier gewohnt hatten. Viel von damals gab es nicht mehr zu sehen. Der Regulator an der Wand war von Oma und Opa, auch das Ölgemälde, den Schusterjunge, hing schon bei Oma und Opa im Wohnzimmer.

Hans hatte viel umgebaut Die Veranda war massiv geworden und gehörte heute zum Wohnzimmer. Man konnte von da aus nicht mehr in den Garten gehen. Jetzt musste man immer durch den Keller.

Auch Omas kleine Küche gehörte heute zum Wohnzimmer. Dadurch war das Wohnzimmer eigentlich viel größer geworden. Hans sein Kinderzimmer wurde die neue Küche, überall waren Holzdecken reingezogen und an den Wänden war nun Rauputz.

Die hatte er farblich unterschiedlich angestrichen. Eigentlich ganz zweckmäßig, so brauchte er nun im Wohnzimmer und im Hausflur nie mehr tapezieren, sondern nur noch pinseln.

Der Sockel an der Treppe nach oben, war auch noch da, aber mit Ölfarbe neu gestrichen.

Hans kam die Treppe runter und unterbrach mich in meinen Gedanken.

„Wir können", rief er, ich stand auf und ging zur Haustür. Auf der Straße davor stand Hans sein Auto, ein grüner Opel. Ich stieg vorn ein, Waltraud und Hansi gingen nach hinten.

Hans stieg mit den Worten ein: „Jeder Popel fährt einen Opel und jeder Stenz fährt einen Benz"!

Ich wäre völlig zufrieden, wenn ich zu dem Popel gehören würde und antwortete:

„Und jeder zehnte Ossi fährt einen Trabi."

Ich wusste es nicht, ob es jeder Zehnte oder jeder Zwanzigste war. Hatte es nur so dahin gesagt und gereimt hatte es sich auch nicht.

Wir fuhren los, im Vorbeifahren schaute ich mir Häuser immer wieder an. Von dieser Siedlung hatte meine Mutter immer geträumt.

Die DDR hatte es ihr 20 Jahre vorenthalten.

Nur zu Beerdigung ihrer Mutter durfte sie fahren.

Hier war ihre Heimat, war hier als Kind aufgewachsen, fand hier ihre erste Arbeit und sicher hatte sie hier auch mal die erste große Liebe gefunden.

Man musste sicher 2 mal hinschauen, auf den ersten Blick wirkte alles gar nicht schön. Rote Backsteinblöcke, zweigeschossig gebaut, die Fenster und Türen alle grün gestrichen. Man sah es den Häusern schon an, dass sie fast hundert Jahre auf dem Buckel hatten. Die roten Backsteine waren aber noch sehr gut erhalten. Man hatte sie bestimmt des öfteren abgestrahlt. Alle Fenster und Türen waren sehr individuell dekoriert. Die Straßen und Gehwege waren neu gemacht.

Als ich noch ein Kind war, lagen dort auch noch rote Backsteine. Heute hatte man Asphalt darüber gezogen.

Und dann war da noch was, was ich nicht aus der DDR kannte. Alle 100 Meter hatte man auf der Straße einen kleinen Betonkegel über die Straße gezogen. Man musste dadurch automatisch langsamer fahren. So etwas hatte ich noch nie gesehen und ich war viel in der DDR herumgekommen. Das brachte Ruhe in den Verkehrsfluss, keiner konnte hier rasen.

Hans erklärte mir dazu, dass wir hier in einer 30-er Zone waren und man dadurch die Geschwindigkeit der Autos automatisch begrenzt hatte.

Wir kamen auf die Düsseldorfer Straße, sie führte in die Innenstadt. Auf den Weg dorthin schaute ich bewusst aus dem Fenster. Ich erkannte das Straßenbahndepot, das war damals auch schon dort gewesen. Daneben war früher ein Kino gewesen, in dem ich die ersten Tarzan Filme gesehen hatte.

Das Kino musste wahrscheinlich der großen Stadtautobahnbrücke und der Straßenverkehrsführung weichen. Man hatte hier wirklich viel investiert. Alle Kreuzungen waren als Kreisverkehr gebaut, auch das kannte ich nicht aus der DDR. Dann kamen wir an dem Polizeipräsidium vorbei, daran konnte ich mich auch heute noch erinnern. Hier war Karl Ludwigs Arbeitsstelle und auch Szymanski und Tanner ermittelten hier. Die kannte ich aus dem Westfernsehen, wenn ein Tatort vom WDR kam, schaute ich besonders gerne.

Der Tatort spielte immer in Duisburg, ich schaute aufmerksam zu, ob ich etwas erkannte, doch das war meist nicht der Fall.

Mit dem Westfernsehen hatten wir Glück, da wir nicht weit von der Westgrenze entfernt wohnten, hatten wir guten Empfang. Ganz anders war es, als ich zum Studium in Senftenberg war.

Dort begann bereits das Tal der Ahnungslosen, wozu auch der ganze Dresdener Raum gehörte, dort gab es gar keinen Empfang westlicher Sender. ARD bekamen die nicht rein, das wurde bei uns dann so übersetzt, Westfernsehen ja, aber „Außer Raum Dresden".

Mein Studienkollege kam aus Calau, wenn der so erzählte, was man dort alles angestellt hat, um doch in den Genuss des Westfernsehens, zu gelangen, sie wurden dabei recht erfinderisch.

Im Allgemeinen wurde es nicht gern gesehen von der Staatsmacht, wenn man Westfernsehen schaut.

Das ging sogar soweit, dass man die Kinder in der Schule befragte, wie die Uhr am Abend im Fernsehen ausgesehen hatte? Ob sie Striche oder Punkte hatte. Natürlich Striche, war die Antwort der Kinder. Das hatten die Eltern vorsichtshalber den Kindern eingetrichtert.

Denn die wollen ja ihre Trickfilme, Pumuckl oder Pipi Langstrumpf sehen. Sie waren schon so gewieft, dass sie von allein die richtige Antwort auf diese Fragen gaben.

Wir waren jetzt in der Innenstadt angekommen, Hans suchte hier einen Parkplatz. Es ist gar nicht so einfach einen Platz zu finden, er kurvte bald 10 Minuten, bis er einen fand. Wir stiegen aus und gingen dann fünf Minuten zu Fuß.

Diese vielen Leute, die hier mit ihrem Auto oder auch zu Fuß noch unterwegs, waren für mich schon recht befremdlich

Wir kamen dann vor der Gaststätte an. Auch bei „Bruno" war es sehr voll, doch wir bekamen einen Tisch für 4 Personen.

Die Gaststätte sah innen sehr einladend aus, hatte eine geschmackvolle Einrichtung. Das Essen schien zu schmecken, sonst wären hier ja sicher nicht so viele Gäste. Im Eingangsbereich stand ein großes Aquarium, man sah viele Fische, aber auch großer Hummer.

Ich sah, wie ein Gast mit dem Koch vor dem Aquarium stand und sich seinen Hummer aussuchte, den er sicher verspeisen wollte. Der Koch nahm einen Kescher, fing den Hummer, ging damit zur Küche und bereitete ihn zu. Ich hatte noch nie Hummer gegessen. Als ich das so beobachtete, kam schon der Kellner und brachte jedem von uns eine Speisekarte, auch das war neu für mich. Die Speisekarte war in einer ansprechenden Lederhülle, sie war sehr übersichtlich, trotz einer Unmenge von Gerichten. Diese Gerichte waren alle mit einer Nummern gekennzeichnet, so etwas hatte ich noch nie gesehen.

Die Aufzählung der Angebote auf unseren Speisekarten passten meist auf ein Blatt, sie waren mit der

Schreibmaschine geschrieben und steckten in einer Plastikhülle. Diese steckte in einem Ständer, der auf dem Tisch stand. Oftmals waren bei uns im Dorf diese Zettel auch per Hand geschrieben. Der lag immer in einer roten Hülle, diese Hülle sah so aus, als hätte man eine Auszeichnung bekommen. War gerade so, als wäre man zum Aktivisten der Arbeit ernannt worden.

Übrigens fällt mir dazu ein schöner DDR-Witz ein. Adolf Hennecke, ein Vorzeige-Arbeiter im Bergbau, wurde mit den vaterländischen Verdienstorden in Gold ausgezeichnet. Dazu musste er nach Berlin zum Staatsratsgebäude.

Die Auszeichnung nahm damals noch Walter Ulbricht vor. Als nun Adolf seinen Orden bekam, fragte er Walter Ulbricht leise:

„Ist der Orden wirklich aus Gold?" Die Antwort von Ulbricht kam prompt: „Waren deine 150 % Planerfüllung denn auch wirklich echt?" In vielen D D R - Gaststätten konnten die Kellner die 5 angebotenen Gerichte aus dem Kopf aufsagen:

- Bockwurst mit Brötchen oder Kartoffelsalat

- Gulaschsuppe mit Brötchen

- Gulasch mit Kartoffeln und Rotkohl

- H O - Ecke (Schnitzel mit einem Ei drüber auf einer Schnitte Brot)

- Spiegel- oder Rühreier.

Wenn man fragte und der Koch hatte Lust, bekam man auch noch Schnitzel mit Kartoffeln und Gemüse der Saison.

Doch jetzt saß ich hier in Duisburg, in einer ganz vornehmen Gaststätte. Ich bekam jetzt erst mit, dass „Bruno" eine Spezialitäten-Gaststätte war, weil Bruno Italiener, mit Hang zur deutschen Küche war.

Nun hielt ich diese endlos lange Speisekarte in der Hand und konnte mich bei diesen vielen Gerichten nicht entscheiden.

Jetzt würde ich doch lieber in unserer Gaststätte, unserem Kulturhaus sitzen, denn aus 5 Gerichten zu wählen, war einfacher als aus 96. Ich hörte mir erst mal, was Hans und Waltraud nahmen und entschied mich der Einfachheit halber, für das gleiche Essen, was auch Hans bestellt würde.

Nun kam schon eine Kellnerin und brachte uns einen Brötchenkorb mit sehr kleinen, noch warmen Brötchen, dazu noch ein Töpfchen mit Kräuterbutter.

Erst dann kam ein Kellner und nahm die Bestellung auf für Essen und Getränke. Wir drei Männer bestellten uns natürlich jeder ein Königs Pilsener, Waltraud nahm ein Schoppen Rotwein und dazu noch ein Mineralwasser. Wir bestellten alle die gleiche Grillplatte, unser Tisch war schon eingedeckt. Es standen Abendbrotsteller dort und an jedem Platz lag ein kleines Messer, alles sicher für die Brötchen, also die Vorspeise.

Hansi nahm sich gleich mal solch ein kleinen Brötchen, schnitt es auf und schmierte die Kräuterbutter darauf aus dem Töpfchen. Hans forderte mich auf, es ihnen nach zu machen. Ich schmierte lieber erst mal nur auf eine Hälfte diese Butter und Waltraud sagte:

„Nimm nur, die Kräuterbutter machen sie hier selber, die schmeckt gut."

Ich biss in das Brötchen, am liebsten hätte ich den Bissen wieder ausgespuckt.

Die Kräuterbutter schmeckt heftig nach Knoblauch und anderen ausländischen Gewürzen, die ich nicht kannte. Das war absolut nicht so mein Fall. Ich wollte nicht unhöflich wirken und quälte mir den Bissen herunter, dazu spülte ich kräftig mit meinem Pils nach, um einen besseren Geschmack im Mund zu bekomme.

Zum Glück habe ich die andere Hälfte noch nicht beschmiert. Ich aß es trocken, denn sie schmeckte mir, so ohne alles, sehr lecker. Die Brötchen waren noch etwas warm, wie frisch gebacken. Ich nahm mir noch eins und aß auch dieses wieder trocken.

Mir fiel auf, dass Hans keine Brötchen aß und er meinte zu mir:

„Ich bin zum Essen hergekommen. Brötchen und Butter kann ich auch zu Hause essen". Waltraud sagte dann zu Hans: „Du spinnst, solch leckere Kräuterbutter hast du zu Hause nicht".

Und schon war ein kleiner Streit in Gang. Die Kellnerin kam zum richtigen Zeitpunkt an unseren Tisch und beendete somit den kleinen Disput.

Sie brachte Wärmeplatten, diese Platten sahen aus wie Steinplatten aus Granit. In den Platten waren je zwei Bohrungen, in die Teelichter passen.

Innerlich flehte ich darum, dass hoffentlich im Hauptgang kein Knoblauch war.

An die Brötchen konnte man sich gewöhnen, ich aß mal lieber noch eins. Die Kellnerin kam schon wieder an den Tisch, diesmal mit zwei großen Schüsseln. In der einen waren Kroketten, runde und gespritzte. Die gespritzten sehen aus, wie Makronen, die mein Vater als Gebäck gebacken hatte.

Hansi erklärte mir, dass dies Kaiserkartoffeln sein und darunter konnte ich mir nun gar nichts vorstellen. Hans klärte mich natürlich auf: „Das ist einfacher Kartoffelbrei, geformt und in Öl frittiert". In der anderen Schüssel waren Pommes, beim Weggehen räumte die Kellnerin die Abendbrotteller und die kleinen Messer ab und der Kellner brachte große Teller.

Die Kellnerin kam erneut mit einem Salatteller für jeden, mit verschiedene Sorten Blattsalat, grüne Gurkenscheiben, geviertelte Tomaten und es waren auch noch kleine weiße Würfel darauf. Für mich sah es nun aus, wie damals im Bulgarien Urlaub.

Hansi meinte gleich zu mir: „Das ist „Feta", der schmeckt gut". Langsam bekam ich das Gefühl, dem Hansi schmeckte alles, Hauptsache Essen.

„In Bulgarien hieß das „Schipka-Käse"," klärte ich nun mal die Runde auf.

1 : 0 für mich, den Begriff kannten sie hier nicht.

Und schon stand die Kellnerin wieder am Tisch und brachte für jeden das Grillfleisch in einer Eisenpfanne. In den Pfannen waren ein kleines Rindersteak, zwei Lammkotelett, Grillwürstchen ohne Darm, gegrillte Leberstückchen und gegrillter durchwachsener Speck.

Das sah sehr lecker aus, Waltraud warnte mich aber gleich, dass in den Würstchen Knoblauch sei. Die könnte ich aber getrost dem Hansi geben, der würde das sehr gern essen. Ich nahm mir Kroketten, Kaiserkartoffeln und ein paar Pommes auf den Teller. Hans meinte zu mir: „Iss Fleisch, Jung!"

Ich nahm mir also ein Lammkotelett und begann zu essen, dazu probierte ich den Salat, der schmeckte mir auch. Am Lammkotelett war ein Hauch Knoblauch, aber man konnte es essen.

Ich schaute zum Nachbartisch, dort wurde gerade Fisch serviert. Der Fisch sah sehr lecker aus, der Geruch kam zu mir rüber..

Ich hätte auch gerne Fisch gegessen, nur auf der Speisekarte waren die Fischgerichte alle fast um 10 DM teurer. Aus diesem Grund hatte ich mir nicht getraut Fisch, zu bestellen.

Hans muss mir das irgendwie angesehen haben: „Hättest wohl lieber Fisch gegessen?"

„Nein, es ist alles in Ordnung!", sagte ich.

Die Leber war etwas zäh gewesen, gegrillte Leber wird immer etwas hart. Aber sie war gut gewürzt, nicht mit Knoblauch, auch der Salat war sehr gut, ich träufelte mit der Zitronenpresse noch reichlich Zitrone drüber. Eine Zitronenpresse, in dieser Form, hatte ich auch noch nicht gesehen.

Die Serviererin hatte jedem von uns noch ein frisch gezapftes Bier gebracht

Zum Schluss probierte ich doch noch ein Würstchen, die waren dann aber wirklich nicht so mein Fall.

Hansi meinte: „Das sind jugoslawische Spezialitäten!" und schaute etwas gierig auf meine Pfanne".

Ich sagte:

„Egal woher sie kommen, sie schmecken mir nicht. Wenn du möchtest, kannst du sie essen."

Auf diese Worte hatte er nur gewartet. Waltraud bot mir dafür noch ihre Leber an. „Die Leber ist mir zu hart, die kann ich mit meinen Dritten nicht so gut kauen", meinte sie.

Ich lehnte die Leber aber ab und Hansi verdrückte dann auch noch diese Leber. Hans sagte zu ihm: „Iss mein Jung, das müssen wir alles bezahlen". Auch Hans aß für sein Leben gerne.

Nun brachte die Serviererin noch den Nachtisch. Es war so etwas ähnliches wie Pudding mit frischen Erdbeeren, das fand ich auch wieder sehr lecker

Nun kam für Hans das Beste vom ganzen Essen. Nach dem Bezahlen der Rechnung, gab es noch für jeden Gast einen Sliwowitz.

Ich roch daran, Schnaps trank ich überhaupt nicht gerne. Ich nahm nur einen klitzekleinen Schluck.

Das war vielleicht ein Zeug. Hans erklärte mir, das es Pflaumenschnaps sei. Man, der hatte auch ganz schöne Umdrehungen. War mir eigentlich egal, ich wollte das Zeug nicht. Hans trinkt alle vier Schnäpse. Den von Waltraud , weil sie fahren musste, von mir, weil er mir nicht schmeckte, von Hansi, weil er wegen seiner Krankheit den Sliwowitz nicht trinken durfte und natürlich noch seinen.

Nachdem dem er alle 4 Schnäpse intus hatte, sagte ich zu ihm: „Das wird doch heute Abend nichts mit dem Eishockey". Er lachte und Waltraud schimpfte.

Übrigens hatte Hans fast 150,- DM für das Essen bezahlt. Das war für einen Arbeitslosen sehr viel Geld. Aber er hatte es für mich getan, wollte mir eben etwas Gutes tun.

Wir verließen die Gaststätte, vertraten uns noch ein bisschen die Beine. Dabei kamen wir an einem italienischen Eiskaffee vorbei. Dort holte Hans noch zwei Kugeln Eis in einer Waffel für jeden. Das Eis war wieder richtig lecker..

Wir gingen dann wieder zum Auto und bei Hans zeigte der Sliwowitz seine Wirkung, Waltraud schimpfte wieder. Wir stiegen ins Auto und fuhren zurück, in der Wohnung angekommen, kochte Waltraud erst einmal Kaffee für alle.

„Hans braucht jetzt einen starken Kaffee, ansonsten sieht er heute Abend den Puck nicht mehr", sagte Walli, so wurde sie eigentlich von allen genannt.

Mir kam der Kaffee nach dem ungewohnten Essen gerade recht und dazu gab es selbstgebackene Torte von Hans.

Hans erklärte mir, das er das Rezept dafür von meinem Vater hatte. Mein Vater hatte Konditor gelernt, konnte den Beruf aber nur etwa 10 Jahre ausüben. Dann wurde bei ihm die Mehlkrankheit diagnostiziert und sein Arzt hatte ihm geraten, sich eine Arbeit an der frischen Luft zu suchen. Zum Glück hatte er mal auf den Arzt gehört.

Wir waren kaum mit Kaffee trinken fertig, da wollte Waltraud schon mit dem Abendessen anfangen. Ich sagte zu ihr:

„Wir haben doch erst Kaffee getrunken, da brauchen wir jetzt doch noch nicht zu Abend essen."

„Ihr wollt doch weg?", bekam ich zur Antwort. Hansi machte das nichts aus, dabei hatte er vorhin erst 3 Stückchen Torte gegessen.

Sie fing gleich an, sich eine Schnitte zu schmieren. Ich selbst war mehr als satt, natürlich sagte ich das nicht laut. Da klingelte es schon wieder an der Haustür. Es waren Karl Ludwig, Tommy, Onkel Karl und Günter. Alle wollen mit uns zum Eishockey, aber nun setzten sie sich erst mal an den Tisch zum essen.Ich sagte zu Hans:

„Da hättest du keine Buletten braten brauchen, die wirst du doch dann bestimmt nicht los, wenn die alle hier jetzt essen. "

„Mach dir man keine Sorgen über die Buletten, die werden schon alle", antwortete Hans.

Es klingelte erneut an der Haustüre, Hans machte selbst auf, es war Klaus Dieter. An den hatte ich gar nicht mehr gedacht. Er wollte mit zum Eishockey und auch Klaus Dieter bekam von Hans noch eine Abendbrotschnitte verpasst.

Dann machten wir uns endlich auf den Weg, wir waren schon eine sehr stattliche Truppe. Das Sportzentrum von Duisburg war nicht weit entfernt, hier lagen die Sportstätten eng beieinander. Das Wedau-Stadion, eine große Sporthalle, das Schwimmstadion, die Eishockeyhalle und die Regatta Bahn. Es erinnerte mich an Leipzig an das Zentralstadion. Übrigens war hier nicht weit entfernt die Fußballschule des DFB, nur etwa 200 m von der Eishockeyhalle weg.

Hans erzählte mir, dass dort acht Fußballplätze nebeneinander liegen. Das große Hotelgebäude sah man von der Eishockeyhalle. Als wir hier ankamen, sammelten sich schon die Fans vom HSV und übten ihre Schlachtrufe. Sie waren auch in den Farben des HSV gekleidet. Wir gingen in die Halle, die schon sehr gut besucht war. Hans seine Fangruppe wartete schon.
„Heute habe ich Verstärkung mitgebracht", meinte Hans.

Der Ansager in der Halle heizte die Zuschauer an. Es dauerte nicht lange und die Mannschaften wurden vorgestellt. Bei den Duisburgern spielten zwei Kanadier und ein Tscheche mit. Bei den Hamburgern waren dafür 2 Russen und 2 Kanadier in der Mannschaft.

Ich konnte mir gar nicht so richtig vorstellen, dass Russen und Tschechen ihre guten Spieler im Ausland spielen lassen. Klaus Dieter erklärte mir, dass das ab einem gewissen Alter möglich sei. Sicher war das auch eine finanzielle Frage, die Ablösesummen für gute Spieler waren sicher recht hoch.

Das Spiel fing an und es ging gleich ganz schön zur Sache. Nach ca. einer Minute waren sie schon am

Prügeln, Strafminuten gab es für beide Mannschaften.

Der eine Kanadier aus Hamburg, bekam gleich 5 Minuten Strafzeit, aber es saßen auch bald 2 Duisburger auf der Strafbank. Die Schiedsrichter griffen gleich radikal durch, aber es blieb trotzdem ein sehr hartes Spiel.

Ich hatte des Öfteren im Fernsehen Eishockey geschaut, aber live noch nie. Karl-Ludwig brachte die erste Runde Bier und Hans packte schon seine Buletten aus. Seine Truppe hatte schon darauf gewartet. Ruck zuck war gut die Hälfte der Buletten weg.

Ich war immer noch satt vom Mittagessen, Kaffee trinken und Abendbrot, probierte aber dennoch eine Bulette.

Duisburg schoss das erste Tor, natürlich tobte die Halle. Und ein Kumpels von Hans meinte:

„So bald der Puck im Kasten hängt, wird erst mal einer eingeschenkt!" Und schon holte er aus der Jackentasche eine kleine Flasche Schluck raus und die anderen holten aus ihren Taschen die mitgebrachten Gläser dazu. Dann wurde einer auf das Tor eingeschenkt. Hans hatte für mich ein Glas mitgebracht, doch ich wollte nicht.

Bei jeder Unterbrechung des Spieles wurde Musik eingespielt und die Zuschauer sangen mit.

Das erste Drittel war zu Ende und Duisburg führte. Der Ansager der Halle sagte durch, dass der Eiskunstlaufclub in der Drittelpause Darbietungen zeigen würde. Vorher fuhr noch eine Eismaschine, glättete das Eis. Ein Mädchen von ca. 12 Jahren zeigte dann ihre sehr guten Leistungen im Laufen. Das wäre was für meine Frau gewesen, Sie schaute sich Eiskunstlaufen sehr gerne im Fernseher an.

Für das Mädchen war es ein Test, ihre Leistung vor Zuschauern zu zeigen, denn in 14 Tagen sollten hier an gleicher Stelle die nordrhein-westfälischen Landesmeisterschaften im Eiskunstlauf stattfinden, so erklärte es der Hallensprecher.

Was ich nicht verstand, kaum einer schaute zu. Nur als sie einmal stürzte, riefen einige Zuschauer: „Aua und Zugabe"

Das Mädchen hatte sich doch große Mühe gegeben, ich fand diese Nichtbeachtung unsportlich von den Zuschauern. Günter kam jetzt mit einer Runde Bier und ein anderer Kumpel von Hans sagte den Spruch:

„Mir ist es kalt, drum trinken wir halt. Her die Gläser oder Tassen, ich möchte dort die Luft raus lassen."
Ich trank wieder keinen Wackelmann mit und bekam gleich unter die Nase gerieben, ob es bei uns in der Ostzone keinen Schnaps gäbe? Ich antwortete lieber nicht darauf.

Die Mannschaften kamen auch schon wieder, somit hätte keiner meine Antwort verstanden. Das Spiel ging jetzt in das zweite Drittel. Jetzt bekamen die Hamburger Oberwasser. Sie drückten die Duisburger in ihr Drittel, die konterten aber und schossen ihr zweites Tor. Auf den Blöcken der Fans war sofort wieder der Teufel los. Und wieder wurde ein Wackelmann ausgeschenkt. Dieses Mal wollte ich ein kleines Glas mittrinken. Es war Napoleon-Wein-brand. Er war noch nie mein Fall, ich musste einen halben Becher Bier hinterher trinken, um den blöden Schnapsgeschmack aus dem Mund zu bekommen. Übrigens wurde das Bier hier nicht in Gläser ausge-schenkt, sondern in Pappbechern. Klaus Dieter stand neben mir, redet ständig auf mich ein, doch durch den Krach in der Halle verstand ich kein Wort. Plötzlich schossen die Hamburger ein Tor und sofort wurde es merklich ruhiger auf unserer Fanseite. Da-für sorgten jetzt die Hamburger Fans für Krawall, sie standen uns genau gegenüber. Aber nach ca. 2 Mi-nuten hatten sich die Duisburger Fans wieder ge-fasst und feuerten ihre Mannschaft wieder lautstark an.

Doch wenn ich ehrlich sein sollte, ich fand Fußball einfach besser. Beim Fußball ging alles nicht so schnell zu, man konnte es einfach besser verfolgen.

Das zweite Drittel endete 1:1, somit stand es insge-samt 2:1 für die Duisburger. Auch in dieser Drittel-pause wurde wieder eine Eiskunstläuferin auf das Eis geschickt und wieder schaute kaum jemand dort zu. Im dritten Drittel passierte wenig. Keine Mann-schaft schoss ein Tor und darum brauchte ich auch keinen Schnaps mehr zu trinken.

Nach dem Spiel verabredet sich Hans mit seinen Kumpels. Sie wollen am nächsten Wochenende zum Spiel der Eishockeymannschaft nach Braunlage fah-ren. Braunlage lag nur etwa 50 km Luftlinie von uns entfernt, war aber dennoch für uns unerreichbar. Die Grenze trennte uns, meine Frau träumte davon, ein-mal dort hinzufahren. Jedes Jahr im Winter war dort die „Aktuelle Schaubude" des NDR zu Gast. Die aktuelle Schaubude schauten wir uns am Sonnabend immer an.

Schade, da wäre ich auch gern mitgefahren. Doch leider musste ich am Montag wieder zurück in die DDR. Mir blieb also nur noch der Sonntag und am Montag früh fuhr schon mein Zug.

Nach dem Eishockey ging die Verwandtschaft geschlossen mit zu Hans, es lag ja auf dem Weg. Karl Ludwig hatte dort sein Auto geparkt, nur am Anfang des Spieles hat er ein Bier getrunken. Die Verwandtschaft verabschiedet sich von Hans und Karl Ludwig nahm sie mit nach Hause. Sie wollten mich auch mitnehmen, doch ich wollte noch eine wenig bei Hans bleiben. Ich hatte ja von meiner Cousine den Schlüssel bekommen und sicher waren Günter und sie bestimmt noch in ihrer Stammkneipe. Da konnte ich nachher immer noch vorbei gehen.

Wir setzten uns noch auf ein Bier in den Keller, auch Klaus-Dieter, mein ehemaliger Kinderspielplatzfreund war noch mit dabei.

Hans machte seinen kleinen Fernsehen an und wir sahen über das Regionalfernsehen die Eishockeyergebnisse und die Tabelle der zweiten Eishockeyliga, hier spielte Duisburg mit. Sie lagen nach heutigen dem Sieg im gesicherten Mittelfeld.

Klaus Dieter und ich erzählten noch ein bisschen über die Zeit meiner Kindheit hier in Duisburg. Ich wusste noch genau, dass ich auf Onkel Hans immer nachmittags gewartet hatte, bis er von der Arbeit heimkam. Er kam mit einem Moped, die Rheinländer sprechen das etwas anders aus, sie sagten dazu „Mopped"

Sein Moped bockte er immer auf dem Ständer vom Moped in dem Gartenweg zum Haus ab.

Ich setzte mich dann immer darauf und tat so, als würde ich fahren. Eines Tages trampelte ich wahrscheinlich zu toll und hatte dabei spielerisch die Kupplung und die Gangschaltung bedient. Das Moped sprang an, vom Ständer herunter und fuhr ca. 1,5 Meter. Und schon lagen das schöne Moped im Rosenbeet und ich in der Hecke, das Moped knatterte dort immer noch weiter. Hans und meine Mutter kamen aus dem Haus geschossen, Hans hob sein Moped auf und ich bekam eine Abreibung von meiner Mutter.

Mein Opa schimpfte anschließend mit meiner Mutter. Er meinte, Hans hätte es doch erlaubt, dass ich auf dem Moped sitzen durfte. Dann musste auch damit gerechnet, dass es anspringt.

Also war nicht das Kind Schuld, sondern Hans und der hätte die Abreibung kriegen müssen. Ich bekam dann von Opa 2, - Mark Schmerzensgeld, die ich dann wieder meiner Mutter gab. Das Moped war eine Zündapp. Gewesen.

Zum Glück war an dem Moped nichts passiert, bis auf ein paar kleine Kratzer. Die hatte Hans aber bald wegpoliert.
Nachdem ich die Story zum Besten gegeben habe und Hans noch seinen Senf dazu gegeben hatte, verabschiedete sich Klaus-Dieter.

Ich verabschiede mich gleich mit. Hans sagt zu mir: „Wir kommen am Montag zum Bahnhof, um dich in den Zug zubringen."

Dann meint er noch: „In 2 Jahren werde ich 60 Jahre, das ist ein runder Geburtstag, da schicke ich dir eine Einladung und dann kommst du auch."

Ich brachte ihn noch zur Tür, auch Waltraud und Hansi kamen zur Verabschiedung an die Haustür. Dann trennten sich unsere Wege. Klaus Dieter sein Weg führte ihn nach rechts und ich bog nach links. Hans stand noch lange in der Tür und winkte bis ich der Straße links hinter einer Häuserecke verschwand.

Ich ging nun allein durch die Straßen, viel war nicht mehr los. Ab und zu traf ich einen Passanten, aber ansonsten war Tote Hose. Ich ging gleich in die Stammkneipe von Ute und Günter und sie waren natürlich hier. Heute am Sonnabend, da zählten sie immer zu den Stammgästen, es gehörte einfach zu ihrem Leben dazu.

Günter stand an der Theke und hatte schon ganz wacklige Beine. Es sah fast so aus, als hätte er vorhin das Eishockeyspiel mitgespielt. Auch Ute hatte schon einen etwas starren Blick.

Ich dachte bei mir, dass sie beide schon allerhand Geld hier her getragen hatten, damit hätten sie sich sicher ein Haus bauen können. Aber jeder lebt so, wie er es möchte. Ich würde nicht jeden Tag in die Kneipe gehen.

Als mich der Wirt sah, bekam ich gleich ein Bier und ich setzte mich zu den Billardspielern, sie spielten Lochbillard und ich wollte ihnen über die Schulter schauen. Einer der Spieler kam mir vor, als wäre er ein Profi, er war wirklich sehr gut, lag rein nach Punkten ganz vorn.

Kurz nach ein Uhr ging es nach Hause zu meiner Cousine. Günter 5 Meter vornweg, er taumelte ganz schön. Ich hatte Ute im Arm, ich musste schon alle Kraft aufbringen, um sie auf Heimatkurs zu bringen.

Am nächsten Morgen war ich schon früh wach. Günter und Ute schliefen noch fest, er war ja Sonntag.

So hatte ich Zeit und Ruhe, mir die letzten 9 Tage im Kopf Revue passieren zu lassen. Alles in allem war es sehr schön gewesen, wenn auch manchmal recht turbulent, aber das Schöne würde überwiegen in meinen Erinnerungen und späteren Erzählungen.

Doch immer hier leben, nein das wollte ich nicht. Für mich war alles zu hektisch, aufregend und laut. Es zog mich wieder nach Hause, hier ging alles seinen geregelten Gang und dort wartete meine Familie, nach der ich große Sehnsucht hatte.

Hier war das Leben, wenn man Arbeit und Geld hatte, einfach zu einfach.

Man konnte sich alles leisten, es gab alles zu kaufen. Irgendwie fehlte mir hier beim Einkaufen die Freude auf die Dinge. Bei uns wusste man vorher nie, ob man es bekam, wenn überhaupt, entweder mit Beziehungen, oder im Geschäft als „Bück – Dich - Ware" unter dem Ladentisch . Ich meinte hier die Bückware für die guten Bekannten. Hier stand der Rosenthaler -Rotwein sichtbar in allen Geschäften. Bei uns freute man sich wie Bolle darauf, wenn man dann mal eine Flasche als Bückware erhalten hat.

Die Flasche wurde dann nur zu einem feierlichen Anlass getrunken. Bei uns in der DDR waren die Werte der Freude auf Dinge des alltäglichen Leben noch mehr vorhanden, als hier im Westen. Auch wenn wir dafür im größten Zuchthaus der Welt leben mussten.

Ute war aufgestanden und schaute zu mir ins Wohnzimmer, wo ich noch auf der Couch lag Sie meinte zu mir.

„Jetzt brauche ich einen Kaffee. Ich koche Kaffee und decke den Frühstückstisch und du holst von der Trinkhalle Brötchen."

Ich fragte: „Hast du keine von gestern mehr?" Über die Antwort war ich dann wieder überrascht. „Die sind doch von gestern, die sind nicht mehr frisch", sagte sie.

Ich zog mich also schnell an und schmiss mir etwas kaltes Wasser ins das Gesicht und ging zur Trinkhalle. Diese war nur 200 Meter von der Wohnung meiner Cousine entfernt, dort holte ich 8 Brötchen. Ich fragte die Inhaberin, von wann die Brötchen waren. Sie meinte:

„Von gestern Abend, aber ich habe sie vorhin noch mal aufgebacken."

Der Preis war dann gleich noch 5 Pfennige teurer als beim Bäcker.

Da hätten wir auch Utes Brötchen von gestern aufbacken und essen können. Ich bezahlte, ging zurück und ließ aber Ute in dem Glauben, das wären frische Brötchen.

Nur wir beide frühstückten, Günter schlief noch. Das war ja auch kein Wunder. Er hatte gestern Abend ganz schön einen genascht.

Ich aß ein Brötchen mit Leberwurst, unsere Landleberwurst zu Hause schmeckt schon gut, diese Kalbsleberwurst schmeckte irgendwie anders, sicher andere Gewürze, aber ich fand sie lecker. Danach aß ich noch ein frisches Brötchen mit Banane, d.h. ich hatte mir eine Banane aufs Brötchen geschmiert. Mein Lieblings „Aufschnitt".

Nach dem Frühstück suchte schon ich schon mal all meine Sachen zusammen, die ich hier gekauft hatte. Es wurde schon ein ganz schöner Berg und nachdem ich den Berg so betrachtet hatte, sagte ich zu Ute: „Das bekomme ich mit meinem Koffer und Reisetasche gar nicht weg. Allein die fünf Pfund Kaffee benötigten recht viel Platz . "

Ute tröstete mich: „Das kriegen wir schon hin!" Sie ging in den Keller, holte mir von dort noch eine Reisetasche und meinte dann zu mir:

„Die nehmen wir wieder mit, wenn wir zu euch zu Besuch kommen. "

Die Reisetasche von Ute war sehr groß, dort hinein packte ich ganz unten das Radio für meinen großen Sohn rein, der Kaffee fand hier auch noch Platz. Die Jeans für meine Kinder, die zwei Röcke für meine Frau, fast alle Geschenke für meine Familie konnte ich hier noch mit verstauen. Aber dann war sie voll. Für meine Schwiegermutter hatte ich auch eine schöne rote Seidenbluse gekauft.

Ich hatte fast 20 Tafeln Schokolade, aber keine einzige musste ich kaufen, die Schokolade hatte ich von unterschiedlichen Leuten geschenkt bekommen.

Dann packe ich meine Sachen in den Koffer und die Schuhe in meine Reisetasche. Auch für Karin hatte ich ein Paar Schuhe bei Deichmann gekauft, ich fand sie sehr günstig. Es waren sehr schöne Sandalen und hatten nur 9.90 DM gekostet.

Aber ganz unten in den Koffer packte ich, die im Keller gefundenen Zeitschriften.

Meine Cousine meinte nur:

„Wenn   sie   dich   nur   nicht   kontrollieren!"

Nachdem ich fertig mit Packen war, suchte ich aus meinen Unterlage die Zoll- und Devisenerklärung heraus und begann mit dem Ausfüllen.

Um keinen Zoll bezahlen müssen, schrieb ich von allem nur die Hälfte darauf. Das Radio erwähnte ich gar nicht.

„Es wird wie ein Roulettespiel voller Nervenkitzel für   mich   an   der   Grenze", meinte   ich   zu Ute. „Aber ein Roulettespiel, welches im Knast und mit Strafe   enden   kann",   war   ihre   Antwort! Als ich mit der Zoll- und Devisenerklärung fertig war, klingelte es an der Haustür. Onkel Karl war gekommen und Ute kochte gleich noch mal frischen Kaffee für ihren Vater. Es dauerte nicht lange, da kamen Karl Ludwig und Utes jüngster Bruder Tommy noch mit dazu. Für Karl Ludwig kochte sie dann auch noch mal frischen Kaffee, Tommy musste den Rest trinken.

Mittlerweile war es schon Mittag geworden, plötzlich stand Günter in der Tür und meinte zu Ute. „Koch mal frischen Kaffee!" Nun gluhte die Kaffeemaschine zum vierten Mal. Ich meinte zu Ute: „Dein Gehalt geht im Monat nur für Kaffee und Zigaretten drauf". Als Antwort bekam ich zu hören: „Das kann schon hinkommen:"

Karl Ludwig trank seine Tasse Kaffee aus und meinte dann zu mir:

„Komm, lass uns Mittagessen fahren! Wir fahren zu meiner Frau zum Wolfssee in die Gaststätte. Es ist sehr schönes Wetter! ", ich hatte nichts dagegen

Wir stiegen in seinen Mazda und brausten los. Auch Onkel Karl und Thomas machten sich auf die Socken.

Am Wolfssee angekommen, stellten wir fest, dass hier ganz schön was los war. Das schöne Wetter hatte viele Menschen hergezogen. Wir bekamen natürlich einen Platz auf die Terrasse und Karl Ludwigs Frau brachte uns schon ein Bier und Karl Ludwig sagte gleich zu ihr:

„Wir haben Hunger, lass dir etwas einfallen! "

Fünf Minuten später brachte sie uns ein gebratenes Hähnchen mit Pommes. Solch Essen war ich gewohnt und das schmeckte mir auch.

Ich erklärte Karl Ludwig noch, das gebratene Hähnchen bei uns Goldbroiler genannt werden. Nachdem wir fertig waren, schauten wir noch den Segelbooten zu. Ich bekam noch ein Königs-Pilsener und Karl Ludwig trank noch eine Cola. Mit meinen Gedanken war ich schon auf meiner Rückfahrt nach Hause. Ich drückte mir irgendwie selbst sie Daumen, dass man mich an der Grenze nicht kontrolliert würde und freue mich natürlich schon wie Bolle auf meine Frau und Kinder. Hier war es zwar schön hier, aber zu

Haus bleibt zu Haus.Es wurde Zeit, dass ich wieder nach Hause fuhr.

Am Nachmittag war ich mit Dieter verabredet. Wir wollten noch zum Fußball, Eddi aus der Kneipe hatte uns eingeladen. Er war Fußballpräsident von Duisburg 1900. Die 1. Mannschaft hatte ein Punktspiel. Dieter holte mich von meiner Cousine ab. Auch Günter war mitgekommen. Wir fuhren zum Fußballplatz, hier wartete Eddi schon auf uns. Das Spiel war irgendwie langweilig, keine Spannung im ganzen Spiel und demzufolge ging es auch 0:0 aus. Somit gab es auch keinen Grund, viel zu Bier trinken. Das kam mir aber nur entgegen, denn ich wollte morgen einen freien Kopf an der Grenze haben.

Nach dem Spiel verabschiedete Eddi sich von mir und wünschte mir, dass ich bald mal wiederkommen würde. Dieter brachte uns zu meiner Cousine zurück und verabschiedete sich auch gleich von mir. Er gab mir noch einen Brief für seine Mutter mit, in den Brief hatte er Geld mit reingesteckt. Ich versprach ihm dies bei seiner Mutter in meinen Heimatort abgeben, das machte ich auch wirklich gern. Aus seine letzten Worte war der Wunsch nach einem baldigen Wiedersehen zu hören. Der Tag ging wie üblich zu Ende, wir waren wieder in Günters und Utes Stammkneipe, gingen aber verhältnismäßig früh nach Hause.

Es wurde so gegen 23:00 Uhr, ich packte noch meine Sachen, die ich heute noch getragen hatte, in den Koffer. Deckel zu und dann ging ich schlafen.

Um 6:30 Uhr klingelte der Wecker, es war wie ein Hammer. Ich war es nun gar nicht mehr gewöhnt so früh aufzustehen. Doch ich musste ja aus den Federn, Ute kramte schon in der Küche und plötzlich war sie weg. Ich ging ins Bad, putzte die Zähne und sprang schnell unter noch unter die Dusche. Dann zog ich mich an, packte meine restlichen Sachen, wie Nachtzeug und Kulturtasche noch mit rein und ging dann in die Küche. Dort stand schon das Frühstück, Ute hatte heute selbst frische Brötchen geholt. Ich aß mit Ute ein letztes mal. Sie hatte mir für die Fahrt ein richtiges Lunchpaket gemacht. Dort waren gebratene Schnitzel, zwei kalte Bockwürste und wenigstens 5 belegte Brötchen drin. Dazu noch jede Menge Joghurtbecher.

Auch meine Thermoskanne war schon mit Kaffee gefüllt. Ich konnte mir die Frage nicht verkneifen:" Wer soll das denn alles essen?"

Zur Antwort bekam ich: „Das wird schon alle." Sie hatte für mich auch noch wenigstens ein Kilo Bananen gekauft. Die lagen wieder in einem anderen Beutel. Mir wurde angst und bange, wie sollte ich mein Gepäck nur weg- bekommen?

Als wir mit dem Frühstück fertig waren, klingelte es an der Haustür. Karl Ludwig war da, 5 Minuten später kam Onkel Karl und Tommy, auch Günter war nun endlich aufgestanden.

Er sagte wieder seinen Standartsatz :

„Mensch, hab ich einen Kopf, eins der Bierchen von gestern Abend war bestimmt schlecht."

Mittlerweile war es schon acht Uhr und Karl Ludwig brachte mein Gepäck in seinen Wagen, Tommy half ihm dabei. Es war Zeit, wir mussten uns auf den Weg zum Bahnhof machen.

Ich ging zu Günter, verabschiedete mich und bedankte mich nochmals für alles. Günter kam mit raus, gefrühstückt hatte er nicht, er musste 8:30 Uhr mit der Arbeit anfangen.

Dann verabschiedete ich mich von meiner Cousine, bei ihr bedankte ich mich besonders, sie hatte mich aufgenommen, hatte mich super bewirtet, hatte immer Zeit für mich gehabt

Wir stiegen in Karl Ludwigs Auto,Tommy und Onkel Karl kamen noch mit. Beim Losfahren winkte Ute, bis wir hinter der nächsten Kurve verschwunden waren.

Ich wurde immer aufgeregter, was würde mich an der Grenze erwarten? Hoffentlich kam ich gut durch und bekam einen guten Platz im Zug, für die Rückfahrt hatte ich keine Platzkarte. Der Zug kam aus Köln, bis Duisburg waren es ja nur zwei Stationen. Deshalb ging ich davon aus, dass wenig Menschen in dem Zug sitzen würden. Auf dem Bahnhof angekommen, warteten dort schon Hans, Waltraud und Hansi, wir waren nun schon zu sechst auf den Bahnhof, ein tolles Komitee für meine Verabschiedung. Langsam gingen wir zum Bahnsteig.

Im Tunnel, der für mich einer Einkaufpassage gleich kam, war immer noch der „Skoda Favorit" ausgestellt. Über den Preis kam ich immer noch nicht hinweg. Er wurde viel zu billig angeboten. Kein Vergleich zu dem bei uns, der total überteuert war. Ich durfte gar nicht hinschauen, sonst würde mir die Galle hochkommen.

Auf dem Bahnsteig angekommen, stellte ich fest, dass da doch schon sehr viele Leute warteten. Wenn die alle mit dem Zug mitfahren wollten, dann Prost Mahlzeit, Willi.

Im Lautsprecher wurde die Einfahrt des Zuges angesagt. Nun wurde es doch Ernst für alle...

Wir verabschiedeten uns, ich sollte ja alle schön zu Hause grüßen und schon rollte der Zug ein.

Ich hatte Glück, vor unseren Standort hielt ein Wagen genau mit der Tür, so dass ich als erster im Zug war. Karl Ludwig, der Bulle, gab mir mein Gepäck. Mit einem Koffer und einer Reisetasche bepackt, suchte ich mir einen Platz. Der Zug war schon ganz schön besetzt, aber schon im 3. Abteil wurde ich fündig, dort war noch ein Gangplatz frei.

Ich stellte meinen Koffer und die Reisetasche ab, machte dann ein Gangfenster zum Bahnsteig auf, Thomas reichte mir meine restlichen Sachen herein. Es war noch eine Reisetasche und 2 „Türkenkoffer" , (so nannten sie hier die Plastiktüten) .

Schon beim Abstellen merkte ich, dass sich der Zug in Bewegung setzte. Ich rief aus dem Fenster allen nochmals schönen Dank für alles und auf Wiedersehen zu. Onkel Hans rief zurück:, „Auf Wiedersehen in 2 Jahren, dann werde ich 60 Jahre, ein würdiger Anlass, einen Antrag zu stellen!"

Der Zug fährt aus dem Bahnhof heraus. So lange ich sie sehen konnte, winkte ich aus dem Fenster. Dann fuhr der Zug in eine Kurve und der Bahnsteig verschwand aus meinen Augen.

Ich machte das Fenster zu und kümmerte mich um meinen Platz. Ich musste ja noch das ganze Gepäck verstauen. Dem vielen Gepäckstücken nach, die in der Ablage verstaut waren, hatte ich ein Abteil erwischt, in dem nur DDR-Bürger saßen. Der Mann vom Fensterplatz hatte Verständnis für meine Lage und meinte dann zu mir:

„Warten Sie, ich nehme meinen Karton aus dem Gepäcknetz, dann kann alles weiter hergeschoben werden und sie bekommen auch ihren Sachen noch unter!"

Den Karton stellten wir auf dem Gang, so bekam ich meinen Koffer und zumindest eine meiner Reisetaschen noch in das Gepäcknetz.

Die andere Reisetasche stellte ich ebenfalls auf dem Gang, einen „Türkenkoffer" und zwar der mit dem Proviant, stellte ich neben mich auf den Sitz und den anderen mit dem Obst, legte ich in das untere kleine Gepäcknetz.

Da hielt der Zug schon wieder und wir waren im Essen Hauptbahnhof. Auch hier steigen sehr viele Menschen ein, bei mir machte sich der Gedanke breit, wie soll das denn nur werden, wenn an jeder Station so viele Menschen einsteigen würden?

Aber jetzt bekam ich erst mal mit, dass ich in einem Raucherabteil gelandet war. Ich nahm das hin, Hauptsache ich hatte einen Sitzplatz, so dass ich nicht an der Grenze aus dem Zug musste zur Kontrolle. Der Zug fuhr wieder, es dauerte gar nicht lange und schon waren wir in Gelsenkirchen.

Als der Zug wieder los fuhr, schaute ich genauer aus dem Fenster. Plötzlich sah ich es, dass Schalker Stadion.

Hier spielte also der FC Schalke 04, ich kannte sie nur aus den Übertragungen im Fernsehen. Irgendwie war das für mich fußballtechnisch gesehen, ein schönes Gefühl. Der Zug fuhr daran vorbei.

Und schon bald waren wir in Dortmund. Auch hier spielte ein sehr bekannter Fußballclub, die Borussia. Nur das Stadion war vom Zug aus nicht zu sehen.

Im Abteil kamen wir uns nun etwas näher, zum Glück rauchte nur der eine Mann am Fenster, aber nur sehr wenig. Neben mir saß eine ältere Dame, daneben ein Ehepaar aus Leipzig, ihre Herkunft konnten sie nicht verleugnen, ihr Dialekt hatte sie verraten. Mir gegenüber saß eine Frau in meinem Alter. Sie war recht hübsch, sehr modisch gekleidet toll gekleidet. Wie man so sagte, eine Augenweide.

Daneben saß ein etwas älteres Ehepaar, sie waren bestimmt aus dem Westen, kamen etwas vornehm rüber. Auf jeden Fall glaubten sie es von sich selbst bestimmt. Am Fenster saß ein einzelner Herr mit einer Sonnenbrille, er las die ganze Zeit in einem Buch. Ich bemerkte, dass der Herr blind war, seine Finger glitten über die Zeichen im Buch.

Der Zug fuhr jetzt ganz schön schnell, man konnte gar nicht so schnell die Schilder mit den Ortsnamen auf den Bahnhöfen lesen, auf denen den wir nicht anhielten.

Nun kommt ein Kellner von der MITROPA, öffnete unsere Tür und fragte nach unseren Wünschen .

Das vornehme Ehepaar nahmen jeder eine Tasse Kaffee, die schmucke Frau holt sich eine Coca-Cola.

Die Preise für den Kaffee und für die Cola fand ich nun wirklich ganz schön gepfeffert.

Ich holte meinen Türkenkoffer, die Plastiktüte, aus dem Gepäcknetz. Dort drin hatte ich meine Thermoskanne voller Kaffee. Ute hatte mich ja wirklich mit viel Essen verwöhnt, nur gute Sachen eingepackt. Ich trank aber nur eine Tasse Kaffee und dazu aß ich eine Banane.

Wir waren nun schon über zwei Stunden unterwegs, der Zug lief in Hannover ein. Hier kam die Durchsage, dass der Zug hier 30 Minuten Aufenthalt hat. Der blinde Fahrgast stieg aus, er wurde abgeholt. Das ältere Ehepaar rückte einen Platz weiter.

Der Mann aus Leipzig aus Leipzig rief auf einmal:

„Der blinde Herr hat sein Buch liegen lassen." Da ich mir ein bisschen die Beine vertreten wollte, sagte ich zu ihm.

„Geben sie mir das Buch, ich laufe hinterher." Gesagt getan. Ich sah den blinden Herrn gerade noch am Tunneleingang. Ich lief schnell hinterher und rief:
„ Hallo, Sie haben ihr Buch vergessen."

Ich rief nochmals, doch er machte keine Anstalten, sich umzudrehen. Warum auch, er sah mich ja nicht. Also lief ich weiter hinter ihm her und berührte ich leicht auf der Schulter.

„Sie haben ihr Buch vergessen." Nun drehte er sich zu mir um und sagte: „Das habe ich liegen gelassen, weil ich das Buch ausgelesen habe, sie können es wegwerfen".

Fehlanzeige, dachte ich bei mir, da warst du mal wieder zu übereifrig. Der blinde Mann bedankte sich aber trotzdem noch mal für meine Aufmerksamkeit

Ich sagte kein Wort, drehte mich um, schmiss das Buch in einen Papierkorb, ich konnte es selbst ja nicht lesen. Dann ging ich in mein Abteil zurück. Inzwischen war der leere Platz in unserem Abteil wieder besetzt. Eine jüngere Dame war zugestiegen, später erzählte sie uns, dass sie aus Halle sei und bei ihrem Onkel zum 65. Geburtstag eingeladen war.

Der Onkel saß im Rollstuhl, lebte in einem Heim, nie wieder wollte sie in den Westen fahren. Sie hatte auch im Heim übernachtet, das war eine großzügige Geste vom Heim gewesen, sie hatte dort kostenlos schlafen dürfen. Der Onkel hatte nur wenig Geld, konnte ihr nichts geben, sie war viel mit dem Onkel spazieren gefahren. Konnte sich nur ihre Nase an den Schaufenstern plattdrücken, ihr umgetauschtes Westgeld musste sie für ihre Verpflegung und Trinken ausgegeben.

Einen Pulli hatte sie sich gekauft, für ihre Kinder hatte sie nur noch Schokolade und Bananen kaufen können.

Unter diesen Umständen wollte sie nicht noch einmal hier her.

Inzwischen hatte sich der Zug wieder in Bewegung gesetzt. Noch eine gute Stunde und wir würden an der Grenze sein.

Ich holte meine Thermoskanne nochmals hervor und machte mir den Becher voll. Auch der jüngeren Dame bot ich einen Becher an, sie nahm das Angebot gern an.

Nun wurde es immer ruhiger im Abteil, alle hatten sicher dieselben Gedanken, denn wir näherten uns der Grenze. Pünktlich auf die Minute waren wir in Wolfsburg.
Der Bundesgrenzschutz kontrollierte unsere Ausweise, auch Beamten vom Zoll gingen durch die Gänge. Aber sie warfen nur einen kurzen Blick durch die geschlossene Tür in unser Abteil.

Nun warteten wir alle, dass der Zug wieder losfuhr. Doch Fehlanzeige. Er stand und stand, keine Anzeichen für die Weiterfahrt. Ich ging nach ca. einer Stunde auf den Gang, machte das Fenster auf und versuchte ,einen Grund dafür zu erkennen.

Aufgeregtes Treiben herrschte auf den Bahnsteig. Ein Bundesgrenzpolizist ging am Fenster vorbei, ich fragte ihn, was los sei, warum wir hier stehen. Er grinste nur meinte dann zu mir:

„Nichts ist los. Der Zug bleibt hier noch 10 Minuten stehen und dann geht es ab. Dann kommen nämlich in Oebisfelde noch zwei Züge an, einer aus Berlin und einer aus Leipzig. Dann schicken wir euch rüber und dann kann es durchaus sein, dass sie euch dann nicht so lange kontrollieren können. Zumal in einer viertel Stunde noch zwei Züge aus Amsterdam und aus Düsseldorf kommen, diese beiden Züge schicken wir sofort hinterher. Da kann ich mir den Stress da drüben gut vorstellen. Und euch wird es helfen beim Grenzübergang!"

Er grinste wieder, wünschte mir noch eine gute Fahrt und ging weiter. Ich dachte für mich, das sind ja richtige kleine Spielchen zwischen Ost und West, abwarten, was passiert. Wäre ja schön, wenn er recht hätte.

10 Minuten waren herum und ich sah den Aufsichtsbeamten mit der roten Mütze, er hob seine Kelle.

Der Interzonenzug aus Köln nach Leipzig setzte sich langsam in Bewegung, zurück Richtung DDR, in das Gefängnis für 17 Millionen Menschen.

Im Abteil war eine gespannte Ruhe zu merken. Alle schauten sich irgendwie aufgeregt an, der Zug bekommt langsam Fahrt.

Übrigens wurde er jetzt von einer DDR-Diesellok gezogen. Bis Wolfsburg waren wir elektrisch gefahren. Die Schienen summten wieder, wie es schien, waren wir noch im Westen. Aber nach weiteren 5 Minuten fingen die Schienen mit rattern an. Darauf sage ich zu meinen Mitfahrern: „ Unverkennbares Geräusch, jetzt sind wir wieder im Osten!"

Und wirklich, man sah vom Fenster heraus die Grenzanlagen mit all den Stacheldrahtzäunen, Panzersperren, Todesstreifen und vor dem zweiten Stacheldraht eine Asphaltstraße. Auf dieser Straße standen die Lampen und Scheinwerfer. Alles wirkte unheimlich gespenstisch und bedrohlich. Heute sah ich die Grenze bei Tageslicht, unglaublich, was man hier nur für Anlagen errichtet hatte. Auf der Straße vor dem Stacheldraht, fuhren Armeefahrzeuge, alle 100 Meter stand noch ein Wachturm.

Wer hier versuchen würde, über die Grenze zu kommen, der hatte eigentlich mit seinem Leben abgeschlossen.

Nun fuhren wir in den Bahnhof von Oebisfelde ein. Auf der Seite, wo ich saß, sah ich noch einige Gleise, dann kam eine Rampe und dahinter wiederum Stacheldrahtzaun. Auf der Rampe standen Grenzpolizisten und filmen mit einer Videokamera unsere Ankunft. Auch hörte und sah ich wieder die Hunde. Diese Schäferhunde bellten ganz verrückt unseren Zug an, es war einfach furchtbar, menschenunwürdig.

Was sich die DDR hier hatte einfallen lassen, das konnte man kaum beschreiben, wenn man es nie gesehen   hatte
Man konnte es vielleicht so beschreiben, dass alles gesichert war, wie in einem Konzentrationslager in Hitlerdeutschland.

Mir schlich sich der Gedanke in meinen Kopf, was musste diese Regierung doch für Angst haben.

Der Zug kam auf Bahnsteig 2 zum Stehen.

Der Bundesgrenzbeamte in Wolfsburg hatte recht, es standen noch 2 weitere Züge da. Ich hörte wie die Türen unseres Zuges aufgemacht wurden, höre die Grenzbeamten reden. Zuerst ging ein Grenzpolizist durch den Gang, schaute in jedes Abteil, er hatte einen Sack in der Hand. Plötzlich kam er wieder zurück, machte die Tür von unserem Abteil auf. Er fragte laut nach Zeitschriften und anderer westlichen Literatur. Alle schütteln den Kopf, er machte das Abteil wieder zu und ging weiter. Jetzt kam ein anderer Grenzpolizist, verlangte und kontrollierte unsere Zählkarte und die Reisepässe, ich war als letzter dran. Er schaute mir tief in die Augen und sah sich dann ganz genau das Bild in dem Pass an. Auf einer Liste, die er in einem Buch hatte, blättert er herum und machte dann einen Haken. Das konnte ich zwar nicht genau so sehen, aber ich vermutete es.

Als er mit mir fertig ist, wünscht er uns eine gute Weiterfahrt und einen guten Aufenthalt in der DDR.

Ich staunte, das waren ja ganz neue Töne. Wir schauten uns alle im Abteil an, aber keiner sagte ein Wort.

Nun musste nur noch der Zoll kommen. Das waren meist Frauen.

Es dauerte ungefähr 5 Minuten, draußen auf dem Bahnsteig ging schon der Grenzpolizist lang, er war mit seiner Kontrolle fertig.

Nun hörte ich, wie im 1. Abteil die Tür aufgemacht wurde und eine Frauenstimme „Guten Tag, Zollkontrolle" sagte. Nun war es also soweit. Ich hörte auch wie sie sagte, wir sollten unsere Zoll- und Devisenerklärung bereit halten. Ich kramte meine aus meiner Brieftasche hervor. Mein Puls überschlug sich bestimmt sich und ich höre mein Herz schlagen. Der Blutdruck war bestimmt über 200. Ich wusste, ich hatte viel riskiert

Es vergingen aber mindestens noch 5 Minuten, bis die Zöllnerin unsere Abteiltür aufmachte. Ich saß wie auf Kohlen, sollte meine Cousine recht behalten und alles wäre dann umsonst gewesen?

„Guten Tag in der DEUTSCHEN DEMOKRATI-

SCHEN REPUBLIK"! Alle hielten ihre Erklärung in der Hand, manche Hand zitterte. Sie schaute sich die Erklärungen an und fragte die Runde: „Haben sie etwas zu verzollen? "

Es blieb ganz ruhig im Abteil, sie schaute noch einmal in das Gepäcknetz und wandte sich dann dem Ehepaar aus Leipzig zu. Sie fragte:

„Wie viel hat der Hi - Fi Turm gekostet?"

Der Mann kramte in seiner Brieftasche und zeigte die Rechnung.

„Sie sind ein Ehepaar?", fragte sie den Mann. „Ja!", meinte dieser.

„Na, dann kommt das mit der Einfuhr ja ungefähr hin".

Mein Herz schlug immer schneller. Man sah mir das alles bestimmt an, sicher war ich puterrot vor Aufregung. Innerlich verfluchte ich mich. Meine Cousine hatte ja so recht gehabt, wenn sie mich erwischen würden, aber dann.

Plötzlich fragte die Zöllnerin:

„Kann ich die Hi - Fi Anlage einmal sehen!"

Der Mann stand auf und wollte zum Gang gehen, er hatte seinen Karton ja auf dem Bahnhof raus gestellt, um Platz für meine Sachen zu machen.

„Ach hier, der Karton", meinte die Zöllnerin.

„Bitte nehmen Sie diesen und lassen dann den Karton im Zollgebäude durchleuchten".

Dann schaute sie noch mal in die Runde und zeigte auf mein Gepäcknetz. Jetzt war ich also dran, das war es, Friedrich! Jetzt geht es ab nach Bautzen.

Sie wollte aber nur den „Türkenkoffer" sehen, also den Beutel, in dem mein Essen drin war. Ich holte ihn herunter, zeigte ihn, Sie schaute rein und fragte dann leicht erheitert: „Haben sie es noch weit oder wollten sie das ganze Abteil beköstigen"?

Was sollte ich darauf schon antworten, also hielt ich lieber den Mund. „Können sie wieder ins Netz zurücklegen", meinte sie dann.

Sie drehte sich um, machte das Abteiltür hinter sich zu und ging weiter ins Nachbarabteil. Wir schauten uns alle an. Die Frau aus Halle fragte noch: „War es das?", allgemeines Achselzucken. Der Mann aus Leipzig kam mit „seinem" Karton wieder. Er stellt ihn zurück an seinen alten Platz. Da kommt eine Durchsage: „Zum Zug nach Leipzig, bitte alle Türen schließen und Vorsicht bei der Ausfahrt des Zuges!" Irgendwie hörte man viele Steine fallen, die alle vom Herzen fielen. Wir hatten es geschafft, um die strenge Kontrolle waren wir gut herumgekommen.

Und wirklich unser Zug fuhr ab. Wir fuhren wieder.

Wieso aber, die Zöllnerin war doch noch immer im Abteil neben uns? Dort mussten gerade Fahrgäste aus dem Abteil raus auf den Gang, das bedeutete, ein Fahrgast wurde genauer kontrolliert.

Ich flüsterte: „Die bleibt bestimmt bis Magdeburg im Zug".
Allgemeines Nicken, der Zug fuhr eigentlich nicht

266

besonders schnell. Auf dem anderen Gleis kam uns ein D-Zug entgegen.

Der Bundesgrenzbeamte hatte recht. Man musste bestimmt unser Gleis im Oebisfelder Bahnsteig gleich frei machen. Die Leute auf den Gang konnten wieder in ihr Abteil zurück. Die Kontrolle war dort auch zu Ende.

Der Zug fuhr langsam, die Zeit verging nur langsam. Nur mein Herz schlug immer noch schnell. Doch waren bereits die Vororte von Magdeburg zu sehen. Der Zug war heute gar nicht über Stendal gefahren.

Ich freute mich, es dauerte aber noch 10 Minuten ehe wir den Bahnsteig erreichen. Schnell stand ich auf und ging auf den Gang. Die Zöllnerin war immer noch in unserem Wagen, im vorletzten Abteil.

Der Zug kam auf einmal zum Stehen. Ich machte ein Gangfenster auf, schaue auf den Bahnsteig, ob mein Schwager schon zu sehen war. Wir hatten uns ausgemacht, dass ich mit diesem Zug zurück kommen wollte und er wollte mich wieder abholen. Da sah ich unseren großen Sohn, ich rief ganz laut über diese vielen Menschen hinweg, die da draußen waren und er flitzte auch sofort zurück und holte meinen Schwager. Dann gab ich meine Reisetaschen und die „Türkenkoffer" durch das Fenster, nahm meinen Koffer und ging zur Türe. Der Bahnsteig war wirklich sehr voll. Ich hatte Glück, dass ich unseren Sohn gleich gesehen hatte. Als ich aus der Tür ausstieg, sah ich auch meine Frau und unseren Jüngsten. Meine Frau hatte heute bestimmt ihren Haushaltstag genommen, um mich abzuholen

Der Haushaltstag war eine gute Sache, den sich die DDR für unsere Frauen ausgedacht hatten. Einen Tag im Monat durften die Frauen von der Arbeit frei machen, der Tag wurde trotzdem bezahlt. Das gab es im Westen nicht.

Ich ging so schnell, ich nur konnte, mit meinem Koffer zu meiner Familie hin. Mein kleiner Sohn riss sich von der Hand seiner Mutter los und lief auf mich zu. Er sprang mir um den Hals und küsste mich. Auch meine Frau kam zu mir, ich bekam das kleine Klammeräffchen gar nicht von meinem Hals,wollte doch aber auch meine Frau begrüßen. Es wurde eine große Umarmung, sie gibt mir ein dicken Kuss und sagte aber gleich:

„Solange bleibst du mir nicht mehr weg, du lässt mich nicht mehr so lange allein". Ich schaute sie an und gab ihr noch einen weiteren Kuss.

Jetzt kamen auch unser großer Sohn und mein Schwager. Wieder eine große Begrüßung. Mein Sohn fackelte nicht lange und fragte gleich ganz aufgeregt: „Hast du mir einen Kassettenrekorder mitgebracht"?

Diese Frage musste erst mal vertagt werden, denn gerade ging die Zöllnerin an uns vorbei. Aber er ließ keine Ruhe und ich sage dann:

„Nun warte doch erst einmal ab. "

Meine Frau fing mit ihm zu schimpfen an, aber sie und auch mein Schwager hatten beide gesehen, dass ich mit den Augen gezwinkert hatte. Auch unser kleiner Sohn hatte es mit bekommen und sagte dann zu seinem großen Bruder: „Ja doch, gib Ruhe!".

Mittlerweile waren wir in der Unterführung. Wenn ich die mit dem Duisburger Bahnhof verglich, dann konnte ich nur den Kopf schütteln. Bei uns war alles grau in grau, im Bahnhofsgebäude gab es nur einen Imbiss und einen Zeitungskiosk.

Wir waren schnell draußen, da stand schon der Trabi von meinen Schwager. Vor meinen Augen war sofort wieder der „Favorit Skoda" vom Duisburger Bahnhof und diese Pappschachtel hier bei uns kostet über 9000 Mark kostet, mir kam gleich wieder die Wut hoch in den Hals. Wir verstauten all meine Sachen, eine Reisetasche passte nicht mehr in den Kofferraum. Ich setzte mich auf die Rückbank und nahm sie auf den Schoß. Als wir alle drin saßen und mein Schwager den Motor anstellte, dachte ich nur, was für ein Geknatter. Ich war das nicht mehr gewöhnt, die Autos im Westen fuhren alle leiser, doch ich sagte nichts.

Auf der Fahrt nach Hause, bestellte ich meine aufgetragenen Grüße und ich musste schon etliche Fragen beantworten. Meine beiden Söhne aßen jeder schon eine Banane, wir fuhren ja gut eine Stunde bis nach Hause. Es war nun schon kurz vor 21.00Uhr, ich war fast 12 Stunden unterwegs. Von Duisburg nach Magdeburg waren es gerade mal rund 390 km.

Mein Schwager half mit, den Kofferraum leer zu räumen und kam natürlich noch mit in unsere Küche. Ich holte zuerst die Tasche mit den Geschenken, gab zuerst meinem großen Sohn den Kassettenrekorder, worauf mein Schwager und er sofort in seinem Zimmer verschwanden. Mein Schwager war genau wie er, auch solch ein Technikfreund und sicher mussten sie gemeinsam das neue Gerät genauer anschauen.

Unserem kleinen Sohn gab ich zwei Matchbox Autos, er freute sich genau so darüber und ging zum Spielen in sein Zimmer.

Dann packte ich alle Geschenke aus und meine Frau sagte immer wieder: „Bist du verrückt, so viel"!

Sie probierte gleich alles an, ich hatte gut gewählt, es passte alles.

Ich gab meinem Schwager noch ein Pfund Kaffee, ein paar Bananen, Apfelsinen, Schokolade, für seine Fahrdienste noch 25 DM. Bedankte mich bei ihm mit den Worten: „Für das Geld könnt ihr euch etwas im Intershop kaufen." Er freute sich natürlich sehr über all diese mitgebrachten Dinge, am meisten natürlich für das Geld.

Ich brachte ihn selbst bis an die Tür. Als ich wieder reinkam bedankte sich meine Frau noch mal bei mir und versprach mir ein richtiges Dankeschön, wenn unsere Kinder schlafen gehen würden.

Es war wieder schön zu Hause zu sein, meine Frau räumte alles weg und schickte die Kinder ins Bett. Unser großer Sohn ging ganz freiwillig, natürlich mit seinem neuen Rekorder. Der Kleine ging auch ohne weiteres ins Bett, dort lagen schon seine Matchbox Autos.
Meine Frau ließ sich einen Joghurt schmecken, ich trank den Rest Kaffee aus der Thermoskanne – nur nichts umkommen lassen.

Dann ging ich mich waschen, denn von der Fahrt, dieser Angst an der Grenze, war ich tüchtig durchgeschwitzt. Als ich fertig war, zog ich meinen Schlafanzug an und ging auch ins Bett.

Meine Frau räumte noch den Koffer mit der Dreckwäsche aus und brachte alles in den Wasch Keller. Danach kam auch sie ins Bett.

Als am nächsten Morgen der Wecker klingelte, war das wie ein Hammer. Es war ja gerade erst 5.00 Uhr. Ich stand auf, machte mich zur Arbeit fertig. Auch meine Frau musste mit aufstehen, da sie um 6:00 Uhr im Hort sein musste. Die Kinder weckten wir um halb sechs, auch sie mussten mit uns das Haus verlassenen.
Ich fuhr heute mit dem Trabi zur Arbeit, für meine Kollegen nahm ich ein Pfund Kaffee und eine Tafel Schokolade mit. Ich dachte, das würde gut dazu passen, wenn ich ihnen aus dem Westen, dem SCHLARAFFENLAND, erzählen würde.

Ich war ziemlich spät dran, erst 6.05 Uhr fuhr ich über die Werksgrenze. Als ich die Treppe zu meinem Büro hoch komme, riefen mir meine Sekretärin und der Kurze schon zu:

„Wir hatten uns schon auf einen neuen Chef eingestellt".
„Pustekuchen, ich bin wieder da" und dann bombardierten sie mich mit Fragen. Ich schaute nur auf meinem Postberg und sagte erst mal: „Lasst uns erst einmal anfangen die Post zu sichten."

„Quatsch, meinte der Kurze, „ich habe die wichtigsten Sachen schon für dich erledigt. Nun erzähle aber endlich, wie es war!"

Ich gab meiner Sekretärin das Paket Krönung und sagte zu ihr:

„Koche uns erst mal Kaffee!"

„Der ist schon fertig, aber nur Mocca Fix. "

Dann erzählte ich bis zum Frühstück und später weiter bis gegen 9:00 Uhr. Meine Kollegen unterbrachen mich immer wieder, hatten viele Fragen zwischendurch, Birgit sagte dann abschließend:

„Und jetzt bist Du wieder hier, der DDR-Alltag hat Dich wieder, freue Dich, du hast den Sozialismus und die da drüben nicht! "

Nach 9.00 Uhr fuhr ich schnell mit meinem Trabi zum Bahnhof zur Meldestelle. Dort musste ich meinen Personalausweis abholen und meinen Reisepass abgeben.

Als ich wieder in mein Büro kam, sagte meine Sekretärin zu mir: „Dein Chef hat nach dem Republik-Flüchtigen gefragt. Du sollst hoch zu ihm kommen". Ich ging hoch in sein Büro. Als ich die Tür aufmachte, rief er schon:

„Na, wie war es beim Klassenfeind?"

Ich antwortete: „Ja, du hast Recht, es war ein **KLASSE FEIND**"!!!!!!!!!!!!!!!!!!

Die Zeit verging und ich war wieder bei der Arbeit. Irgendwie war alles etwas anders. Die Bürger und auch meine Kollegen und Kolleginnen waren etwas aussätziger. Sie ließen sich vieles mehr gefallen. Es gab viele Parteiaustritte und mit der Arbeit nahmen sie es nicht so genau. Auch die Versorgung mit allem wurde immer schlechter. Im September 1989 gab es viele Demonstration gegen den Staat, besonders in Leipzig. Auch in unserem Dorf gab es eine. Organisiert von einfachen Bürgern. Auf dieser Veranstaltung trat unser Bürgermeister öffentlich aus der Partei der SED aus. Die Demonstration ging fast durch allen Straßen. Viele Bewohner trugen Plakate mit Losungen wie die:

-Stasi in den Tagebau- und -Löst die SED auf-. Ein Schüler trug ein Plakat darauf stand:-Nie wieder russisch Unterricht-. Für mich war dieses Plakat quatsch, weil es ja für die Bildung der Kinder war, aber hier sah man den Hass auf unseren Staat und die Sowjetunion.

Im Westfernehen sah man täglich die politischen Aktionen der Bürger in der DDR.

Anfang Oktober bekamen wir Besuch aus dem Westen Meine Cousine und ihr Mann, sowie mein Onkel mit seiner Frau waren gekommen Meine Schwiegermutter wurde Sechzig und wir wollte eine größere Feier machen. Es war sehr anstrengend Lebensmittel und ein paar schöne Sachen zu bekommen. Zum Glück hatten wir einen Garten und so hilf dieser uns.

Es war eine schöne Feier, doch unsere Verwandten bekamen Angst vor den Verhältnissen in der DDR. Sie wollten vierzehn Tage bleiben und sind aber schon nach einer Woche gefahren.

Drei Tage, nach dem sie gefahren waren, bekamen wir ein Telegramm von meinem Onkel. Meine Cousine hatte einen Herzinfarkt und ist gestorben. Aus diesem Grund hatte ich wieder die Möglichkeit in die BRD zu fahren. Es war zwar kein schöner Grund , aber ich bekam die Genehmigung zur Beerdigung zu fahren. Das war nun das zweite Mal, das ich nach Duisburg fahren durfte. Meine Schwiegermutter begleitete mich. Sie war Rentner und durfte aus diesem Grund mitfahren.

Wir blieben 10 Tage drüben. Nach dem wir wieder zu Hause waren, sah es in meinen Betrieb ganz anders aus. Man hatte unsere Betriebsdirektorin ausgewechselt. Plötzlich war einer meiner Kollegen an der Spitze des Betriebes. Er war linientreu und Kreisparteileitung der SED hatte sie auf gewechselt. Ob das der richtige Weg war, wusste ich nicht. Auch war alles durch einander gewürfelt im Betrieb.

Es gab viele Versammlungen. Doch bessern tat es sich nicht. Die Versorgung mit Stoffen wurde immer schlechter, so konnten wir die Liefertermine nicht

einhalten. Auch gab es jetzt jeden Montag Demonstrationen gegen den Staat.

Es ist war Mitte Oktober, ein schöner Herbstmontag.
Ich sitze im Büro meines Chefs. Wir beraten über die
kommende Leipziger Herbstmesse. Was machen
wir, fahren wir in dieser aufgeregten Zeit nach Leipzig zur Messe oder nicht? Das Gebäude des Büros
liegt an der Fernstraße 6. Diese verläuft vom Wernigerode bis Bautzen. Ihr Weg führt sie auch über
Leipzig. Plötzlich ein lauter Lkw-Verkehr auf der
Straße. Das ist eigentlich unüblich. Wir haben es so
gegen 10 Uhr früh. Mein Chef macht die Gardine etwas bei Seite und meint zu uns in der Runde: „Da
fahren sie wieder!" Ich schaue auch aus dem Fenster.
Ich sehe einen Plan - Lkw nach dem anderem, das
ging fast eine Stunde so. Grün, in Tarnfarbe gespritzte Lkw`s. Auf diesen Lkw Rubors saßen Polizisten in
voller Kampfuniform. Mein Chef meinte: „Heute ist
in Leipzig wieder Montagsdemo, da hat die Polizeischule Ausgang. Die fahren wieder nach Leipzig."
Es waren bestimmt 100 Lkws. Rechnet man hoch, 20
Polizisten auf einen Lkw, so sind das ca. 2000 Polizisten. Da ist die Polizeischule in Aschersleben leer.

So hat sich unser Messebesuch von selbst geklärt.
Wir bleiben lieber zu Hause. Der Uhrzeiger zeigt
11.30 Uhr an, die Sitzung ist zu Ende. Es ist Mittagspause. Ich gehe zum Speisesaal. Mir kommen so ca.
50 Frauen, Arbeiterinnen, Näherinnen entgegen, die-

se gingen alle zum Betriebstor. Ich scherzte, zum Essen in den Speisesaal geht es andersrum lang.

Ich bekam die Antwort: „Zum Essen besorgen für unsere Familien geht es hier lang. Wenn wir nach Feierabend einkaufen gehen bekommen wir nichts mehr. Heut und jetzt bekommt der Fleischer neue Ware." Ich dachte mir so, wenn die alle jetzt zum Fleischer rammeln, die Schlange und das alles in einer halben Stunde Mittagspause. Das schaffen die nie wieder pünktlich zurück, so schnell ist keine Verkäuferin, auch wenn die das Fleisch Portionsweise schon geschnitten hat. Was sind das nur für Zeiten geworden, dachte ich so bei mir.

Ich ging die Treppe herunter, denn der Speiseraum lag im Keller unser Kinderbekleidungsfirma. VEB Kindermoden Aschersleben der größte Mädchenoberbekleidungshersteller der DDR. Ich öffnete die Tür des Speisesaales, es richt nach Sauerkohl. Ich stelle mich an und hole mein Essen.

Die Portion für 80 DDR-Pfennige. Heute gibt es „Tote Oma" mit Sauerkohl und Kartoffeln (lockere Blutwurst). Ich nehme meinen Teller und setze mich zu meinen Kollegen aus der Reparaturwerkstatt. Die beiden Walter, Heinz, Hans-Jürgen sind bereits beim letzten Happen. Sie wollen unbedingt so schnell wie es geht in die Werkstatt zurück, um Skat zu spielen.

Genussvoll esse ich meine „Tote Oma", heute schmeckt sie ganz gut. Mit Sauerkraut schmeckt sie viel besser als mit sauerer Gurke. Aber die Küche muss eben das kochen was sie geliefert bekommt. Manchmal gibt es gerade keinen Sauerkohl. Doch jetzt wird Kohl geerntet und frisches Sauerkraut daraus gemacht.

Mein Chef der Technische Direktor kommt zur Tür herein, neben ihm die Produktionsleiterin. Sie stellen ebenfalls an den Schalter zur Essenausgabe in die Schlange an und holen ihr Essen. Bei mir am Tisch sind noch zwei Plätze frei. Sie steuern mit ihren vollen Tellern auf mich zu. Sie setzen sich, und ich meine: „Na denn guten Appetit, lasst euch die „Tote Oma" gut schmecken."

„Wenn ich an meinen Produktionsrückstand denke, dann schmeckt mir gar nicht", meinte Margit ‚die Produktionsleiterin.

„Fritze, was hast du nur für Nähmaschinennadeln eingekauft, die taugen ja gar nichts." „Welche"? fragte ich. „Na die für die Augenknopflochmaschinen. Bei jedes zehnte Knopfloch bricht die Nadel. Schon ein schöner Mist was aus den Westen kommt," schimpfte sie. „Nun mal langsam, lass das nicht die Firma Dürkopp aus Bielefeld hören, die können nichts dafür. Die Nadeln hat der Ratio- Bau Lößnitz ein Kombinatsbetrieb gefertigt. Es sind NSW- Ablösungen, hier haben wir das Fahrrad wieder Mal neu erfunden. Ich habe die Originalnadeln

bei der Jahresimportbestellung beim Kombinat aufgegeben und solch ein Mist hat man uns geliefert. Die Originalnadel hat man uns gestrichen, dafür haben wir die aus Lößnitz bekommen. Ich kann nichts dafür."

„Was mache ich bloß. In 14 Tagen ist Lieferung an das Versandhaus Quelle, dass ist fast nur noch zu schaffen wenn ich die richtigen Nadeln bekomme", meinte Margot.

„Kein Problem", sagte ich. „Besorge mir ein Visum für dem Westen, dann fahre ich höchst persönlich nach Bielefeld und hole die Nadeln. Ich bezahle sie auch aus meiner Tasche." Das mache ich auch", meinte Margot.

„Ich glaube, ich habe eine Idee, wie wir an Original- nadeln herankommen. Es bleibt uns nichts über, wir müssen doch zur Leipziger Messe fahren. Auf der Leipziger Messe stellt die Firma Dürkopp aus. Ich kenn persönlich gut den Herrn Hornig, vielleicht können wir da etwas machen". „Das ist verboten", sagte Margot. „Kennst du die Anordnungen des Kombinates nicht"? „Ich habe von nichts gewusst", meinte mein Chef. „Ich kann es doch mal versuchen. Wir haben dort auch noch zwei Keilklopflochnähma- schinen von der Firma Dürkopp stehen. Beide sind seit der Lieferung noch nicht gelaufen und das ist schon 3Jahre her".

„Ja", meinte Margot. „Die wurden von deinem Vor- gänger falsch bestellt. Diese Maschinen brauchen wir in fünf Jahren höchstens mal 14 Tage, aber Augen- knopflochmaschinen brauchen wir ständig es wäre schön wenn die Firma Dürkopp uns diese umbauen würde".

„Das bekommst du nie die Reihe ohne Valuta vom Kombinat", warf mein Chef ein. „Möchtest du den Fehler vor dem Kombinat eingestehen. Wen du und Achim vor drei Jahren Augenknopflochmaschinen bestellt hättest, hätten wir jetzt mehr Originalnadel und es wäre nicht zu diesen Produktionsengpass gekommen", meinte ich so nebenbei. „Ich werde an Mittwoch fahren. Da kann ich mich morgen auf die Fahrt zur Messe vorbereiten und am Mittwoch habe ich auch ein Dienstfahrzeug, da fährt auch unsere Absatzabteilung zu unserem Messestand in das Ringmessehaus. Ich kann da bestimmt mitfahren".

Mein Chef sagte: „Mache was du für richtig hältst, aber ich habe von deinem Vorhaben nichts gewusst". „Ich auch nicht", meinte Margot. „Aber trotzdem viel Glück und lasst dich nicht ohne Nadeln sehen". „Das brauchst du", murmelte mein Chef. „Ich wäre auch gerne mitgefahren". „Hättest du damals nicht solche eine schöne Rede vor der russischen Delegation gehalten, könntest du mit kommen", meinte ich etwas spaßig. Er hatte Messeverbot, weil er im Urlaub unserer großen Chefin, eine russische Delegation in unserem Betrieb herum geführt hat und dabei unser Leitungsregien als Jahrhundert bewehrt gepriesen hat und so nebenbei noch meint: „Diesen hätte schon der „Alte Fritze" angewendet.

14 Tage später stand sein Zitat in der „Moskauer Prawda", über ein Besuch sowjetischer Journalisten in einem Konfektionsbetrieb in der DDR. Man wende dort in der DDR noch ein veraltetes Leitungsprinzip an.

Das fand man in Berlin nicht so gut und er bekam für diese Äußerung ein Parteiverfahren. Da hatte er noch Glück, dass man ihn nicht aus der Partei geschmissen hat, dann wäre es auch mit seinen Job nicht so rosig mehr gewesen.

Aber die Partei braucht jeden Pfennig Parteibeitrag, dabei ist es nur bei einem strengen Verweis geblieben und drei Jahre kein Kontakt zu Ausländern, sowie strengen Messeverbot.

Ich ging nach dem Gespräch im Speiseraum zurück in mein Büro. Mir kamen einige Näherinnen entgegen, an ihren Gesichtern sah ich das sie nicht viel Erfolg beim Einkaufen hatten. Einige schimpften vor sich hin, einige waren sehr niedergeschlagen. Ich hörte nur in vorbei gehen wie die eine meinte: „Ich trete aus der Partei aus". Von Jubelreden werden wir nicht satt.

Ich dachte so im Vorbeigehen, dies ist bestimmt eine „gute Motivation" für die Arbeitsleistung der Näherinnen. Margot, die Produktionsleitern hat es wirklich nicht leicht, sie muss sich das alles von den Näherinnen an hören und sie dabei noch zu Höchstleistungen motivieren.

Ich kam in meinen Gedanken vertieft in der Reparaturwerkstatt, wo mein Büro lag an. Es war so gegen 12.40 Uhr. Meine Handwerker spielten noch Skat, die Mittagspause war bereits schon seit 10 Minuten zu Ende. Ich sagte nur kurz: „Na, übertreibt ihr heute nicht wieder". Sie standen auf und gingen an ihre Arbeit. Aus der Dusche, die in der Werkstatt nebenan lag, kam Manne, ein Schlosser und Doris eine ungelernte Näherin. Doris hatte Manne die Haare geschnitten, denn Doris war gelernte Frisöse. Als ich Doris sah fragte ich sie: „Kannst du mir morgen früh auch die Haare schneiden", sie meinte nur: „Ja", und ging mit den Worten. „Na dann bis morgenfrüh halbsechs". Zu Manne sagte ich nur: „Mache den Salon sauber, damit er morgenfrüh nicht dreckig ist". Die Handwerker hatten nämlich ein Raum der Dusche als Friseursalon umfunktioniert. Es duschte sich ja eh keiner und wenn dann räumten sie den selbstgebastelten Friseurstuhl aus der Dusche.

Doris bekam für jeden Haarschnitt 2 Mark, so machte sie sich ein bisschen Trinkgeld und kam nicht aus der Übung. Für die Handwerker war Doris auch ein schöner sexy Anblick, Doris war nicht schlecht bebaut und hatte für ihre Figur

ganzschön Holz vor der Tür. Sie trug auch immer einen kurzen Nylonkittel, da drunter hatte sie nur ihren BH und Slip an. Der Nylonkittel war durchsichtig. Wenn Doris kam waren meine Handwerker kollegen immer etwas aufgeregt und alle da, zumal Doris auch geschieden war.

Endlich hatte ich mein Büro erreicht. Der Lange, Lommel, Tante Brigitte sowie Frau Zach saßen oben und hatten Kaffee gekocht. Tante Brigitte, meine Sekretärin holte mir eine Tasse und schenkte mir Kaffee ein. Der Mocca- Fix war

zwar keine Krönung, aber er schmeckte gut, vor allem war er schön heiß, ich liebe heißen Kaffee. Der Lange war der Meister der Werkstatt und Lommel war der Hauptenergetiker des Betriebes, besser gesagt, verantwortlich für Gas Wasser und Scheiße. Er hatte vor kurzem sein Fernstudium beendet. Wärmetechnik hat er studiert. Frau Zach war unsere Sachbearbeiterin für alles.

Sie war wie „Mauseschiete mang den Pfeffer" . Dieser Ausspruch war in unserer Gegend üblich für einen sehr rührigen Menschen. Sie wollte auch als erste wissen was auf der Beratung bei meinen Chef heraus gekommen ist.

„Ich fahre am Mittwoch nach Leipzig zur Messe". „Hast du nicht die vielen Polizeiautos vorhin gesehen", fragte Tante Brigitte. Als ich um 10.00 Uhr gekommen bin, da habe ich bestimmt so an die hundert Fahrzeuge begegnet.

„Die Polizeiautos sind alle nach Leipzig unterwegs, zur Montagsdemo", meinte Frau Zach. „Hast du da keine Angst", fragte Brigitte. Warum denn? Fragte ich.

„Das sie dich verhaften weil du nach Leipzig fährst". „Ich hab doch nichts getan". „Frau Zach meinte gleich: „Ich besorge dir einen Ausstellerausweis von der Absatzabteilung, dann kannst du im Messeshop für Aussteller einkaufen gehen und du kannst mir, wenn es dir nichts ausmacht, Bananen mit bringen". Auch der Lange meinte gleich: „Und mir einen Kasten Bier Radeberger oder Wernesgrüner. Tante Brigitte sprang zur Schreibmaschine. „Ich schreibe dir gleich einen Wunschzettel". Lommel hatte sich noch nicht geäußert, doch dann meinte er: „Was willst du denn dort eigentlich? Nach Leipzig muss man zur Zeit nicht fahren". „Was ich dort will, ich will für meine Geburtstagsfeier einkaufen", sagte ich. „Und nebenbei will ich etwas besorgen für den Betrieb. Die Sache kann ich euch aber nicht erzählen". Frau Zach hörte auf, sie war nämlich sehr neugierig. „Nun sag schon, was du dort willst"! „Es ist geheim", sagte ich.

Tante Brigitte schenkte mir noch eine Tasse Kaffe ein. „Wir bekommen es ja doch heraus", meinte der Lange.

Ich wechselte das Thema und Lommel ging ins Heizhaus. Dort war Reparatur angesagt. Wir hatten dort einen Zweirohrflammenkessel Baujahr 1928. Wie ein keines Museum, schön nur Vieles schon kaputt. Unsere Schlosser mussten sehr viel improvisieren. Als Brennstoff für den Kessel war Siebkohle vorgesehen. Aber meistens bekamen wir immer Förderkohle. Die Heizer sagten dazu immer nur: „Wie Blumenerde". Sie waren schon richtige Künstler, weil sie mit dieser Förderkohle den Betrieb warm bekamen.

Ich rief unseren Mechaniker Michael an und bestellte ihn zu mir. Er sollte für die beiden Keilriegelknopflochmaschinen der Firma Dürkopp die Unterlagen mitbringen. Fünf Minuten später war Michael da. Michael war unser bester Mechaniker. Er hatte bei seinem Vater Nähmaschinenmechaniker gelernt. Die Liebe hatte ihn in unsere Region verschlagen. Sein Vater hatte noch einen privaten   Pelznähmaschinen – Betrieb. Er erzählte oft davon und wie schlecht es seinen Vater zur Zeit ging. Privat sein in der DDR war schon ein großes Risiko.

Michael fragte mich: „Was willst du mit diesen Unterlagen"? Ich erfand eine Notlüge. „Die will ich verkaufen". „Gott sei Dank", meinte Michael. „Dann bekommen wir wenigstens ein bisschen Platz in unserem Lager. Brauchen werden wir die Maschinen ehe nicht und wenn mal für 14 Tage, dann können wir uns auch welch borgen. Ein anderer Betrieb braucht die Maschinen eher als wir".

Ich steckte die Unterlagen in meinen Aktenkoffer. Jede Maschinen hatten noch einen Zeitwert von 48 T-DDR-Mark. Plötzlich ein Krach in der Werkstatt, unser Büro lag über der Werkstatt. Ich ging herunter und da stand Otto. Otto schimpfte in einer Tour: „Konnt Tod sein, konnt Tod sein. Wenn ich den kriege, aber dann. Konnt Tods ein". Die Werkstatt war leer. Kein Schlosser, Elektriker oder Mechaniker war da. Nur Otto schimpfte.

Ich fragte: „Warum schimpft du". „Konnt Tod sein". Was ist denn passiert"?

„Konnt Tod sein", bekam ich wieder zur Antwort. „Nun erzähle mal! Was ist passiert"? Wiederum brachte Otto nur die drei Worte her haus und ging. Der Lange, Tante Brigitte und Frau Zach hatten alles mit gehört und lachten wie verrückt. Otto, war unser Fahrstuhlführer, er brachte die Zuschnitteile aus dem Zuschnitt in die einzelnen Bänder und holte die Fertigware aus der Endfertigung. Dann fegte er noch den Hof und unsere Straße und räumte die Papphülsen der Stoffballen weg.

Dies war eine wichtige Arbeit. Denn die Papphülsen mussten wir immer wieder zur Stofffabrik zurückliefern und wenn wir nicht genügend zurück lieferten, bekamen wir auch manchmal nicht die volle Lieferung Gewebe von der Stofffabrik. Otto, war etwas behindert an den Füßen und am Kopf. Doch man konnte sich eigentlich nicht über Otto beschweren. Darum verstand ich auch seine Reaktion nicht. Der Lange klärte mich schließlich auf.

Unsere Elektriker hatten in der Telefonzentrale die Mutteruhr unsere Uhrenanlage gewechselt. Diese Uhr stammte noch von 1950 und hatte in der letzten drei Jahren eine Macke. Leider haben wir erst vorige Woche eine neue Mutteruhr bekommen und diese hatten sie gewechselt. Ich hatte diese Uhr vor 5 Jahren bestellt. Nun hatte man sie geliefert. So ist das eben in der Planwirtschaft.

Der Lange erzählte mir, dass die Elektriker gestern die Uhr gewechselt hatten und die defekte Uhr auf den Aschewagen geschmissen haben. Doch Otto hat sie dort wieder herunter geholt und hat sie mit nach Hause genommen. Er hat ganz

pünktlich Feierabend gemacht und ist mit der Uhr unterm Arm ist er mit dem Fahrrad nach Hause gefahren. Zu Hause angekommen lies er sogar Kaffee und Kuchen stehen und machte sich an die Arbeit. Er holt zwei Strippen, machte an jeder Strippe einen „Pananstecker" wie Otto sagte. Die anderen Enden der Strippen nahm er in die Hand und drückte sie auf die zwei Kontakte der Uhr.

Dann sagte er zur seiner Frau: „Stecke die beiden Pannastecker in die Steckdose". Es gab ein Knall, Otto zitterte, dann holt Otto aus und knallte seiner Frau rechts und links eine ins Gesicht. Seitdem geht das die beiden Tag schon so. „Konnt Tod sein", ist der Satz den Otto seitdem wenigsten schon 1000 mal gesagt hat.

Dem Langen hat Otto das Ereignis schon früh morgens um 6.oo Uhr erzählt.

„Da häb ich eine gewischt gekricht, da häben sich die Zähennägel nach oben gebogen. Konnt Tod sein". Otto machte nun die Elektriker für den Stromschlag verantwortlich. Otto dieses klar zu machen das er daran Schuld war, war nicht ganz einfach. Mir tat Otto Leid. Er war nämlich zur Nazizeit im KZ Buchenwald

und hatte den Todesmarsch mit gemacht. Da Otto nicht politisch in Buchwald saß, hatte die DDR kein großes Interesse an Ottos Geschichte, nicht einmal bekam er eine kleine Rente auf sein KZ- Aufenthalt. Persönlich finde ich das sehr schoflich. Wenn Otto politisch gesessen hätte, hätte er bestimmt ein Denkmal bekommen und eine Rente als Opfer des Faschismussees. Aber so bekam er nichts. Na, bald hat er es geschafft, dann ist er Rentner. Noch einen Tag dann ist es soweit. Wir müssen uns noch etwas für Otto ausdenken, damit er diesen Tag nicht vergisst.

Wenn Otto nicht mehr da ist, haben wir alle ein großes Problem. Wer soll Ottos Arbeit machen. Trotzdem das Otto manchmal nicht klar im Kopf war, kann man nichts über seine Arbeit sagen. Ach, Otto du wirst uns fehlen und vor allem deine Storys.

Ich kann mich noch genau an die Story vor ca. 10 Jahren erinnern. Es war Februar und es gab Jahresendprämie. Alle ersehnten diesen Tag herbei, denn es gab dort meistens, wenn der Betrieb gut gearbeitet hatte ein gutes Monatsgehalt extra. Alle warteten schon sehnsüchtig darauf. Ich hatte alle Arbeitskollegen nach dem Mittag zu mir bestellt und habe dann die Jahresendprämie ausgezahlt.

Ich hatte immer zwei Kollegen in mein Büro bestellt. Dann war Otto dran. Ich musste meinen Dankesvers für die hervorragende Arbeit für das vergangen Jahr herbeten und habe dann jeden seine Prämie gegeben. Nur bei Otto war es anders. „Otto hier hast du deine Jahresendprämie 567,- DDR- Mark. Da kannst du dir ein neues Fahrrad kaufen", sagte ich nach mein Ausführungen. Otto verblüffte mich und Tante Brigitte, die bei der Auszahlung die Spendenliste

führte. 5% sollte jeder Kollege für die Solidarität geben. Otto meinte: „Du kannst die ganze Prämie spenden, für Vietnam". Ich sagte: „Otto, da brauchst du doch nur 5% zugeben". Ich wollte ihn beruhigen. Doch Otto sagte wieder: „Die Prämie kannst du für Vietnam spenden. Zahlt mir lieber jeden Monat ein besseres Gehalt, das wäre besser. Ich könnte dann auch einmal in den Delikatladen gehen". Ich ging gleich auf Ottos Worte ein. „Na Otto nimm dein Geld und gehe heute mit deiner Frau in den Deli (so wurde der Delikatladen abgekürzt) und kauft euch was Schönes". „Nein ich will das Geld nicht, du kannst es für Vietnam spenden". Dann ging Otto die Treppe herunter und wart den ganzen Tag nicht mehr gesehen.

Tante Brigitte und ich schauten uns ganz verblüfft an und sie fragte mich: „Was war das denn"? Meine Gehirnzellen finge an zu arbeiten. Ich sagte zu ihr: „Kein Wort zu den anderen. Nimm 5,- Mark für die Spendenliste und ich schließe das Geld erst mal in meinen Schreibtisch wo ich ein abschließbares Fach hatte, ich werde es morgen wieder bei Otto versuchen".

Wenn ich heute darüber nachdenke, komme ich zu den Schluss, dass Otto doch nicht so dumm war wie man dachte. Eigentlich hatte Otto recht. 500,- DDR-Mark war wirklich sehr wenig Geld. Damit konnte er nicht in den Deli gehen.

Die 500,- Mark waren für ihn und seine Frau zum Sterben zuviel und zum Leben zu wenig. Er hätte ganz gerne ein paar Mark im Monat mehr gehabt.

Ich versuchte es 4 wochenlang Otto das Geld zu geben. Ich bekam immer die selbe Antwort von Otto. Ich weite den Langen ein, auch er hatte bei Otto kein Erfolg. Da kam uns eine Idee. Ich meldete mich bei meiner großen Chefin an. Erzählte

Ihr von dem Ereignis mit Otto. Sie schmunzelte, begriff aber gleich was ich wollte. Fritzi, sagte sie zu mir. „Ich werde der Gehaltsstelle anweisen Otto ab diesem Monat 100, Mark mehr zu zahlen" Ich freute mich und bedankte mich recht herzlich bei ihr. Als ich ihr Büro verließ sagte sie zu mir: „Otto hat es verdient, denn er ist das Herz der Produktion, wenn das Herz krank ist, ist auch

der Betrieb krank. Man muss ein solches Herz stärken. Was sind in unserer Planwirtschaft schon 100,- Mark. Noch nicht einmal ein Wassertropfen. Wie Recht hatte sie. Übrigens nach einem dreiviertel Jahr, saß Otto plötzlich in meinen Büro und wartete auf mich. Ich fragte Otto, was los sei. Habe doch nicht mehr an die Prämie gedacht. Otto fragte mich: „Hast du noch das Geld von der Jahresprämie"? Ich bejahte. „Kann ich sie haben"? „Aber natürlich" und ich gab Otto sein Geld. Ottos Augen wurde feucht, er freute sich. Dann meinte er beim los gehen: „Ich muss doch im Kopf ein bisschen dumm gewesen sein". „Warst Du auch Otto", rief Tante Brigitte aus dem Nachbarbüro, sie hatte alles mitgehört, da die Tür offen war. Ich sagte zu ihr; „Er war nicht dumm, sondern schlau. Sie begriff aber den Zusammenhang nichts, da ich von Ottos Lohnerhöhung keinem etwas erzählt hatte um keine Unruhe in das Kollektiv zu bringen.

Einen Tag später kam Otto und brachte uns eine Flasche Sekt aus dem Deli, Kostenpunkt ca. 25,- DDR-Mark.

Als ich sie nicht wollte, meinte der Lange nur, denke an die Jahresendprämie.

Ich nahm die Flasche, rief Tante Brigitte: „Bringe Gläser, es gibt etwas zu trinken und zu feiern". Das Thema Jahresendprämie Otto ist gelöst. „Ach Otto du bist schon eine Marke". Das Telefon klingelte und holte mich in die Gegenwart zurück. Kurtchen unser Fuhrparkleiter war dran und erinnerte mich, ich solle mein Brot und meine Brötchen abholen. Ich machte mich gleich auf den Weg. Im Keller des Hauptbürogebäudes hatte der Fuhrpark sein Dasein. Als ich die Treppe herunter kam fragte mich Kurtchen: „Hast du heute Morgen die vielen Polizeiautos gesehen"? Ich bejahte. „Gott sei Dank das wir heute nicht in Leipzig sind", rief Dieter ein Kraftfahrer. „Aber am Mittwoch muss ich hin", sagte ich. „Ich bringe dir gleich den Fahrantrag", sagte ich Kurtchen zu gewandt. Nahm mein Brot und die Brötchen und ging. Wir hatten mit einen privaten Bäcker der Stadt eine Vereinbarung, wir holten Montags, mittwochs und freitags 30 Brote und 200 Brötchen.

Auserwählte der Verwaltung, alle Kraftfahrer, ein paar Handwerker und natürlich unsere Chefin teilten Brot und Brötchen unter sich auf. So brauchte meine liebe Frau nicht beim Bäcker Schlange stehen. Hätte sie auch gar nicht gekonnt, da sie ab um 6.00 Uhr früh bis 16. 30 Uhr im Schulhort arbeitete. Sie hatten mit ihren Kolleginnen ca. 250 Kinder zu betreuen. Wenn sie von der Arbeit kam, waren alle Messen für den Einkauf gesungen. Etwas Besonderes bekam sie nie und um 16.00 Uhr waren in unseren Ort Brot und Brötchen fast immer ausverkauft.

Aus diesem Grunde, war es fast wie ein Fünfer im Lotto das ich Brot und Brötchen mit brachte, auch wenn wir es manchmal nicht brauchten. Wir gaben es meistens unsere Eltern.

Auch war ich für den Freitagseinkauf verantwortlich. Ich lies mir immer etwas einfallen. Meisten Freitagsfrüh während der Arbeitszeit. Ich organisierte es mit meinen Kollegen Tante Brigitte oder Frau Zach. Sie brachten vom Fleischer mal etwas mit, oder der Lange holte Gemüse. Ich schaute dann weg , wenn sie etwas später zur Arbeit kamen. Eigentlich hatten wir alles gut organisiert. Das war auch in dieser Zeit nötig.

Tante Brigitte und Frau Zach arbeiteten beide nur 6Stunden am Tag. Der Betrieb

sah das nicht gern. Sie hatten es aber durchgesetzt, sie wollten beide noch etwas von ihren Kinder haben. Aus meiner Sicht war das richtig so, was sollten die Kinder auch bis um 17.00 Uhr im Hort, auch wenn meine Frau damit ihr Geld verdient. Die erzählte mir oft, das bei ihr Kinder von früh um 6.00 Uhr, also die Ersten frühmorgens bis abends 17.00 Uhr, die Letzten waren. Diese Kinder hatten kaum ein Familienleben und das außer den Ferien, das ganze Jahr durch. So wollte das eigentlich unser Staat die DDR. Sie wollten die Kinder schon als echte Sozialisten erziehen. Doch sie haben die Rechnung ohne den Wirt gemacht, die Quittung erhielten sie jetzt in Leipzig. Wenn ich daran denke,

dass ich übermorgen nach Leipzig zur Messe fahren will, wird mir doch ein bisschen anders im Bauch.

„Auf Wiedersehen bis Morgen", riefen unsere beiden Frauen. Da merkte ich das die Zeit bis zum Feierabend nicht mehr lang ist.

Ich ging noch mal ins Hauptgebäude und brachte von meinen Chef die restliche Post mit. Ich schaute sie schnell durch ob etwas ganz Wichtiges dabei war und legte sie dann auf den Schreibtisch von meiner Sekretärin Tante Brigitte. Dann nahm ich die beiden Postmappen auf meinen Schreibtisch und erledigte diese.

Eine Mappe war Schriftverkehr zum Kombinat nach Lößnitz und Frau Zach hatte Jahresbestellungen für das nächste Jahr geschrieben. Bei den Bestellung war sie ziemlich großzügig. Sie bestellte die dreifache Menge unseres Bedarfes, mit der weisen Absicht, dass wir nur 20 % der Menge geliefert bekommen. Die 20% waren auch nur unser richtiger Bedarf. Ich stellte mir vor wenn, das Versorgungskontor mal alles liefert, dann stehen wir dumm da. Erstens hätten wir die Lagerkapazität nicht. Zweitens würde unser Reparaturfond überzogen.

Drittens hätte unserer Betrieb dafür gar kein Geld, und viertens könnte ich mit einer Kontrolle der ABI (Arbeiter und Bauern Inspektion) rechnen. Im vorigem

Jahr war die ABI hinter Nähmaschinenglühlampen hinterher. Mit der Überbestellungsmethode hatten wir keine Sorgen. Zwar waren das russische Glühlampen, aber wir hatten noch genügend. Dann machte die ABI eine Kontrolle und wir sind reingefallen. Sie haben 200 Stück Glühlampen eingezogen. Da, die russischen Glühlampen zwei Mal mehr kaputt gingen,

haben wir im diesem Jahr große Probleme mit der Nähmaschinenbeleuchtung gehabt. Zumal es auch keine Leuchtstoffröhren für die Oberbeleuchtung der Nähbänder gab. Ich unterschrieb also die Bestellungen, in der Hoffnung das nur 20 –30% geliefert wird. Ich konnte mich noch genau daran erinnern, wie der Lange und ich im Vorsorgungskontor für Elektrotechnik 10 Ampere Sicherungen geklaut haben damit wir unsere Produktion Aufrecht halten konnten. Das Versorgungskontor konnte uns keine Sicherungen verkaufen, weil unsere Bestellung schon zu 50% ausgeliefert war. Wir hatten eine schlechte Serie bekommen. Beim Anschalten der Nähmaschinen brannten sie durch den etwas höheren Anlaufstrom durch.

Sie waren also zu flink. Was machen? Ich fuhr mit den Langen ins Versorgungskontor. Wir wollten den Verkäufer bestechen. Wir hatten aus dem Zuschnitt zwei Reststoffe mitgenommen und wollten diese den Verkäufer geben, ohne Erfolg. Wir wussten genau, wo die Sicherungen lagen. Wir kauften ein paar Schalter, Abzweigdosen und noch etwas Belangloses. Dann lockte der Lange den Verkäufer an ein Regal an die hintere Seite des Lagers. Ich nahm mir schnell zwei kleine Kartons 10 Sicherungen und steckte sie in Jackentasche. Ich rief den Langen und ging dann zum Auto. Der Lange brachte unseren kleinen Einkauf mit, holte den Lieferschein und dann machten wir uns schnell davon.

Wir hofften ,das sie unseren Diebstahl erst einige Stunden oder einige Tage später bei der Inventur merkten. Die beiden Reststoffe teilten wir uns, sie ergaben für unsere Frauen je ein Rock. Die Produktionsleiterin war froh das wir wieder alle Nähmaschinen in Gang setzen konnten.

Aber was für eine Notlage für den Betrieb, für mich und auch für den Langen.

Darüber nachzudenken durfte ich nicht. Ich habe nicht für mich gestohlen, sondern für den Betrieb. Wer es herausgekommen, hätte ich damit allein fertig werden müssen. Ich habe meine Stellung aufs Spiel gesetzt. Natürlich der Lange auch. Da war der Reststoff den wir behalten und bezahlt hatten, eine kleine Entschädigung. Es war gar nicht so einfach einen Reststoff zu bekommen. Ich musste erst einmal Anni die Zuschnittleiterin überzeugen. Anni war die Königin im Betrieb. Sie stand nach ihrer Meinung noch über unsere Betriebsdirektorin.

Anni war eine Altkommunistin. Mit Anni musste man sich schon aus diesem Grunde gut stellen. Wer mit Anni konnte, der bekam alles. Ich konnte ganz gut mit ihr. Vom Alter konnte sie meine Mutter sein. Aber eins musste man ihr lassen, sie konnte gut organisieren. Anni lies sich auch von keinem etwas sagen. Sie war auch in der Brotrunde drin, damit wir sie bei gute Laune hielten.

Die Betriebsglocke läutete, es war Feierabend. Der Lange kam die Treppe herauf nahm seine Sachen und dann gingen wir zum Werktor. Ich musste zum Bahnhof, der lag ca. 10 Minuten von unserem Betrieb. Ich musste mich beeilen,

mein Zug fuhr bereits 15.44 Uhr und um 15.30 war Feierabend. Platz bekam ich so und so nicht. Der Zug kam von Halle und fuhr nach Halberstadt. Er war immer voll. Dann hatten sie oft nur 4 Wagen dran. Ich musste meistens stehen.

Unterwegs traf ich Doris unsere Friseurin, sie ging zum gleichen Zug. Sie wohnte im Nachbarort, eine Stadion vor meinen Ort. Beim Einsteigen in den Zug meinte sie zu mir: „Na dann bis morgen früh zum Haare schneiden". Unser Zug frühmorgens war schon um 5.14 Uhr am Arbeitsort und kurz vor halb 6. 00 Uhr waren wir schon im Betrieb. Also morgenfrüh kommt Doris mir die Haare schneiden, damit ich zur Messe einen guten Eindruck mache.

Ich kam diesen Nachmittag ziemlich geschafft nach Hause. Meine Frau kam mit meinen jüngsten Sohn fast gleichzeitig über den Platz vor unseren Haus. Mein Sohn lief voller Freude auf mich los. Er erzählte mir er habe heute eine Eins in Mathe bekommen. Ich küsste ihn und war voller Freude. Es war jetzt 16.35 Uhr.

Im Haus war auch mein anderer Sohn. Er lernte Elektroniker im Walzwerk. Das lag ca. 35 Km von unserem Heimatort entfernt. Er war mit seien Freund per Motorrad gekommen. Eigentlich hatten sie dort einen Internatsplatz, aber dieses Zimmer mussten sich 8 Lehrlinge teilen. Sein Freund Fränki lag im gleichem Zimmer. Das Internat lag von der Schule und vom Arbeitsort auch ca. 10 Km entfernt. Sie teilten sich das Benzingeld und kamen eigentlich fast jeden Tag nach Hause. Das Internat war fast wie ein 5 Sterneknast. Ich könnte da auch nicht lernen. Im Zimmer waren 4 Doppelstockbetten,4 Doppelspinde, 1Tisch mit 4 Stühle und 4 vergammelte Schreibtische. Die Spinde waren bestimmt noch vom

1.Weltkrieg, ebenfalls der Tisch und die Stühle. Wegen der Energieeinsparung brannte eine 40 Watt Lampe im Zimmer. 2 Schreibtische waren mit je einer Tischlampe ausgerüstet. Also so richtig zum Wohlfühlen.

Darum gab ich meinen Sohn auch öfter 20,- Mark für Benzin, damit er dieses Internatsgefängnis so oft wie möglich verlassen konnte. Die Familie war zusammen. Ein sehr schönes Gefühl. Heute Abend konnten

wir wieder richtig gemütlich zu Abend essen. Ich holte ein paar Tomaten und Gurken aus dem Garten, b.z.w. aus dem Foliezelt. Tomaten isst meine Frau besonders gerne, leider gibt es die nur zu Sommerzeit bei uns. Man bekommt sie zwar schon ab Juni im Konsum, aber man muss sich danach anstellen. Meistens gibt es Tomaten morgens und da sind wir auf der Arbeit und auf dem Dorf, wo wir wohnen gab es erst dann welche wenn sie auch bei uns im Garten reif sind.

Die Kleingärtner geben sie dann auf der Sammelstelle für Obst und Gemüse der Handelsorganisation ab und bekommen fast das doppelte an Geld was sie im Konsum kosten. Viele Kleingärtner bringen ihr ganzes Gemüse dort hin und kaufen es zum halben Preis wieder zurück. Sie machen 100% Gewinn.

Auch ich habe im vorigen Jahr mit meinen Gurken aus dem Foliezelt und mit der Kirschernte in meinen Garten uns einen schönen Ostseeurlaub finanziert.

Ich sagte oft zu meiner Frau die DDR muss doch bald Pleite sein.

Auch bei mir auf der Arbeit war es so. Wir kauften das Gewebe für 30 – 50,- Mark auf und steckten noch vielleicht für 20 - 40,- Mark Arbeit rein und verkauften die Fertigprodukte für 40 – 50 Mark. Quelle oder Neckermann bezahlten nur 10 – 15, DM dafür. Ich weiß nicht, wie unser Betrieb an Ende des Jahres immer ein positives Produktionsergebnis hatte. Aber mir sollte es egal sein. Hauptsache mein Geld stimmte am Monatsende und wir bekamen am Jahresende ein Jahresendprämie.

Beim Abendessen saß die Familie zusammen. Meine Frau machte sich über die Tomaten her. Ich hatte mir auch noch eine große Bolle (Zwiebel) aus dem Garten geholt und aß auch eine Tomatenschnitte. Harzfeuer hieß die Tomatensorte. Wir hatten im diesem Sommer sehr viel Sonne und darum waren die Tomaten richtig Sonnenreif wie aus Bulgarien.

„Ich fahre übermorgen nach Leipzig zur Messe", erzählte ich meiner Familie zum Abendessen. Meine Frau meinte: „Das sehe ich gar nicht so gerne in den heutigen Tagen, da kannst du schnell in eine ungewollte politische Verwicklung kommen. Kannst du das nicht noch abbiegen". „Nein", sagte ich. „Es ist eine wichtige technische Angelegenheit. Da steht sehr viel für den Betrieb auf den Spiel. Das kann ich nur dort klären".

„Na, wenn du dort hin musst, dann sieh dich vor und dann kannst du ja ein paar leckere Sachen zu meinen Geburtstag mitbringen", meinte meine Frau.

„Ich fahre mit dem Betriebsauto, die Absatzabteilung fährt auch mit. Nun mach dir man keine Sorgen, die Absatzabteilung fährt ja jeden Tag dort hin, dann müssten sie sich ja heute besonders fürchten. Heute ist Montag und da ist in Leipzig der Teufel los bei der Montagsdemo. Wir müssen heute Abend die Spätnachrichten der Tagesschau uns ansehen, dann sagen sie wie viel in Leipzig wieder demonstriert haben".

Die Spätausgabe der Tagesschau lief gerade im Fernsehen, sie berichteten von der Montagsdemo. Ich und auch meine Frau konnten es gar nicht glauben, 20000 Demonstranten waren auf der Straße. „Eine Menge die Erich ganz schön ins Schwitzen bringt", meinte meine Frau. Ich setzte hinzu: „Nicht nur Schwitzen ‚den klappern die Knie".

Wir gingen ins Bett, die Kinder waren schon im Bett und schliefen schon.

Morgen wird ein anstrengender Tag.

Ich kam am anderen morgen auf meiner Arbeit an. Ich saß in meinen Büro, als ich eine weibliche Stimme hörte. Sofort schoss es mir durch den Kopf, das ist meine Frisöse, ich lief sofort die Treppen herunter und wir gingen in den provisorischen Friseursalon. Sie schnitt mir die Haare. Ich hörte im Hintergrund, wie meine Kollegen nacheinander eintrudelten. Der erste war Walter, er kam immer als erster. Danach Manne, und Pickel ich hörte nur wie sie sich über die Montagsdemo unterhielten. Walter meinte: „Das müssten wir auch in unserer Stadt machen, in jeder Stadt müssten die Leute aus die Straße gehen". Ich rief aus den Salon (Dusche): „Sag das nicht so laut sonst wirst du noch als Rädelsführer verhaftet, ich brauche dich noch und im Gefängnis nützt du mir nichts". Walter lachte. Ins geheim dachte ich an Pickel, der war mir manchmal nicht geheuer.

Doris, die Friseuse war fertig. Wir gingen aus unserem Friseursalon, ich gab ihr 2,50 Mark und bedankte mich. Doris ging. Wir hatten noch 10 Minuten bis zum Arbeitsanfang. Manne meinte plötzlich: „Die Doris würde ich auch nicht aus mein Bett schuppen". „Naja", meinte Walter und Pickel schmunzelte nur leicht.

Ich ging in mein Büro, der Lange und Lommel waren schon da. Wir hörten

Tante Brigitte die Treppe heraufkommen. Sie hatte einen großen Blumenstrauß

in der Hand. Die Blumen waren für Otto. Er sah wirklich schön aus.

Der lange war im letzten Winter im Westen, er durfte zum Geburtstag seiner Tante fahren. Als er die Blumen sah, schüttelte er mit den Kopf. Tante Brigitte wusste sofort was er meint. Die Blumen sind nicht aus Holland, sonder aus meinen Garten. Der Lange ist auf den Hauptbahnhof in Hannover ausgestiegen. Draußen lag Schnee und das erste Geschäft was er sah, war ein Blumengeschäft. Er konnte die Blumenpracht, die er sah nicht verstehen. Wir hatten Winter. Er schüttelte noch heute mit den Kopf und verstand dies bis heute noch nicht.

Der Lange, meinte zu Brigitte: „Dein Strauß sieht für DDR- Verhältnisse wunderschön aus". „Das mein ich ja wohl", bekam er zur Antwort. Ihr könnt euch ja auf unserem Bahnhof am Blumenstand anstellen und könnt Blumen besorgen. Mal sehen, was ihr bekommt oder ob ihr überhaupt welche bekommt".

Ich griff ein und meinte", Der Lange hat eben im Westen einen Blumenschock bekommen, der muss diesen Eindruck erst einmal verkraften". Tante Brigitte lachte und meinte: „Habt ihr die Demo gestern in der Tagesschau gesehen. Ein zustimmendes Schweigen lag im Raum.

Last uns vom was Anderem reden. „Wie machen wir das heute mit Ottos Geburtstag"? Da kam Erwin, der Fuhrparkleiter zu uns ins Büro.

Um 10.00Uhr nehmen wir den Chefwagen, (dieser war ein großer russischer Wolga, der verbrauchte so um die 25 Liter pro 100 Km.) damit fahren wir Otto nach Hause. Ich ging mit meinen gesamten Kollegen zum Fahrstuhl, wo wir Otto vermuteten. Doch er war nicht dort. Michael, der Mechaniker rief uns zu: „Im Band 1 ist Otto". Im Band 1 gratulierten die Näherinnen alle Otto, ein Blumenmeer, viele hatten aus ihrem Garten Blumen mitgebracht. Otto hielt ganz stolz einen Präsentkorb in der Hand. Auch wir gratulierten Otto. Eigentlich muss man sagen, Otto war recht beliebt unter den Kollegen und Kolleginnen. Die Tür zum Band 1ging auf, und ich sah unsere Chefin, mit Parteisekretärin und BGL-Vorsitzende. Die Chefin übernahm das Wort. „Den 65. Geburtstag und den Eintritt ins Rentenalter möchten wir heute zum Anlass nehmen ihnen Herrn Otto Herting auszuzeichnen und sie zum Aktivisten der Sozialistischen Arbeit machen." Otto war ganz aufgeregt, sämtliche Näherinnen und alle Kollegen klatschten Beifall. Tante Brigitte sagte zu mir: „ Das war zum ersten Mal in diesem Betrieb ein menschlicher Akt. Man hat ja 40 Jahre, die Rente die politischen Gefangenen bei Hitler in der DDR bekommen bei Otto eingespart. Die 250,- Mark die Otto heute bekommt müssten eigentlich verhundertfacht werden." Otto sah das in diesem Moment nicht so, Otto strahlte. Da kaufe ich mir ein neues Fahrrad. Otto war leidenschaftlicher Fahrradfahrer.

Auch wir gratulierten Otto. Dann fuhren wir gemeinsam mit den Fahrstuhl ins Erdgeschoss. Wir nahmen den Ausgang zum Hof. Dort wartete Erwin mit dem Wolga schon. Erwin machte die Tür zum Wolga auf und lies Otto einsteigen.

Wir holten all seine Sachen und auch die Blumen und dann ging die Fahrt los.

Erwin brachte Otto nach Hause, aber zu vor schaute Otto sich nach seinen Fahrstuhl um. Er hatte eben seine letzte Fahrt mit seinen Fahrstuhl gemacht.

Tränen hatte er in den Augen. Otto hatte es nun geschafft, er war Rentner.

Für mich brachte der Eintritt von Otto Probleme mit sich. Wie und wem lasse ich jetzt die Arbeit machen. Arbeitslose gab es bei uns nicht, also musste ich mir etwas einfallen lassen. Bis Ende Oktober könnten die Heizer den Fahrstuhl führen. Sie brauchten ja zur Zeit nicht so doll zu heizen. Ich sprach mit Lommel und die Heizer übernahmen also bis Ende Oktober den Job. Bis dahin muss ich mir etwas einfallen lassen. Die Kaderabteilung unseres Betriebes müsste ja eigentlich eine neue Arbeitskraft einstellen. Aber die standen auf den Motto, woher nehmen. Ich dachte mir so, Kommt Zeit, kommt Rat.

Morgen war ein ganz wichtiger Tag für die Planerfüllung und speziell für die Exporterfüllung. Und darum überlegte ich mir, wie ich es nur anstellen kann an Ziel unserer Wünsche zu kommen, Nadel für die Knopflochnähmaschine und ohne politischen Verwicklungen.

Ich saß im Auto nach Leipzig, neben mir Erika, vor mir der kleine Michel als Fahrer und daneben der Absatz –Voigt. Es regnete Bindfäden. Wir waren gerade in Halle auf der Zubringerstraße zur Autobahn nach Leipzig. Auf der Gegenfahrbahn ein Unfall. Alle schauten hin. Da, plötzlich spielt unser Wartburg Karosse mit uns. Der kleine Michel lenkte wie ein Verrückter, er wurde noch kleiner. Doch dann stand unser Auto. Mit der Schnauze in Gegenrichtung. Das Heck 2 Meter von einen Laternenmasten entfernt. Die Polizei auf der anderen Seite schaute zu uns herüber. Der kleine Michel legte den Rückwärtsgang ein und drehte das Fahrzeug. Der Absatz – Voigt war ganz blass. Erika hatte sich an meinen Arm festgehalten, dabei drückte sie ihre große Brust an meine Schulter. Ich rief: „ Noch näher". Da lies sie los.

Schade! Als wir uns alle im Auto erholt hatte, bog der kleine Michel ab und hielt am Flughafen Schkeuditz. Er meinte nur: „Ich brauche jetzt eine Tasse Kaffee".

„Ich auch", meinte der Absatz – Voigt. Erika pustete und ich sagte: "Der Tag fängt ja gut an".

Wir waren um 10.00 Uhr im Ringmessehaus. Ich zeigte meinen Ausstellerausweis den mir Frau Zach besorgt hatte und wir gingen in unsere Ausstellungskoje. Dort machte uns Erika noch einen Kaffee. Danach brachte mich der kleine Michel zur Technischen Messe. Er bekam von mir den Auftrag, hundert Flaschen Radeberger oder Wernesgerüner aus dem Messe-Shop im Ringmessehaus zu holen. Ich gab ihn 130 DDR – Mark, die hatten Frau Zach gestern eingetrieben. 20 Flaschen waren für mich, 20 Flaschen für den Langen, 20 Flaschen für Frau Zach und 40 Flaschen für die Kollegen der Werkstatt.

Meine Frau hat Geburtstag, dazu brauche ich das Bier. Ich machte mich sofort in die Messehalle 6. Dort war die Anlaufstelle des Bekleidungskombinates Lößnitz. Wir mussten uns dort melden und bekamen dort Instruktionen wie wir uns mit westlichen Firmen verhalten müssen.

Des weitern bekamen wir noch einen Aufpasser mit. Es war meistens ein Technischer Direktor eines anderen Kombinatsbetriebes. Ich hoffte ins Geheim

Das ich Herrn Bitt aus den Betrieb Herrenmode Eisleben mit bekam. Mit dem war ich schon des Öfteren auf der Messe unterwegs. Mit ihn hatte alles gut geklappt. Er war auch kein Genosse, so wie ich. Seien Vater hatte der Betrieb bis 1961 gehört, dann hat man ihn verstaatlicht, besser gesagt enteignet.

Ich kam in den Kombinatsverhandlungsraum und da saß Herr Bitt. Wir begrüßten uns. Der Oberboss vom Kombinat hat mir den Herren Bitt zugeordnet. Das hieß, wir mussten alle Wege und Verhandlungen auf der Messe gemeinsam machen. Eine Hürde zu den Nadel hatte ich geschafft. Denn Herr Bitt kannte die Probleme aus dem F.F. Auch er hatte sehr viele NSW – Maschinen in seinen Betrieb. Wir machten uns dann sofort auf den Weg.

Zu erst gingen wie zur Firma Strobel, dort ging es Herrn Bitt um Magnetventile.

Gleiches Problem, wie bei mir. Er hatte auch keine Mark Valuta mehr. Er wollte auch Ventile haben, b.z.w. Stößel um die alten Ventile reparieren zu können.

Er hatte Glück. Er bekam 3 Stößel.

Dann gingen wir zu Firma Pfaff, dort ging es um eine Bestellung von 6 Nähmaschinen. Er wollte von der Firma Pfaff ein Angebot einholen. Auch das klappte gut. Die Firma Pfaff gab uns jeden eine Flasche Whisky mit. Wir ließen diese schnell in unsere Taschen verschwinden. Wir sollten jedes Werbegeschenk an die Kombinatsleitung abgeben. Aber wenn sich wie wir beide einig waren und keiner das machte dann hatten wir sie. Es durfte nur keiner den anderen verraten. Da konnte ich bei Bitt eigentlich sicher sein. Nun lag Dürkopp auf unser Programm. Herr Hornig war auf den Messestand.

Ich erklärte ihm unverblümt mein Anliegen. Herr bitt ließ sich von einem anderen Dürkoppmitarbeiter einen Riegelautomaten erklären. So konnte ich ziemlich frei mit Herrn Hornig über das Problem sprechen.

Er lies mich für einen Moment allein und ging hinter einen Vorhang. Dort blieb er vielleicht 5 Minuten, dann kam er wieder. Ich tank genüsslich an einer Coca-Cola. Diese gab es nur bei uns im Intershop. Er brachte mir noch ein Teller mit Frankfurter Würstchen, und meinte dann: „ mal sehen was sich machen lässt. Wir werden ihnen die 2 Keilknopfnähmaschinen am Freitag nächster Woche unentgeltlich umbauen. „Das glaube ich nicht". „Doch" meinte er.

Eine Nähmaschine aus unserer Firma die herum steht, das ist keine Reklame für uns, das ist eine „Immitschfrage". Und wegen der Nadel, da machen sie sich man keine Sorgen, hier haben sie erst einmal ein Paket wir werden am Freitag noch welche mitbringen und das alles unentgeltlich. Ich konnte es kaum glauben.

In diesem Moment kam auch Herr Bitt wieder. Er meinte nur: „Alles klar Fritze". „Ja", innerlich strahlte ich über alle 4 Backen.

Ich bedankte mich noch mal beim Team der Firma Dürkopp aus Bielefeld

und wir wollte losgehen, als Herr Hornig uns zurück hielt. „Hier haben sie noch ein kleines Präsent für ihre Frau und für sie. Sie sind doch verheiratet"?

Wir steckten auch das in die Tasche und gingen.

Ich verabschiedete mich von Herrn Bitt und ging zur Straßenbahn. Ich fuhr zum Ringmessehaus. Dort ging ich in unsere Messekoje. Stellte meine Tasche ab, trank noch ein schönes Radeberger und ging in den Messeshop im Keller. Ich zeigte stolz meinen Messeausstellerausweis und kaufte einige delikate Sachen für die Geburtstagsfeier meiner Frau. Den kleinen Michel sah ich auch dort unten. Er kaufte gerade Bananen und Weintrauben. Natürlich kaufte ich auch von jeden 2 Kilo. Man bekam sie nirgends wo anders oder man musste sich lange anstellen. Wenn man Glück hatte bekam man dann 5Stück oder einmal ein Kilo Weintrauben. Gemeinsam

brachten wir unsere Goldschätze in unser Betriebsauto. Dabei fiel mir das erste Mal auf, das in der Innenstadt von Leipzig ziemlich viel Polizei herum
lief. Der Kleine Michel sagte zu mir: „ Die müssen ja
ganz schön Angst haben". Wir legten unsere Weintrauben und Bananen in Kofferraum des Autos und
gingen uns ohne irgend wie umzudrehen in unsere
Messekoje Der Kofferraum war eigentlich von Bierflaschen schon voll. Der keine Michel hatte ja den
ganzen Tag Zeit und so holte er die gewünschten
Menge Bierflaschen und brachte sie ins Auto. Oben
in der Koje an gekommen meint der Absatz- Voigt. „
Wenn ihr wollt könnt ihr losfahren. Wir haben heute
Abend noch eine Verhandlung mit der Firma Quelle,
das hat sich erst vorhin ergeben. Wer weiß wie lange
dieses dauert, wir beide schlafen in unsere angemie-
tete Messewohnung.

Der kleine Michel und ich machten uns auf den Weg
zum Auto. Als wir die Treppe herunter kamen, wurden wir von zwei Polizisten gemustert und der ein
fragte uns nach unsere Ausweise. Wir zeigten sie.
Dann fragte er noch: „Was wir hier im Ringmessehaus zu suchen hätten".

Der keine Michel antwortete: „Was glauben sie was
wir gemacht haben"? Ich ging schnell dazwischen
und zeigte den Ausstellerausweis. Der Polizist gab
sich damit zufrieden und lies uns gehen.

Der kleine Michel war außer sich. „Das ist mir noch
nie hier passiert „. Ich meinte nur: „Wir sehen auch
nicht aus wie Modepuppen. Wir erreichten das Auto

und schon ging es los. „Fahre sinnig, denk an heute morgen". Ruck zuck waren wir auf der Autobahn. Seitlich gesehen in Richtung Halle lag ein kleines Wäldchen . Dorthin führte ein Feldweg. Dieser endete an der Autobahn.

Auf dem Feldweg standen zwei Jeeps sie, Sahen so aus wie die Kampfgruppe aus dem LMW in unserem Ort sie fuhr. Beim genaueren hinsehen sah ich im Wäldchen noch mehr Fahrzeuge. Dort lag bestimmt eine Kompanie der Kampfgruppen in Bereitschaft. „Hast du das gesehen"? meinte der kleine Michel. „Fahre"! War meine Antwort. „Nichts wie nach Hause".

Die Fahrt verlief eigentlich reibungslos. Es war alles nicht so kritisch wie wir uns es vorgestellt hatten. Es war auch kein Montag.

Als ich zu Hause am Abendbrottisch meine Goldschätze auspackte, fielen meine Frau und Kinder über mich her. „Zeig was du mitgebracht hast"!

Es wurde für alle ein sehr schöner Abend auch für mich.

Im Bett erzählte meine Frau mir: „Sie hat gehört das man in den nächsten Wochen auch Montagsdemo in unseren Ort organisieren will."

„Ach, komm lass mich lieber in dein Bett".

Am nächsten Tag war der King in unseren Betrieb. Die Produktionsleiterin fiel mir um den Hals, für meine Kollegen war ich wegen dem Bier der Größte. Mein Chef spendierte eine Flasche Sekt. Es war ein rundum schöner Tag. Ich hatte etwas Verbotenes gemacht, ich habe den Klassenfeind gefragt bzw. gebeten das er uns hilft.

Ich berichtete meinen Chef, das die Firma Dürkopp uns die Maschinen umbaut und das ich 200 Nadel bekommen habe. Von den Kampfgruppen erzählte ich nichts. Das hatte bereits der kleine Michel gemacht.

Die Frauen der Endfertigung machten am Sonnabend Überstunden und nähten Knöpfe an und das alles für den „Klassenfeind".

Montag morgen: Es war so gegen 10.30 Uhr als das Telefon klingelte. Der Pförtner war dran. „Komm mal vor! Hier steht eine Westbanane unangemeldet auf den Hof". Ich ging zur Pförtnerbude. Da stand ein dunkelblauer Ford und vor dem Auto Herr Hörnig. „Wir sind auf der Durchfahrt nach Leipzig um die Messe abzubauen und wir haben uns gedacht wir bringen ihnen noch ein Paar

Nadeln und Stichplatten für den Knopfannäher. Er übergab mir ein Schachtel. Es war ein Konfektschachtel, Toffifee. In dieser Schachtel waren die Ersatzteile.

Ich nahm die Schachtel und öffnete sie gleich. Ich spielt mit den Nadel damit jeder an den Bürofenstern sehen konnte, das es sich nicht um Konfekt handelte.

„Dann bis zum Freitag, wir bauen ihre beiden Keil-knopflochmaschinen um, das dauert nicht lange. An-schließend fahren wir wieder nach Bielefeld". Ich war verblüfft und erstaunt. Ich konnte mir nicht vor-stellen, das alles so schnell ging.

Ich nahm die Schachtel und brachte sie Michael un-seren Mechaniker. Dann ging ich wieder in mein Büro. Ich rief das Kombinat in Lößnitz an und fragte was ich machen soll? Geschäftspartner aus dem NSW Gebiet mussten 14 Tage vorher beim Kombinat angemeldet werden. Bis Freitag waren es nur 3 Tage. Es lag auch kein Grund für den Besuch der Kunden-dienstmitarbeiter der Firma Dürkopp beim Kombi-nat vor. Ich konnte doch nicht sagen, ich habe das auf der Messe arrangiert. Ich rief Herrn Hänsel an, er war dort die Betriebe der Technikverantwortliche, er war Techniker und keiner der sich durch die Partei hoch gearbeitet hatte. Mit den konnte ich reden. Hänsel meinte: „Schicke mir schnell einen Brief mit zurückdatiertem Datum". Alles andere mache ich dann schon. Ich wusste genau das er seine Stelle beim Kombinat auf Spiel setzte, wenn das ein ande-rer politisch angehauchter Mitarbeiter mitbekommt.

Tante Brigitte schrieb den Brief und er ging noch mit der Kurierpost nach Lößnitz zu Händen Herrn Hän-sel. Ich hoffte das alles gut geht. Auf der F6 fuhren wieder die Robur –LKWs mit den Polizisten nach Leipzig.

Heute war Montag, Demotag. Das Westfernsehen meldete 30000 Teilnehmer. Aus Lößnitz hörte ich die zwei nächsten Tage nichts. Ich war ganz schön gestresst. Es war Freitag morgens und ich hatte noch keine Erlaubnis aus Lößnitz das ich die beiden Herren aus Bielefeld in den Betrieb lassen darf. Frau Zach und der Lange beruhigten mich. Warte die Post ab, der Hänsel schickt die Genehmigung schon. Ich lief in meinen Büro hin und her. Wenn das schief geht, kann ich mir andere Arbeit suchen. Da plötzlich klingelte das Telefon. Mein Chef: „Deine Genehmigung ist da"! Mir fiel ein ganzer Steinbruch vom Herzen.

Hänsel hat Wort gehalten. Ich traf ihn 14 Tage später in Lößnitz und bedankte mich recht herzlich. „Keine Ursache", meinte er nur. Dann fiel kein Wort mehr darüber. Ich weiß bis heute nicht wie er das geschafft hat.

Aber bleiben wir bei den besagten Freitag. Ein Spediteur aus Westberlin fuhr gerade auf den Hof, erholte die genähte Fertigware für Quelle ab. Wir gingen Essen. Meine beiden Herren aus Bielefeld waren noch nicht da. Frau Zach kam in dem Essenraum. „Du, Fritze, du hattest eben einen Anruf. Die beiden Mechaniker aus Bielefeld kommen erst so gegen 15.00 Uhr. Scheiße, dachte ich wird ja dann wieder ein langer Tag. Da wir zu Hause kein Telefon hatten, konnte ich meiner Frau noch nicht mal Bescheid geben. Ich aß auf und ging dann zu Michael. Der hatte schon die beiden Maschinen in seiner Werkstatt zu recht gestellt. „Wird später heute, die kommen erst so gegen 15.00 Uhr". „Macht nichts", meinte er nur. „Wie kommst du dann nach Hause", fragte ich.

„Um 20.00 Uhr fährt noch ein Bus, den muss ich bekommen".

Es war 15.38 Uhr, der Betrieb leerte sich. 15.30 Uhr ist Feierabend. Auch heute waren wieder sehr viele Frauen in der Mittagspause unterwegs um etwas zu Essen zu besorgen. Man kann es ihnen ja auch nicht verdenken, ich mache es ja auch so wenn ich kann. Nur heute eben nicht. Wir hatten noch Rollladen eingefroren, die Essen wir am Sonntag. Wurst hatte ich gestern schon gekauft.

15.55 Uhr noch keiner da. Ich war zu Michael gegangen. Wir unterhielten uns gerade über Fußball als das Telefon klingelte. Michael nahm ab. „Sie sind da"!

Ich lief zum Pförtner. Da waren nun die beiden von mir und heimlich auch von alle anderen erwarteten Monteure. Ich begrüßte Herrn Hörnig und seinen Kollegen. Sie stellten ihr Auto ab. Hörnig nahm einen großen Werkstattkoffer und sein Kollege gab mir einen großen Karton. Auch er nahm ein Karton und wir gingen in die Mechanikerwerkstatt. Dort begrüßten sie Michael recht herzlich. Da sie schon öfter mit einander zu tun hatten, kannten sie sich bereits schon. Wir hatten in unserem Betrieb ca. 30 Spezialnähmaschinen aus Bielefeld.

Aus diesem Grunde hatte auch Michael öfter mit Herrn Hörnig zu tun. Die beiden Westmonteure backten die beiden großen Kartons aus. Schauten nach, ob alles da war. Verglichen die Lieferlisten. Ich fragte nochmals vorsichtig nach, ob uns der Umbau wirklich nichts kostet. Sie verneinten, das ist Kulanz. Dann meinte Herr Hörnig: „Für heute ist Schluss, wir sind schon seit 6:00 Uhr unterwegs.

Hat Aschersleben ein gutes Hotel"? „Au auch das noch! Lassen sie uns in mein Büro gehen von dort aus können wir telefonieren. Ich habe einen Apparat mit dem man ins öffentliche Netz kommt". Wir gingen in mein Büro. Tante Brigitte hatte in ihrem Telefonbuch die Hotels stehen. Ich holt es und rief das Hotel Nord an. Negativ, dann den Weißen Hirsch, auch negativ. „Na das kann ja heiter werden". Von der Weißen Taube bekam ich auch kein Hotelzimmer. Was machen? Mir blieb nichts über ich rief unser Ferienheim im Harz an. Dort wusste ich das dort noch einige Zimmer frei waren. K.- Heinz Zobel, der Heimleiter fragte mich: „Haben die auch eine Genehmigung das ich sie hier unterbringen darf" ? „Natürlich haben die eine Genehmigung. Die habe ich heute erst vom Kombinat bekommen". „ Na denn, schicke sie her". Ich war froh.

Erklärte den Weg und die beiden machten sich auf die Strümpfe.

Ich war mit meinen Trabi da. Ich setzte Michael in den Trabi brachte ihn in sein Heimatort und fuhr dann nach Hause. So gegen 18.00 Uhr war ich dann zu Hause. Dort bekam ich von meiner Frau erst einmal eine Standpauke. „Wo kommst du denn her"?

Ich erklärte ihr alles und nahm meinen kleinen Sohn auf den Schoß. „Na, wie war es denn heute in der Schule"? „Schön", war die Antwort. „Wie schön"? „Eben schön", meinte er. Dann fragte er: „ Hast du etwas mit gebracht"? „Nein, ich hatte heute keine Zeit in die Konsumkaufhalle zu gehen". Schwups war er von meinen Schoß herunter und lief in die Stube und machte sich das Fernsehen an. Vorsichtig erklärte ich meiner Frau: „ Ich muss morgen früh wieder in den Betrieb. Dort bauen zwei Monteure aus Bielefeld zwei Nähmaschinen um. Da muss ich dabei sein. „Na schön", meinte sie. „Da freut man sich auf das Wochenende und du bist nicht da. Kannst ja gleich ein Bett in deinem Betrieb aufstellen. Ich antwortete nichts darauf. Ich wollte die schlechte Stimmung meiner Frau nicht noch mehr anheizen. Zur Strafe durfte ich dann nicht zu ihr ins Bett.

Am nächsten Morgen fuhr ich um 8.30 Uhr los. Ich holte vorher noch frische Brötchen vom Bäcker, damit meine Frau ganz in Ruhe mit ihren Kindern frühstücken konnte.

In meinem Büro kochte ich mir erst eine Kanne Kaffee, ich hatte mir zwei Brötchen mit genommen. Ich wusste das in unserem Kühlschrank, den der Lange mit gebracht hatte, als er einen neuen Kühlschrank kaufte, Tante Brigitte immer Marmelade und Butter drin hatte. Ich schmierte gerade ein Brötchen als Michael kam. „Hast du schon gefrühstückt"? „Ja", meinte er. „Na, dann schenke dir eine Tasse Kaffee ein"! Und so tranken wir jeder eine Tasse Kaffee, ich aß mein Brötchen. Dann rief ich K. Heinz Zobel in Stangerode an. „Die sind vor fünf Minuten losgefahren". „Hat alles geklappt"? „Natürlich, was denkst denn du. Sie haben von mir die Swit bekommen. Das hat sie sehr gut gefallen. „Hast Du sie auch mit Frühstück bewirtet". „Natürlich, ich habe den beiden kein Geld abgenommen". „Verrechnen kannst du dieses auf die Kostenstelle der Instandhaltung. Danke Karlheinz"! Ich legte den Hörer auf und sofort klingelte es wieder. „Die Westbanane ist wie der hier", hörte ich im Hörer. „Komm Michael lass uns vorgehen". Unterwegs belehrte ich ihn nochmals kurz: „Du weißt du darfst dich mit den Beiden nur auf fachliche Probleme unterhalten".

„Ja, ich weiß", und grinste vor sich hin.

Der Umbau hat bis 13.30 Uhr gedauert. Sie packten ihre Sachen und meinten: „Wir fahre jetzt noch Essen, wo zu wir sie beide noch recht herzlich einladen und dann geht es nach Bielefeld zurück. Wenn wir an der Grenze gut durch kommen, sind wir heute Abend um 9.00 Uhr zu Hause".

Schon wieder hatten sie mich auf den falschen Fuß ertappt. Uns war es nicht gestattet mit NSW – Leuten Essen zu gehen. Was nun? Ich überlegte kurz.

„Gut, sagte ich aber dieses mal bezahle ich". „Auch gut"; kam die Antwort.

Aber wir müssen ca. 10 km fahren, dort kenne ich eine kleine aber feine Gaststätte mit Hausmannskost". Ich hatte die gewählt, damit man uns nicht beim Essen sehen konnte. In Aschersleben liefen mir zu viele Informanten herum und wir konnten zu schnell gesehen werden.

So fuhren wir in die Gaststätte, natürlich auch Michael. Als ich bezahlte wunderte sich Herr Höring und sein Begleiter sehr. Mit Getränke bezahlte ich nur 20,00 Mark. Er konnte gar nicht darüber fertig werden. Da sie über Michaels Heimatort fuhren, nahmen sie ihn mit. Dies war auch nicht gestattet, aber wo kein Richter ist, da ist kein Kläger. Ich meinte nur zu Michael als wir beide draußen allein waren, die beiden Herren waren auf der Toilette. „Erzähle bitte keinen das du mitfährst. Ich komme ansonsten in Teufelsküche".

Wieder ein neuer Montag morgen. Die Produktionsleiterin fiel mir um den Hals.

Danke, Danke, Danke! Da plötzlich klingelte das Telefon. „Du sollst einmal zur obersten Chefin kommen, Friedrich! Jetzt kannst du dir einen Orden abholen meinte Frau Zach". Ich ging ins Bürogebäude und dort zur Chefin.

Da saß Herr Ballin und Frau Hübner unsere Chefin. Herr Ballin war unser Sicherheitsbeauftragte. „Herr Buchmann sie hatten keine Genehmigung für Sonnabend mit den westdeutschen Monteuren in den Betrieb zu gehen und aus diesem Grunde erhalten sie von mir einen strengen Verweis. Die Genehmigung galt nur für Freitag". Ich war sehr entsetzt über die Worte meiner Chefin. „Ich werde mich noch andere disziplinarische Maßnahmen ausdenken;" fügte sie an.

Ballin sprach freundlich zu mir: „Hättest du mich am Freitag angerufen, wäre ich dazu gekommen und wir hätten nachträglich vom Kombinat die Genehmigung eingeholt. Innerlich dachte ich, das hätte mir gerade noch gefehlt, du Stasifritze. Ich gab klein bei und durfte gehen. Ich ging zu meinen Chef und erzählte ihn von den Vorgang. Er war zwar auch ein Kommunist aber er hatte eigentlich realistische Ansichten. „Warte man Fritze", meinte er. „Du bekommst 10 Jahre Knast, ich komme dich auch einmal im Monat besuchen. Ich werde mit der Chefin sprechen. Wird schon nicht so schlimm werden". Beruhigt war ich nicht und ging in mein Büro. Dort erzählte ich allen von meinen Orden den ich bekommen habe . Die Stimmung war bei all meinen Kollegen gedrückt. Tante Brigitte meinte nur: „Du reißt dir den Arsch auf und dann so was.

Wieder fuhren die Robur- LKWs auf der F6. „Alle müssten demonstrieren gehen", rief Frau Zach. „Wir auch", meinte Tante Brigitte. „Das darf ich nicht meiner Frau erzählen, die lacht mich aus und Recht hat sie".

Um ca. 15.00 Uhr rief mein Chef an. „Du sollst noch mal zur Chefin kommen".

Ich ging hin. Da saß sie nun allein in ihrem Zimmer. Sie machte eine Handbewegung, ich solle die Tür zu machen. Dann fing sie an : „Fritzi das hast du sehr gut gemacht. Ich konnte heute morgen nicht anders, das müssen sie verstehen. Es gibt nun mal Sicherheitsvorschriften. Zu mal, wenn ich noch vom Sicherheitsbeauftragten darauf aufmerksam gemacht werde. Ich musste so reagieren. Nun sehen sie den strengen Verweis nicht eng an. Hier habe ich noch eine disziplinarische Maßnahme gegen sie". Sie gab mir einen Auszahlungsschein mit 250,- Mark. „Das Geld holen sie jetzt aus der Kasse und dann fahren sie mit ihrer Frau und den Kindern in die Stadt und machen sich noch einen schönen Feierabend". Ich war ganz verwundert. Was für eine Kehrtwendung. Ich bedankte mich und ging. Mein Chef erwartete mich schon mit grinsendem Gesicht auf der Treppe. „Na, 10 Jahre Knast" Ich lachte auch und so gingen wir beide in mein Büro. Dort kochte Frau Zach uns noch jedem eine Tasse Kaffee und wir schwatzten noch über Leipzig, wie viel Demonstranten es wohl heute würden.

14 Tage später: Wir hatte Ende September. Morgen bekommen wir Besuch aus dem Westen. Die Schwiegermutter wird 60. Jahre. Anfang Oktober hat sie es geschafft, sie wird Rentner. Aus diesem Grund kommt viel Besuch. Onkel Karl mit Frau und Tochter Ute mit Ehemann aus Duisburg. Ich hatte mir aus Leipzig nochmals vom kleinen Michel einen Kasten Wernisgrüner mitbringen lassen. Auch hatte ich für die Feier schöne delikate Sachen besorgt, alles für den Westbesuch.

Der Westbesuch kam und brachte auch viel mit. Die Feier an sich war sehr schön. Nur verstand ich nicht warum sie nicht mein schönes Wernesgrüner Bier tranken. Sie tranken lieber das Büchsenbier von Aldi. Ich dachte wenn sie das nicht wollen, habe ich später was. Wernesgrüner war doch eins der Spitzenbiere bei uns in der DDR.

Der Westbesuch wollte bis 14. Oktober bleiben. Aber dazu kam es nicht. Wir feierten noch den 40. Jahrestag der DDR bei uns im Ort im Kulturhaus. Es spielte aus diesem Anlass eine böhmische Blaskapelle. Die Kapelle bezahlte das Braunkohlenwerk unseres Ortes. Es war ein wunderschöner Abend. Nur viel Leute waren nicht da. Trotz der angespannten politischen Lage ließen wir uns die Stimmung nicht versauern.

Zum Tag der Republik gab es Demonstrationen, in Berlin und Dresden. Man zeigte sie in der ARD und ZDF, da bekam Onkel Karl Angst. Als er noch hörte das Egon Krenz für die chinesische Lösung plädiert, bekam Onkel Karl noch mehr Angst und sie reisten noch am selben Tag ab.

Auch schön, da hatten wir zu Hause wieder Ruhe und unser geregeltes Leben. Wir hatten Ute mit Ehemann unser Schlafzimmer gegeben. Meine Frau schlief bei ihren jüngsten Sohn und ich im Wohnzimmer auf der Kautsch. Zum Schlafen kam ich kaum, da sie fast jeden Tag bis nachts 1 Uhr aufblieben. Meine Frau und ich hatten morgens ganz schön dicke Augen, wir waren nicht ausgeschlafen. Es war eine ganzschöne Anstrengung, wir mussten ja auf Arbeit, und dort unseren Mann stehen. Auch wollten sie immer etwas Gegabeltes auf den Tisch. In dieser Zeit waren meine Organisationskünste gefragt. Zur Antwort bekamen wir von unserem Westbesuch beim Essen immer: „Euch geht es doch gut". Aber was für Beziehungen und Organisationstalent dahinter stand, sahen sie nicht, aber egal.

14 Tage gingen ins Land und es war Freitag, ich war schon zu Haus und meine Frau kam über den Platz vor unserem Haus, als mein Sohn mit seinem Freund mit dem Motorrad um die Ecke bog, er kam aus Hettstedt, dort lernte er Elektroniker im Walzwerk. Ich war richtig erfreut das die gesamte Familie wieder beisammen war und wir ein ruhiges Wochenende verleben konnten.

Sonnabend Mittag saßen wie auf der Terrasse und aßen zu Mittag. Mein großer Sohn war mit seinen Freund zur Oma in den Nachbarort gefahren. Er kam pünktlich zum Mittag zurück und erzählte uns das Oma in der Drogerie einen Anruf aus Duisburg bekommen hat, Tante Ute wäre verstorben. Wir guckte uns ungläubig an. Meine Frau und ich konnten es gar nicht glauben. Da wir kein Telefon hatten und Oma auch nicht und sie von der Arbeit bereits zu Hause war, setzte ich mich ins Auto und fuhr zu meinen Schwiegereltern. Dort bekam ich die Bestätigung, Meine Cousine Ute hatte einen Herzinfarkt gehabt und ist daran verstorben. Onkel Karl hatte meine Schwiegermutter angerufen. Ich fuhr nach Hause.

Dort an gekommen sah ich wie ein Auto bei uns vor der Tür stand. Es war ein Postauto. Als ich reinkam sagte meine Frau :" Hier ist die Bestätigung, ein beglaubigtes Telegramm aus Duisburg. Am Mittwoch ist Beerdigung, wir sollen kommen. Fahre du, ich bin im Schuldienst und deine Cousine ist mit dir blutsverwandt. Sie lassen ja nur Blutsverwandtschaft fahren.

Am Nachmittag fuhren wir noch mal zu meinen Schwiegereltern und wir beschlossen das meine Schwiegermutter mitfährt, wenn wir die Genehmigungen bis Mittwoch bekommen. Da die Schwiegermutter am 5. Oktober 60 Jahre geworden war, war sie ja Rentner und Rentner bekamen die Genehmigung.

Am Montag besorgte ich mir zuerst eine Beurteilung von meinen Betrieb, reichte Vorsichtshalber 10 Tage Urlaub ein und fuhr mit meiner Schwiegermutter, die mit Zug gekommen war, zum Polizeiamt. Wir hatten unsere Reisepässe mit. Da ich schon 2 mal im Westen war hatte ich einen, zu

Glück. Wir füllten auf den Polizeiamt die nötigen Formulare aus, gaben sie bei einer Beamtin ab und fuhren dann wieder. Wir sollten am nächsten Morgen wiederkommen. Eigentlich ging alles problemlos.

Am nächsten Morgen fuhr ich mit der Schwiegermutter wieder zum Polizeiamt, es dauerte auch nicht lange da wurden wir gemeinsam aufgerufen. Die

Beamtin gab uns unsere Reisepässe mit Genehmigung. Alles lief reibungslos ab.

Ich erinnerte mich wie kompliziert es bei meinen vorherigen Fahrten war.

Ich war völlig überrascht. Zuerst machten wir uns auf den Weg in ein Blumengeschäft. Dort hatten wir keinen Erfolg Blumen für die Beerdigung auf zutreiben. In zwei anderen auch nicht. Wir fuhren in unsere Gärtnerei, dort hatten sie rote Rosen. Wir ließen einen Strauß mit Schleife anfertigen. Dann fuhren wir zum Bahnhof und fragten nach der Zugverbindung, gleichzeitig wollten wir gleich die Fahrkarten kaufen. Doch da ich zwischenzeitlich mit der Schwiegermutter zu Hause war und ich meinen Reisepass zu Hause gelassen hatte bekamen wir keine also mussten wir noch mal nach Hause und unsere Reisepässe holen. Unser Zug fuhr 0.25 ab Magdeburg. Ich holte den Beerdigungsstrauß, meine Frau packte zwischenzeitlich den Koffer. Sie durfte 2 Überstunden abbummeln und war so etwas ehr zu Hause. Beim Abendbrot unterhielten wir uns noch mal über die anstehende Fahrt. Meine Kinder freuten sich, das der Papa nach den Westen fährt, „Da bringst du uns bestimmt etwas schönes mit. Ich möchte ein Radio mit Kassettenabspielgerät", meinte mein jüngster Sohn. Nach der Frage machte ich ihn begreiflich, dass ich dafür überhaupt kein Geld hätte. Auch diese Fahrt verlief wie die andere. Ich bekam von meinen Verwandten wieder so viel Geld, dass ich alle Wünsche erfüllen konntc. Tante Ute brachten wir gut unter die Erde. Dann begann die Wendezeit und davon erzählt das nächste Buch.